柳亚子

诗全注全解

邵盈午 著

北方文艺出版社

图书在版编目（CIP）数据

柳亚子诗全注全解 / 邵盈午著 . -- 哈尔滨：北方
文艺出版社，2019.4（2021.3 重印）
ISBN 978-7-5317-4103-9

Ⅰ . ①柳… Ⅱ . ①邵… Ⅲ . ①诗集 - 中国 - 现代
Ⅳ . ① I226

中国版本图书馆 CIP 数据核字（2017）第 291626 号

柳 亚 子 诗 全 注 全 解
Liuyazi Shi Quanzhu Quanjie

作　者 / 邵盈午

责任编辑 / 宋玉成　刘想想　　　　　封面设计 / 费文亮

出版发行 / 北方文艺出版社　　　　　邮　编 / 150008
发行电话 /（0451）86825533　　　　 经　销 / 新华书店
地　址 / 哈尔滨市南岗区宣庆小区 1 号楼　网　址 / www.bfwy.com

印　刷 / 三河市南阳印刷有限公司　　 开　本 / 880mm×1230mm　1/32
字　数 / 115 千　　　　　　　　　　 印　张 / 11.5
版　次 / 2019 年 4 月第 1 版　　　　　印　次 / 2021 年 3 月第 2 次印刷

书　号 / ISBN 978-7-5317-4103-9　　 定　价 / 45.00 元

诗人柳亚子

辛亥革命时期的柳亚子

南社第一次雅集，1909 年 11 月 13 日于苏州虎丘张国维祠召开成立会
（第一排坐者右二为柳亚子，第二排左二为陈去病）

1927 年，柳亚子亡命日本期间，与妻子郑佩宜、长女柳无非合摄

1927 年，柳亚子携家眷在日本

1927 年，亡命日本的柳亚子

抗战期间，画家尹瘦石以柳亚子
为模特所绘的屈原像

柳亚子的"磨剑室"

斯翁毕竟是诗人

——走进柳亚子

一

柳亚子平生倾心革命，生死以之，故被推尊为"今屈原""近代稀有的爱国者"，星辰毓秀，河岳钟灵，此之谓也。其逸群颖出者，尤在自清以还，皆以诗鸣，可谓"半纪玄黄事，诗底尚历历"；称为"诗史"，确非虚誉。中华人民共和国成立后，柳亚子安车蒲轮，入秉钧轴，彼时旧体诗几成绝响，坛坫阒寂，唯柳亚子与毛泽东时相投赠唱和，流誉甚广。作为蜚声诗坛的一代词宗，柳亚子始终以"推翻一世豪杰，开拓万古心胸"相期许；与此同时，又复以"一流政治家"自居，政治激情与文学理想的缠绕、纠结，民主斗士与名士情结的角色冲突，几乎伴随着他的一生，由此演化出一幕幕雷动风响的人生传奇……

二

柳亚子（1887—1958），江苏吴江人。清末秀才。原名慰高，字安如。后因读了 18 世纪法国资产阶级启蒙家卢梭的《民约论》，对其所主张之天赋人权、人人平等的民主自由之观念备极钦仰，遂以"亚洲的卢梭"自期，改名弃疾，欲"效颦辛弃疾，想学他从耿京起兵反正"（柳亚子《五十七年·之五》）的精神。辛亥革命时期，无政府主义思潮盛兴，柳氏受其影响，又将笔名改为"侠少年"，明示对侠义精神之倾慕。至于"柳亚子"之名，则由高天梅最初提出，所谓"子者，男子之美称"（柳亚子《五十七年·之五》），自此，"柳亚子"一名便被叫开了。其后，柳氏还分别用过"青兕""愤民"诸笔名……并将其书斋榜其颜为"磨剑室"——仅透过这些名号、斋号，亦足可窥寻柳氏光焰逼人的革命精神。

"毳服毡冠拜冕旒，谓他人母不知羞。江东几辈小儿女，却解申申詈国仇。"柳氏 17 岁即愤作《纪事诗二首》，将矛头直指正值"万寿"之日的慈禧太后，可谓惊世骇俗，无怪乎端方后来要逮捕他。以论革命，柳氏早年似受父亲影响，倾心康梁变法维新，年甫 16 即私撰上光绪皇帝万言书，发表《郑成功传》（《江苏》第 4 期，1903 年 5 月），撰写《中国灭亡小史》，此皆可视为肇其排满革命思想端倪的发轫之作。至于次年他与同学共筹印费、出版的邹容《革命军》与章太炎的《驳康有为政见书》——则不啻是在一泓死水中砉然掷进巨石，振聋而发聩！

三

柳亚子乃一典型的江南才子，生得眉清目秀，皮肤白皙，风神俊朗，宛若玉树临风，见者莫不叹为卫玠（西晋美男子）再世。但这位经常被人误认作窈窕女子的青年才俊，其内心所掀动的却是暴力的狂飙。

1905 年暑期，醉心于暗杀等"非常之手段"的柳氏与两位同学联袂赴上海，在中国教育会所办的通学所学习催眠术，为日后实施暗杀做准备。不料该所教授所谓催眠术，不过是个由头，意在为实行革命暴动筹备资金，柳氏折腾了一阵，并未遂其初愿，只好铩羽而归。他尝赋诗叹道："一事思量真自痛，只凭文学扫妖魔。"

1906 年初，柳氏进上海理化速成科学习炸弹制造，并在此期间结识了高天梅、朱少屏，并由他们介绍，加入中国同盟会，旋即加入光复会，诚如他本人所言，乃一"双料的革命党"。但上苍似乎在冥冥中已注定了柳氏只能做一个"只凭文字扫妖魔"的书生，就在他专力学习制造炸弹时，竟罹患伤寒，且来势凶猛，只好暂返乡里治病。待痊愈后，学业也已中辍。此前，他还曾与同学约定东渡日本学习陆军军事。总之，他所预设的种种尚武计划均因病一一流产。

四

1909 年 11 月 13 日，一支画舫，带着船菜，容与中流，直向虎丘而去[1]，阅尽千劫的虎丘塔下，又一次腾跃起沉埋已久的剑气，这一天南社宣告成立。以这个非比寻常的日子为标志，中华民族不屈不挠、愈挫愈奋的抗争精神，伴随着忧愤、悲叹、屈辱和仇恨，以一种自愿结社的形式，在唏嘘扼腕的文人志士心目中复活了。在救亡图存的近代中国，"政治"往往凌驾于一切之上，职是之故，南社这个以"研究文学，提倡气节"（见《南社条例》，即《第六次修改条例》）为宗旨的文学团体，竟成为"与同盟会互为犄角，一文一武共襄国民革命成功"的政治团体。

"登高能赋寻常事，要挽银河注酒杯。"（柳亚子诗）在南社成立大会上，柳氏当选为书记，社友们雅集一堂，共襄其盛。正当他们觥筹交错、逸兴遄飞之际，讵料柳氏却因南宋词的一些问题，与好友庞树柏、蔡哲夫大吵了起来。柳氏的性情本来就卞急偏激，加上口吃严重，期期艾艾，而在一旁帮腔助阵的朱梁任，亦一口不能言的结巴，这样他们于激烈的争论中只能渐趋下风，情急之下，柳氏竟干脆号啕大哭起来，所谓"众客酬酢一客歊"（**庞檗子诗**），盖纪实也。酒兴大败的同人们在领受之下，都不禁暗吃一惊。不久，高天梅在一次雅集中戏称自己为"江南第一诗人"，柳氏一听就来了气，竟当众赋诗相讥："自诩江南诗第一，可怜竟与我同时。"弄得高氏甚为难堪。此类异行在柳氏身上可谓不胜枚举。

五

作为"南社盟主"，柳亚子绝非"能草檄而不能任事"的纯粹书生，举凡编稿、校对、筹备雅集等社务，皆一身而任之。南社虽说从甫创之时便与革命结下不解之缘，但对以南社起家树誉的柳氏来说，这种"革命性"主要还是通过文化行为来体现：作为一代诗雄，柳氏有一个怪脾气：不愿刊行自己的著作[2]。柳非杞当年拟为他编刊《柳亚子书简集》，遭到柳氏的一口回绝，说："等我死了以后再讲吧。"实则柳氏性子太急，故写字往往贪快，"像冲锋一般，喜欢赤膊上阵，杀了一下，胜败不问，也就完蛋，管他写得像样不像样呢"。柳氏还说自己的字"只是扶乩与画符"（《我的诗和字》）；以故，他驰函友人，往往会在信末注明：如有不认得的字，过几日我到府上念给你听。其实，到最后有些字竟连他本人都不认得了。但对先贤与友人遗稿的搜求、辨识、誊抄与出版，柳氏却分外热心，不遗余力，乃一出色的编辑家，在同人中极征口碑[3]。此前，柳氏还编辑过《复报》《警报》，为便于印刷发行，柳氏往往是在日本将报纸印好，再运到上海发行。

六

1912 年 10 月 27 日，南社在上海愚园举行第七次雅集。柳亚子鉴于陈去病和高天梅因"书生习气重""做事马虎"所导致的一二集或"参差错落"或"比例不均"的"一塌胡涂"的状况，故在这次雅集上尝试"进一步改革""把编辑员制改为主任制"，也就是说，要改编辑员三头制（陈去病、高天梅、柳亚子）为一头制，以免推定后总是虚挂名义，不料高天梅突然反对，并在会上讽刺柳氏独揽大权，极口与之争辩。高天梅在辛亥革命初，曾担任过金山司法长，滔滔善辩，结果得到大多数与会者的赞同。而柳氏为了南社的前途，不避大权独揽的嫌疑，这种"毛遂自荐"的做法本身就表明柳氏作为书生的天真。其实，在高天梅看来，南社是由他与陈去病等几位元老创办的，而柳氏不过一小字辈，跑跑腿的"书记员"而已。但对心高气傲的柳氏来说，眼看着提议遭到否决，选出来的编辑员又不称心，一怒之下，遂登报声明永远退出南社。

事后，高天梅亦隐然感到几分后悔，遂请人疏通、劝解，但柳氏一偈到底，绝不理睬。后来姚石子与其他社员又做出种种努力，均未奏效，柳氏只是一味醉心于追捧伶人冯春航、陆子美，并出资为他们出版专辑。叶楚伧、庞树柏等人讥讽亚子此举近乎堕落痴狂，但其仍不改其故。直到后来社员们完全接受了他由"主任"一人总揽社务并拥有绝对权威地位的条件，这才改变态度。

柳氏的复社，大大改变了南社以往那种像"满盘散沙"、各自为政的散漫状态，《南社丛刻》的编排、校对质量也大大提高[4]。但南社高层领袖之间的裂痕，与高吹万、蔡哲夫等老友关系失和，乃至南社后来的分化与消亡，皆于此际埋下了根苗，而柳氏对此一直浑然不觉。从柳氏重登南社主任之位后，不断倩人作《分湖旧隐图》并广征题咏这一现象看，固属文人积习，但也隐喻着一种扬眉吐气的得意之态。柳氏尝为高天梅《变雅楼三十年诗征》撰序道："吾两人（指作者与高天梅）皆年少，气甚锐，酒酣耳热，高自标榜，辄谓上马杀贼，下马作露布，天下英雄，惟使君与操，江东无我，卿当独秀，所交相期许者，盖不在琐琐李杜、韩柳间也。"

（《南社丛刻》，第 4 期）大睨狂言，足徵柳氏身上的名士情结之浓重。

七

"故人五十尚童心，善怒能狂直到今。"老友林庚白书赠柳亚子的这两句诗，可谓知人之言。

柳氏的性格，大抵可用以下三个关键词综括之：一是狂，派头大，脾气大，且自傲自负，目无余子。二曰倔，柳氏做事往往纵情任性，名士气、才子气十足，倔强偏激，不肯屈就。三曰真，柳氏善怒能狂，胸无城府，喜怒毁誉，皆由中发，若按巴甫洛夫对人的神经系统的四种基本类型的划分，柳氏无疑当归于多血质和胆汁质一类，其主要特点为：刚烈、勇猛、激奋、狂放；对此，南社社员陆世宜在《书春航集后》一文中尝谓："亚子有一僻性焉，念天下事不可为，辄仰天大恸。一腔抑郁不平之气，化泪夺眶以出，致力竭声嘶而后已。旁观者或悯之，或笑之，或狂之，不顾也。"深知柳氏其人的陈去病则有如下描绘："年少好事，任侠慷慨""貌恂恂如十八九好女儿，而口吃甚，性复卞急，语辄繆纠不可吐，人多意解之。顾极诚恳，凡欲有所为，必尽其愿乃止，不则狂号痛哭，谓且陵侮已"（《高柳两君子传》）。身为南社盟主，果真如是，恐难孚众望。兹略举一二如下：

一日，林庚白来到柳寓，闲聊中问起柳氏："南社当年为什么不拉张一麐、黄炎培、章士钊、金鹤望等人入社？"柳氏答道："曾经直接或间接征请过，他们都婉言辞谢，不肯入社。"林庚白身为京师大学堂的才子，说话有时不免略显刻薄："那时恐怕你的文学地位不够高，不能号召他们吧？"柳氏一听，顿呈不悦之色，认为林庚白意在挖苦，使自己难堪，遂与之绝交（好在柳氏乃一性情中人，并未一直耿耿于怀，后又重归于好）。而最典型的一次是在民国元年，柳氏应邀赴宁担任南京国民政府总理孙中山的骈文秘书，但不悉是孙中山对眼前这位"前发至额，后发披肩，穿一袭红色大斗篷"的年轻人并未表现出特别的赏识，还是诗人气质浓厚的柳氏实在不适应官场生活，反正在秘书任上未满三天便拂袖而去。

八

柳亚子既然目高于顶，派头十足，那么，如果只是在"磨剑室"里"指点江山，激扬文字"一番也就罢了；但身为南社盟主，依然是这样一副狂奴故态，没有一点实现"角色位移"的准备，这就要不得了。事实证明，他的那种浓重的"才子气"与"名士情结"在主持南社社务活动期间便不断显露出来。

首先，南社并无明确的宗旨可依，柳氏似乎过于注重延揽名流、壮大声威，以期同气相求同声相应之效。至于所谓"品行文学两优"，不过是一种大而泛之的笼统提法。[5]又，自民党领袖黄兴加入南社后，不少"革命巨子"于民初陆续入社，致使南社一度出现了五院院长与中央党部秘书长皆为社友的阵势，柳氏不禁大为得意道："请看今日之域中，竟是南社之天下。"柳氏此言，未免有几分拉政治之旗自壮门面的江湖气了。其实，对于民党诸巨子来说，所谓南社社友的身份是相当次要的；况且他们政务繁忙，即使入社也不过挂名而已，不能将他们的政治活动与南社硬扯在一起。不过，从客观上说，他们的入社确实大大提高了南社与柳氏本人在民初的声望。

其次，从南社内部的组织管理情况看，也大成问题，据《南社条例》规定："赞成本社之宗旨，得社友介绍者，即可入社。"如此广开门户，大有三教九流皆可随意进出之势，显然远逊于"贤大夫必审择而定衿契，然后进之于社"的复社。尤其当南社势头正盛时，入社则成为士人奔竞之一途。如民国初年，在乡间选举县参议员的选民榜上，竟出现了有人在自己的姓氏下标明"南社社友"的现象[6]。柳氏因此慨叹道："文人结纳，藉标榜为声华，宾朋湖海，非不盛极一时，究之历岁寒而不渝者，能有几人？"（《沈长公诗集序》）一个"为革命结社"的社团，如此良莠不辨，鱼龙混杂，显然大非佳朕。

九

从南社的存在方式与活动形式看，大多是依循晚明几社、复社的模式来运行，南社诸子将成立地点选在苏州虎丘明季起兵抗虏殉节的烈士张国维的祠堂，与三百年前复社虎丘雅集遥相呼应，这无疑是上法"几、复"的最具姿态性的行为。在柳氏看来，"板荡以来，文武道丧，社学悬禁，士气日熸"（《神交社雅集图记》），欲砥砺气节，反抗异族，振起清季萎靡之士气，必当恢复明季几、复社事。因此，几、复记忆始终承担着一种巨大的型范功能与价值指向。但从总体上看，南社毕竟是一个由文人自愿结成的自由联盟，其主要活动无非是雅集与办刊（关于后者，前已具论，兹不赘述）。所谓"不隶属于同盟会之社友，素乏政治之趣味，其加入南社者，不过文酒唱和而已"[7]。如此看来，南社又确有"文学俱乐部"的味道；尤其是在中后期，更成为一个由纯粹的文化人构成的以唱酬为主的松散组织。这当然有时代的原因。民元后，一部分具有狭隘的"排满"意识的南社社员，以为革命目的已达，不复与时俱进。另有一部分利欲熏心的攀龙附凤之徒，"朝成美新之文，夕上劝进之表"，堕落为卖身求荣的官僚政客。面对政黯民怨、令人窒息的现实，就连柳氏本人亦感"无事可做"，遂开始纵酒狂歌，盖"舍此百罂黄醅，畴能浇尽胸头块垒哉！"[8]他尝谓：

> 宿酒未醒，加以新醉，文人雅集，如是而已。[9]

从中我们不难看出柳氏参加雅集时那种林下名士的心态；盟主尚且如此，遑论其他社友。这不禁使笔者想起 1910 年 5 月柳氏欲拉时在爪哇的苏曼殊入社的信中所透示的一段自白："弃疾蛰居乡曲，每以无聊为苦。去岁天梅、佩忍怂恿，乃有南社之创，辄望吾师助吾曹张目。耿耿之怀，谅不见拒！昔人云：'不为无益之事，何以遣有涯之生？'明知文字无灵，而饶舌不能自已，惟师哀而怜之，勿嗤其庸妄也。"[10]当然，旧式文人作书，往往多情至兴到之语，此属文人积习，固不必过于"当真"，下断尤宜慎重；但作为"性情中人"的柳氏，其书信往往会透露出某种"心理真实",并非全然出于矫情与虚饰。倘若如此,那岂不是连"南社主盟"都将入社视作风流自赏、排遣"无聊"的辅助方式了吗?说到究竟,柳氏毕竟是一位周身的每一个毛孔都散发着浓烈的浪漫气质的诗人,从政固非所宜,主社恐怕也大成问题。

十

柳氏论诗一向崇尚唐音,但南社却有一大批崇尚宋诗的诗人,如林庚白、诸宗元、黄节等重要社友,皆受益于宋诗,且不脱"同光体"的体势、骨骼;这也就是说,南社社员本身的创作,并非皆为叫嚣亢厉之音,而是多彩多姿的。诚如柳氏本人所言:"南社之作为海内言文学者之集合体,其途径甚广,其门户甚宽,譬如群山赴壑,万流归海,初不以派别自限。"[11]但作为盟主,柳氏却无意包容各种流派,使其"群芳争妍"。在"南社诗人点将录"中,他尝以"及时雨宋江"自居,自命"诗坛草寇",自誓要"推倒一世豪杰,开拓万古心胸"。这种一味强调文学的革命性和政治功利性、强调以诗文为武器的诗歌观念,让文学承载了太多的政治使命,严重影响与阻碍了南社在文学上蓬勃发展的活力。废雅在《说诗一昔话》中就慨乎言道:"亚子宗唐之说益孤掌矣!余尝与刘生雪耘言,谓诗移于宋,殆气运使然,莫之能强。"(《长沙日报》1916年8月8日)此言极是。

作为"南社盟主",柳氏的一举一动皆关乎社事,牵动全局;但柳氏一向恃才傲物、动与人忤,这种"霸气",自然难孚众口。即以他与高吹万因为《三子游草》的版权纠纷为例。一次,柳氏在松江的地方报上看到了《三子游草》的寄售广告，便写信质问高吹万，要他取消广告，停止出售，理由是此书的印费是他们共同出的，版权也应共同享有，不应擅自出售。而高吹万则认为他本人所分得的那一部分书有自由处置的主权。为此区区小事，二人竟互不相让，大动肝火，愈闹愈僵，后来索性在报上登载广告，相互破口大骂起来。柳氏一怒之下，于报上刊登广告，宣布与高吹万绝交——如此自负任性，难以容人，这与一个社团领袖所应具的政治智慧、调协能力、团队精神以及大而能容、和而能断的领导才干，已相去甚远。

十一

"讲南社的历史，倒有一部分是'内讧'的历史。"（柳亚子《南社纪略》）作为"南社灵魂"，柳氏在回顾南社历史的这番自省之语是相当坦诚的。在多次"内讧"中，最为典型、也是"搅得最厉害"的一次，当属发生于1917年夏的那场关于"同光体"的论争。[12] 当时在南社中不少社员皆有一种苦学龚诗的倾向，将龚自珍视为偶像，但所为诗歌，往往激情有余而沉潜不足，即钱基博所谓"徒为貌似而失其胜概"，朱鸳雏径直地揭破了这一点，而这正是力主盛唐之音、欲为"民国骚坛树先声"的柳氏等人所难以容忍的。在柳氏看来，"民国肇兴，正宜博综今古，创为堂皇乔丽之作，黄钟大吕，朗然有开国气象"[13]，故对朱鸳雏、成舍我等人大肆鼓吹"同光体"的"荒谬绝伦"的"谰言"予以怒斥，声言对此"复欲再亡我中华民国"的复辟行径"必须鸣鼓而击之"。朱鸳雏恼羞成怒后，竟对柳氏大肆攻击，径言"反对同光体者，是执螳蜋以嘲龟龙也"，柳氏大怒，遂在报上大开笔战。朱氏吹捧郑孝胥在民国建立后能"敛迹自好"，谩骂柳亚子、吴虞为"狗党狐群，物以类聚"[14]，柳氏则以章太炎痛詈吴稚晖的话予以回击："善箝而口，勿令舐痈；善补而裤，勿令后穿"，一场文学之争骤然转为意气用事的谩骂攻击，以致连一些社友都看不下去了，如丁福田便慨叹"彼此皆以秽语相骂……实乖风雅之道"。但事情远未就此止息，7月31日朱鸳雏在《中华新报》上发表《论诗斥柳亚子》七绝六首，继续开骂，在第四首中，甚至影射柳氏与名伶陆子美、冯春航有不正当关系，不啻是对柳氏直接进行人身攻击了，这大大激怒了柳氏，遂一不做二不休，擅自以南社主任的名义宣布将朱鸳雏驱逐出社，并附上邵力子、叶楚伧的私人信件，要求《民国日报》一定予以刊登，否则，"唯有蹈东海而死"。叶楚伧一看事已至此，遂让成舍我办理发稿之事；在整个事件中一直站在朱氏一边的成舍我，既难违总编之意，又不愿改易初衷，便另附一份公告，强调南社社章中并无开除社员的规定。叶楚伧深知柳氏的脾气，一见此公告，一气之下将其扯成碎片。成舍我遂以典衣之资在《中华新报》上买了版面，将公告发布出去。柳氏看罢大怒，随即宣布将成舍我"驱逐出社"。对此，南社社员丁湘田在《中华新报》上公开撰文指斥柳氏的"独裁"做法："亚子竟滥用主任之权，将鸳雏驱逐出社。读其布告，竟有'布告天下，咸使闻之'之句，语气酷似袁皇帝之命令。不料于诗坛文社之间，忽有帝制自为之人出现……即在政党党魁，尚无此权力。何物亚子，其视南社为私产耶？其视一己为党魁耶？

西人云：中国人一有所凭借，无不逞其强权者。不关于风骚之结社，亦复见之，窃叹吾国人道德之沦丧也。"措辞如此严厉，几至戟指怒张了；显然，丁氏绝非代表他个人向柳氏"发难"[15]。

十二

1918年秋，柳亚子辞去南社主任之职，暂隐乡间。除斥巨资狂购古籍与乡邦文献外，大部都是在迷楼，与一班新朋旧友纵酒轰谈，狂歌酬唱。其实，早在此前，柳氏便在家乡有"酒社"之创，彼时袁世凯正紧锣密鼓地复辟帝制，酒社社员蒿目时艰，扼腕不已，相与纵酒浇愁，长歌当哭，借以发泄胸中愤懑。酒社连续雇佣画舫集会十余次，柳氏与友人在舟中轰饮三昼夜，"意在效信陵祈死耳"。一次，与李叔同、姚石子泛舟西湖，柳氏狂态毕露，先是抚膺大哭，襟袖俱湿，竟要跳入西湖，效屈原自尽汨罗。幸赖李叔同等人极力劝阻才作罢。

1916年夏，柳氏邀约三五诗友，雅集于黎里金镜湖头，日夕以集龚自珍句为遣，先后共集成二十四首，然后将此结集，且名之曰《孏词》，"孏"乃"呓"之本字，意谓犹如酒醉后所说的酒话、梦话，足见其深忧大怲，确有远逾常人者。柳氏还多次与酒社同人集醉"迷楼"，仅"叠杯天韵"所制七律便有百五十首，无法具引，摘句如下："莽莽神州无乐土，熙熙酒国有长春""三升红泪酬知己，十万黄金付侠游""已办狂名惊俗世，宁劳幻梦证虚缘""猖狂久已疏名教，磊落终怜负霸才""真能蠲恨无如死，便欲安心岂证禅""偶尔风花成跌宕，都缘湖海不纵横""灌夫骂座何关醉，不识逢迎岂值钱""稍喜胆从天外大，尽教身被世间猜""霸才不遇空搔鬓，词客能狂值几钱""剩有闲情托词赋，苦无奇计狎风雷"……名士故态，莫此为甚！

十三

1923年10月，直系军阀曹锟贿选总统，以每票五千元的价格收买议员。南社同人竟然十九人在案，包括三大发起人之一的高天梅及重要成员景耀月、马小进、景定成，皆堕落为令人唾弃的"猪仔议员"。为此，柳氏痛慨道："荃蕙化茅，不乏旧侣，最所心痛！"[16]"虽倾西江之水，不足以洗之！"至此，南社元气大伤，难于振起。历史，居然在此开了一个残酷的玩笑：一向以"气节"相标榜的南社，"不出于外侮，而出于内讧"，最终竟不得不以反败行辱节收场。从这个意义上说，柳氏不同意人们把南社评价过高，倒也不无道理[17]。

逮至1923年，曾经风云一时的南社已无形解体，不少南社社友仍醉心于旧文学，甘愿抱残守缺。而柳氏则与时俱进地加入了新文化运动的潮流。同年10月，他在上海与叶楚伧、邵力子、陈望道等人发起组织"新南社"，宣布与旧南社中反对新文化运动的社员"分家"（《新南社成立布告》），并在《新南社成立布告》中明确指出："新南社的成立，是旧南社中一部分的旧朋友，和新文化运动中一部分的新朋友，联合起来，共同组织的。新南社的精神，是鼓吹三民主义，提倡民众文学，而归结到社会主义的实行……"[18]

但从《新南社丛刊》的目录看，显然缺乏明确的政治主张。从社员的组成情况看，其中既具政治理论水平又擅长著述者甚少（就连柳氏本人，虽赞成白话诗，却无法进行创作），故《新南社丛刊》只出了一册便难以为继。再者，新南社对国学的态度暧昧，也引起旧南社社员的普遍不满。胡朴安当时就指出："一群文人又不是政治家，做政论文章做得过《新青年》《东方杂志》吗？文人就是浪漫，硬往新文化运动上靠，恐非不伦不类。"胡氏此语倒真的有点"旁观者清"的意味。尤其应当指出的是，当时代已进入新文化运动时期，各种新的主义、思潮及文学流派应运而生，但南社却无法以一种开放精神与其进行有效对话。再者，当新文化运动方兴未艾之时，不少与"传统"有一种"剪不断，理还乱"的深层联系的南社员遂产生一种强烈的文化失范感，由此衍生的文化疲惫、文化焦虑，终究导致他们不约而同地转向旧文化，以实现文化自救。1924 年，以"提倡气节，发扬国学，演进文化为宗旨"的南社湘集在长沙成立，这不啻是在向柳氏公开叫板了！

　　尽管柳氏以诗人的激情，在新南社成立大会上振臂高呼："新南社万岁！"但新南社实际上仅存活了一年多，出刊一期，奈何！

十四

　　1936 年 2 月 7 日，南社纪念会在上海福州路同兴楼举行第二次聚餐。柳亚子于觥筹交错间起身致辞，虽期期艾艾犹不脱诗家声口，他感情激越地说："南社是革命的，纪念南社，即所以纪念革命。记得南社发起者共三人，一陈巢南先生，已故世。一高天梅先生，亦早作古，仅本人柳亚子没有死！"新南社社员徐蔚南接过话头道："'柳亚子没有死'一句话，简而有力，表明了他个人的意志与气概，同时也代表了南社的意志与气概！"柳氏接道："今日忝长社事，恐多陨越，兹已函请蔡子民先生为名誉社长，俾得多所指示。打算出版《南社纪念会月刊》和《南社纪念会丛书》。"与会者皆鼓掌欢迎。林庚白也在会上做了发言，他动情地说："……惟有一事，堪为各社友一提的，即柳君亚子，今年为五秩大庆，南社固值得我们纪念，柳君更为我们值得纪念之一人，凡我社友，都宜为之称觞祝寿。"大家一致鼓掌赞同，气氛极其热烈。（郑逸梅《南社丛谈·南社纪念会》）

1940 年，南社纪念会名誉社长蔡元培在香港病逝。其后不久，柳非杞曾向柳氏谈及南社纪念会名誉社长的继任人问题，并提出宋庆龄、冯玉祥、郭沫若数人，请选一人。柳氏坦诚地答复道："沫若先生我极喜欢他，但要他做南社纪念会名誉会长，老实讲，怕资格不够吧！因为他的年龄等等，都比我为小。我想，倘然鲁迅先生不死，倒是一个最适宜者，可惜他比蔡先生早死了。宋一定不会肯的，我也不想碰这个钉子。冯是一个兵，如何能做，你也有点瞎来来。现在还是不要名誉会长好了。让它不名誉一下吧，哈哈！"（郑逸梅《南社丛谈·南社纪念会》）胸无城府，率性见真，闻其声如见其人，这正是典型的诗人气质！

十五

1927 年，蒋介石在上海发动武装政变，实行"清党"大屠杀，缇骑四出，柳亚子亦被蒋军指名搜捕，因藏于家中"复壁"得以幸免，遂化名唐隐芝携家逃亡日本，次年回国。此后，作为"政治家"的柳氏便频繁地活跃在国共两党斗争的舞台上。其时，布尔什维克主张通过武力夺取政权的革命理论大为盛兴，这与柳氏那种崇尚暴力、醉心于通过极端手段解决政治问题的思想倾向若有夙契，故一拍即合。这一点，迹化在他的诗歌文本上，便是"直捣黄龙""易水萧萧""钱塘怒涛""苌弘化碧"之类充满雄强、悲壮的古典意象的频繁出现，这表明柳氏于流连万象之始，直到谋篇布局、"成于字句"的灵感迸发，皆有与其崇尚剑与火的政治激情作为审美意象选择的引航。

自命有宰辅之才的柳氏，踌躇满志地亟欲在政治上一展身手；可由于政治原则上的严重分歧，已出任国民党江苏党部常务委员兼宣传部长、中央监察委员的柳氏不可能得到国民党内一号实权人物蒋介石的重用；其后，柳氏又以政事与蒋介石约谈，最后还是话不投机。衔恨而去的柳氏，旋即出现在时任黄埔军校政治部主任教官的恽代英家中，面献杀蒋之策，这当然是正在谋求国共第二次合作的中共方面所碍难接受的。恽代英笑对柳氏说：人家叫我们共产党是过激党，我看你老兄是"过过激"，因为你比我们还要过激呢！不知柳氏听罢此言会作何反应，但他辞行前向恽代英撂下的那句"你不杀他，将来他要杀你"的话却不幸言中，这使得柳氏益加自命不凡；在为恽代英所做的挽诗中，他曾自注道："余在广州，曾建议非常骇人之事，君不能用。"这足以表明：虽事隔多年，柳氏心中仍存有"囊底奇谋嗟不用"的巨大遗憾。"欲报友仇惟有血，要平国乱不宜恩。"（《蒋家三首》）依笔者之见，所谓"倒蒋"的政治操作性大可置而不论,可称道的是诗人那种"英雄造事"的惊人气魄。此激壮之举,雄杰之态,无疑与诗人崇尚血火的政治激情互为表里。

十六

如前所述,柳亚子在本质上是一个"哀乐过于人"的典型诗人,如果他能极早地认清这一点,以他的天分、器识、才干与影响力,足以管领文坛,尽显风流。倘若借助报刊这一媒体,充分发挥手中那支笔"胜于十万毛瑟枪"的战斗作用,则无疑是一种理想的价值选择;可他本人却偏偏以"一流政治家"自诩,并不甘心一味沉浸在挟策求售、致君尧舜的古典政治梦想中。他尝谓"不论本党和中共,听我的话一定成功,不听我的话一定失败"。又云:"毛先生也不见得比我高明多少,何况其他。"[19]大有"当今之世,舍我其谁"之概。

且不论柳氏能否称得上"一流政治家",但作为"近代稀有的爱国者",其强项的风骨与峻整人格,却是颇有口碑的。

"七七"事变后,日军全面侵华,上海沦陷,各国租界处于日军包围之中,被称为"孤岛"。此时居住在上海法租界的柳氏,开始研究南明史,自署其居室曰"活埋庵",取意于南明大儒王船山"六经待我开新面,七尺从天乞活埋"之意。又,清代有一和尚曾将自己的僧庵称为"活埋",并题诗一首:"谁把庵名号活埋,令人千古费疑猜。我今岂是轻生者,只是从前死过来。"柳氏再度以此室号命名,显寓作为"南社盟主"弗计生死、永葆气节之意。柳氏尝谓：将来胜利到来，或是我本人离开上海，这时活死人是自由行动，无须埋起来，这"活埋庵"也就用不着了。后来柳氏到了重庆，徐泽人望着他那一脸长胡子，不胜惊讶，柳氏解嘲道："从香港逃出来，样样东西都丢了，可胡子没有丢。"由此可见柳氏苦中寻乐、幽默风趣的一面。

随着环境的不断恶化，柳氏自知随时都会遭遇不测，遂于1939 年 11 月立下遗嘱：

> 余以病废之身，静观时变，不拟离沪。敌人倘以横逆相加，当誓死抵抗。成仁取义，古训昭垂；束发读书，初衷具在。断不使我江乡先哲吴长兴、孙君昌辈笑人于地下也。中华民国二十八年十月书付儿辈。亚子。

大义凛然，视死如归，此种风范，大有来自明季地方乡贤盛德懿行的陶染熏化。

十七

"世界光明两灯塔，延安遥接莫斯科"（《延安一首》），早在 20 世纪 20 年代起，柳亚子便开始了与共产党荣辱与共、肝胆相照的长期合作。自视为"一流政治家"的柳氏，其可贵处在于并非徒托空言，而是及身行之。抗战爆发后，他频频与何香凝等往来，并公开接见记者，发表政见，力主国共两党携手抗日。"皖南事变"发生后，柳氏立即与宋庆龄、何香凝、彭泽民等人联名通电反对。国民党电邀其赴渝出席五届八中全会，柳氏以快邮代电答复，要求"严惩祸首，厚抚遗黎，然后公开大政，团结友党"[20]，否则即拒绝出席会议。柳氏还在电文中怒斥国民党"借整顿军纪之名，行排除异己之实"，慨叹"长城自坏，悲道济之先亡；三字含冤，知岳侯之无罪"。最后明示自己坚定的政治态度："三军可夺帅也，匹夫不可夺志，西山采薇，甘学夷齐，南海沉渊，誓追张陆。不愿向小朝廷求活也。"豪气干云，侠骨峥嵘，此乃倚天长剑的自许，足见柳氏履险犯难、凌厉无前的一腔抗争雄气。

且说当柳氏的这一代电到达重庆时，与柳氏关系契密的南社社友、国民党中央秘书长叶楚伧因病入院，代行其职务的副秘书长狄膺（亦为柳氏的南社挚友）恰巧也不在职，遂由程沧波代呈蒋介石。如此一来，柳氏便被国民党开除党籍。但对一贯视蒋氏为"背盟窃国"之"独夫"的柳氏来说，这非但不能使其屈从，反倒激起新一轮的精神反弹，使其本来就善骂敢怒的"狂气"得到更充分的彰显。一次，有人谈及他与蒋介石同庚，柳氏一听便怒火中烧，遂赋诗泄愤道："薰莸异类羞同齿，马谲曹奸举世诃。"此后又不断赋诗痛詈道："千刀应正元凶罪，万死难偿吾友亡。""闲煞龙文新宝剑，几时砍断逆臣头。"与蒋氏真可谓不共戴天。又据相关材料显示：就在国民党中央发出邀请电不久，吴铁城由南洋返渝路过香港，奉蒋氏之命，约与柳氏为近邻的杜月笙一道同往柳宅，邀其赴渝出席全会，谁知到了柳寓，刚一开口，柳氏便勃然大怒，在客厅里拍案道："我宁可做史量才！（申报社长，后被特务杀害——引者注）决不参加这种挂羊头卖狗肉的会议！""你们给我滚出去！"（徐文烈《皖南事变与柳亚子》）

柳氏这类行迹，时人往往乐于引述，但应当看到，柳氏爱憎分明，言辞激烈，情绪极端，"善怒能狂"的劲头一上来，往往以怒骂为快，无所惮怖，乃一不畏斧钺的血性男儿！但对青年朋友，柳氏却一再告诫他们切莫逞匹夫之勇，作无谓之牺牲："抱石怀沙事可伤，千秋余意尚旁皇。希文忧乐关天下，莫但哀时作国殇。"（《赠文怀沙》）可事情一旦摊到他本人身上，那种动辄"豁出去"的做派，与他本人"一流政治家"的自我期许颇不相称，只不过柳氏性格上的这一缺憾在战争时期尚能在一定程度上被政治激情所弥合罢了。由此不禁使我们看到一种奇异的悖反效应——一个欲与毛泽东"上天下地，把握今朝"的人，竟然连自己的行为也管控不了（这一点后面还要论及）。无怪乎柳氏的外甥徐孝穆在私下总称其老舅为"神经病患者"。

对于柳氏这种生死以之的"赤膊上阵"，毛泽东亦曾多次予以提醒："赤膊上阵，有时可行，作为经常办法则有缺点。"而柳氏则函复道："'我以我血荐轩辕'，迅翁旧句，润之不许余'赤膊上阵'，余甚引为憾事也。"[21] 当时身居重庆的郭沫若，因深慕柳氏之风义，曾赋诗极赞其为"今屈原"，不料竟引得柳氏狂态大发，作诗回应道："亚子先生今屈原，鼎堂此论我衔冤。匡时自具回天手，忍作怀沙抱石看。"——意谓将我与屈原相比颇有些不伦，那位投江而死的屈原岂有我这样的政治才略。顾盼自雄如此，夫复何言！

十八

"与君一席肺肝语，胜我十年萤雪功。"（柳亚子赠毛泽东诗）说到柳亚子与毛泽东的关系，似应追溯到1926年5月，其时二人共同出席国民党第二届二中全会，毛泽东任国民党中央宣传部部长，于会议倥偬间，二人曾相约于广州南堤二马路的南园酒家，啜茗交谈。虽系初次聚晤，但彼此披肝沥胆，纵论国事。柳氏向毛泽东坦陈了他与陈英士为南社旧友的关系，并将他从陈英士那里了解到的蒋介石的底细直言相告：其人善变，忽而革命，忽而经商；忽而隐退，忽而锐进，忽来忽去……，如今手握军权，实不可靠。柳氏还向毛泽东献计，当以非常手段除掉此人。毛泽东则认为这样会损害国共两党的合作，婉言拒之。柳氏遂正色道：你们不听我的话，将来是要上当的[22]。

此次茶叙，彼此在内心中都留下了极其美好的印象，这从毛泽东后来的"饮茶奥海未能忘"之句及二人的相与唱和中足可推知。就在这次茶叙后不久，蒋介石便在二届二中全会上提出意在排斥共产党的"整理党务案"，柳氏闻后挺身而出，当面责问蒋介石："到底是总理的信徒还是总理的叛徒？"[23]"四一二"反革命政变后，柳氏甘冒白刃以行之，愤然声讨蒋介石的弥天罪行，盛赞发动秋收起义的毛泽东，在毛泽东尚未成为党的领袖之前，柳氏便对其予以如此高度的评价，慧眼如炬，识见超卓，在近代诗人中可谓罕有其俦。全会结束后，柳氏前去晋谒廖仲恺先生墓，向亡友倾吐心迹，他愤然写道："何止成名嗤阮籍，最怜作贼是王敦"，把蒋介石与国民党中的假左派真右派全给骂到了。

十九

从年龄上说，柳亚子比毛泽东大6岁，出道也早得多；当毛泽东还在湖南师范读书时，柳氏已有南社之创了。依恃着这种革命资历，柳氏往往以姜子牙、伊尹自比，不时向毛泽东进谏忠言。大概是惺惺相惜吧，同样自负的毛泽东，似乎颇为赏识柳氏对革命的一片丹忱，早在1936年6月便盛赞柳氏为"真正忠于孙中山先生的国民党左派，硬骨头"，是"人中麟凤"（《致何香凝的信》），这无疑大大提高了柳氏在党内外的政治声望，使得一向自负的柳氏益加顾盼自雄，并在诗中频频出现下列的"快语"："后车载我过磻溪""平生管乐襟期在，倘遇桓昭试一匡"，俨然以"姜子牙""管仲""乐毅"自况了。在《怀人四绝》中，他甚至借用战国毛遂的典故，将毛泽东比作自己的门生；尽管如此，但对"开天辟地"的毛泽东，柳氏还是至为服膺的。在重庆的一次宴会上，当听到有人谈到延安近事，柳氏竟高兴得跳起来，三呼"毛主席万岁"，并赋诗"尊前跋扈飞扬意，低首擎天一柱来"。半年后，柳氏在中苏友好协会举办"柳诗尹画展览会"，《新华日报》以整版篇幅刊印特刊，毛泽东亲自为刊头题字，此时，柳氏深感用"擎天一柱"一词已不足以表达对毛泽东的敬慕，遂改为"延都一柱"——在柳氏看来，领导全国的政治中心在延安，所谓"延都"，即有一国首都之意；而重庆虽被称为陪都，其实只能称为渝州，此乃出自大诗人的戛戛创发，亦可视为柳氏独到的"春秋笔法"。

二十

　　1945 年 8 月 28 日，毛泽东不顾个人安危，应蒋介石之邀飞抵重庆，与国民党进行和平谈判。8 月 30 日，毛泽东约请柳亚子到曾家岩到八路军办事处晤谈，诗人激情难抑，遂以诗叙怀道："阔别羊城十九秋，重逢握手喜渝州。弥天大勇诚能格，遍地劳民乱倘休。霖雨苍生新建国，云雷青史旧同舟。中山卡尔双源合，一笑昆仑顶上头。"（《1945 年 8 月 28 日渝州曾家岩呈毛主席》）倾慕赞誉之情，俱见乎辞。其后，柳氏又迭番向毛泽东赠诗。同年 10 月，毛泽东亲笔复函，盛赞其诗道："先生诗慨当以慷，卑视陆游、陈亮，读之使人感发兴起。"又云："可惜我只能读，不能做。但是万千读者中多我一个读者，也不算辱没先生，我又引为自豪了。"自此，两人情谊益笃，文字交往亦愈加密切。在此期间，柳氏曾请曹立庵镌刻了如下两方印章，一为"兄事斯大林，弟蓄毛泽东"，一为"前身祢正平，后身王尔德；大儿斯大林，小儿毛泽东"[24]，作为文人旧习，柳氏此举意诚心正，固无可厚非，但细味之，仍使人感到其骨子里所透出那种"狂奴故态"。至于"倘用伊吾定霸齐""倘遇桓昭试一匡"诸句，均作于抗战期间，则更是诗人这种自负心态的豁然朗现。

二十一

在重庆期间，柳亚子为完成亡友林庚白的遗愿，正着手编辑《民国诗选》，他首先想到的便是毛泽东那首著名的《长征》。当柳氏根据当时流传的版本抄了一份，拟请毛主席校正传抄过程中可能出现的错字时，却没想到毛泽东居然亲笔书写了那阕后来轰动山城的《沁园春·雪》相赠（这迅疾演化为当年中国文化界的重大事件），该词的结句云："俱往矣，数风流人物，还看今朝。"柳氏读罢，"叹为中国有词以来第一作手"，并当即依韵奉和了一首，结句同样以壮语出之："君与我，要上天下地，把握今朝。"由此可见，柳氏俨然以政治家自期，在一种强烈的革命激情的驱策下，竟要与毛泽东并肩"把握今朝"了。

时隔几日，当画家尹瘦石向柳氏索求毛泽东词作手迹时，柳氏慨然相赠，并题写以下跋语："毛润之沁园春一阕，余推为千古绝唱，虽东坡、幼安，犹瞪乎其后，更无论南唐小令、南唐慢词矣。中共诸子，禁余流播，讳莫如深；实则小节出入，何伤日月之明。固哉高叟，暇日当与润之详论之。余意润之豁达大度，决不以此自歉，否则又何必写与余哉。情与天道，不可得而闻，恩来殆犹不免郐下之（无）讥欤？余词坛跋扈，不自讳其狂，技痒效颦，以视润之，始逊一筹，殊自愧汗耳！瘦石既为润之绘像，以志崇拜英雄之慨；更爱此词，欲乞其无路以去，余忍痛诺之，并写和作，庶几词坛双璧欤！瘦石其永宝之！一九四五年十月二十一日，亚子记于渝州津南村寓庐。"纵观此跋，皆一派一吐为快的诗人声口，率性而天真。但作为"一流政治家"，是否也应考虑重庆当时复杂紧张的政治情势呢?

应当看到,作为诗人的毛泽东,之所以乐与柳氏交往,固有对前辈诗人推崇的成分,但更多的是出于作为政治家的现实考虑;也就是说,毛、柳的关系并非柳氏所想象的那种简单的、对等的诗人交往,二者的基点本来就不同,但诗人气质浓厚的柳氏因"昧于知己",故无法在他与毛泽东之间找到一个恰当的契合点。这一点,在战争时期尚能在一定程度上为政治热情所弥合,他尽可发几句"后车载我过磻溪"之类的"大言",但中华人民共和国成立后仍狂气不改,且动辄就咄咄逼人地声称要"归隐分湖",可就有欠斟酌了。此乃后话,暂且不表。

二十二

"六十三龄万里程,前途真喜向光明",中华人民共和国建国前夕,柳亚子应毛泽东电邀,自香港回京。当这位"早作飞腾想"的诗人面对冰化雪消、春阳和煦的新气象做着深呼吸时,不禁愕然而惊、肃然而思、泣然而喜了。"老夫最喜葡萄酿,恨不诗肠化大江",诗人感兴飙发,新作如泉,其老而弥健的豪情胜慨,确乎令人称道。甫抵北平后,柳氏下榻于六国饭店,旧友新朋,咸集于京,其酬酢之繁忙,不难想见。一天,廖承志、章乃器前来拜望,廖承志执子侄礼甚恭,而一向以桀骜不驯著称的章乃器,亦对柳氏其人其诗盛赞有加,甚至声称李白、杜甫亦当退避先生一头之地,柳氏闻之大悦,故有"二字天真君谥我,杜陵李白太寻常"之句[25]。他甚至迳直言道:"除却毛公即

柳公，纷纷余子虎从龙"，圈内同人恐怕未必会将其视作柳氏
作为诗人的"一时情至之语"；何况他还自矜"一代文豪应属
我，千秋历史定称翁""黄垆早哭林庚白，青史今推柳亚庐"，
这肯定会招致不少人的反感。

二十三

柳亚子对自身的一些缺点、积习一直习焉不察，但旁观者清；
尤其是那些熟知柳氏秉性的契友，对柳氏于 1949 年进城后"做的
过火"的一些事情看在眼里，不忍缄口，遂提出一些善意的忠告。
如宋云彬在致柳氏的长函中，便将"今昔"作了一番对比，认为
在延安时期，一谈到国民党的老前辈像亚老、孙夫人、廖夫人，
没有不表示敬意的。但亚老又是一个热情洋溢，尤其是在神经兴
奋的时候常常感情盖过理智的人，现在颇有人利用他的这样一个
弱点，来抬高自己的身份，或作进身的阶梯。而亚老又往往不多
加考虑，纯凭一腔热情，或挺身而出替人家打抱不平，或替人家
作保荐，于是抗议之书，介绍之函，日必数通。一些怕招惹是非
的朋友便不敢多与他接近了，而那些来历不明、心怀鬼胎的人则
一味阿谀奉承，起哄头，掉花枪，非把亚老置于炉火之上不可。
而常常接到亚老的抗议书或介绍信的领袖，也觉得亚老太难侍候
了，太多事了。后来也渐渐懒得作复了。[26]

而柳氏本人对此似乎不以为意，他在日记中写道，在北京饭店，
"听恩来报告，极滑稽突梯之致，可儿也。""毛主席来信，颇
有啼笑皆非之慨。"[27]柳氏在日记中习惯称毛泽东为"老毛""润

之"，"润"更是寻常，足见在柳氏的心目中，毛泽东是他推心置腹的"挚友"，但对那些经历了延安整风运动而习惯于对领袖采取仰视角度的人们来说，则显然是碍难接受的。

二十四

但正是这位目高于顶的柳亚子，入京后不久，便发现所受礼遇和倚重程度与他本人的"自我期许"相距甚远——例如抵京当日（1949年3月18日），他便亟欲以国民党元老身份赴西山恭谒孙中山衣冠冢，却因有关部门无法配备小车而告流产，"只是碧云成禁地，天涯咫尺感迢遥"，当然，这还只是小牢骚。早在此前，即2月28日（据他到北平前二十天），李济深主持民革第一次中央联席会议，推选出席新政协代表，柳氏被排除在外。而在中共中央邀请各党派代表、民主人士到解放区参加新政协的名单上，柳氏名列第五，何况他曾是民革的秘书长，当时还是中央监察委员会主席，如今却连代表都不是，其内心之不满不难想见。3月20日，在由李维汉、周扬召集的全国文联筹委会议上，柳氏居然"未列名常委"；3月24日，他应邀出席中国妇女第一次代表大会，恐怕也是大为不快（当天日记有"尚未垮台为幸"之语）。当然，令其不快的实非一端（如国共和谈问题），这大大超过了他的忍受底线。

又据宋云彬日记载：3月25日，"愈之谈及张申府，谓张之大病在不肯忘其过去之革命历史。彼与毛泽东氏在北大图书馆有同事之雅，周恩来加入中共，亦由彼介绍，遂以革命先进自居。

初不知此等思想实为一沉重之包袱，不将此包袱丢去，未有不流于反革命者。"[28]

鉴于"愈之"（胡愈之）作为长期在文化界从事统战工作的"特别党员"的身份，他与柳氏的这番"深谈"，显然是针对柳氏总是不忘自己过去的革命历史以及与领袖密切来往的关系、处处以"革命先进自居""居功自傲"而发，不过是借张申府的例子敲山震虎。

对此，宋云彬却颇不以为然。他始终认定："人能不忘其过去之光荣历史，必知自惜羽毛。张申府在政协失败后，不惜与国民党特务周旋，甚且假民盟之名向各处捐款，以饱其私囊。"所以张申府的问题恰恰在于忘记了自己过去的革命历史。他接着说："微闻平津解放后，毛泽东戒其党人，须忘其前功，而努力于建设。愈之殆闻人转述毛氏之言，而加以演绎者也。初不知毛氏此言系对其党人而发，若夫一般知识分子，正惟恐其忘记过去之光荣历史，而自甘堕落耳。"[29]这分明是在指责胡愈之对毛泽东本意的误解。

但从胡愈之与柳氏这番"深谈"的实际效果看，显然无助于柳氏牢骚的消解，反倒使他动了归隐之念——以至于被人荒谬地读解为一种带有要挟性质的更大的"牢骚"。

二十五

是年 3 月 28 日，柳氏中夜难寐，万感撄心，遂濡笔写下了那首著名的《感事》诗：

开天辟地君真健，俯仰依违我大难。

醉尉夜行呵李广，无车弹铗怨冯骧。

周旋早悔平生拙，生死宁忘一寸丹。

安得南征弛捷报，分湖便是子陵滩。[30]

　　此即柳氏著名的所谓"牢骚诗"。此诗作罢后并未即时发表，直到1957年毛泽东的诗词公开发表后才渐渐为人所知。职是之故，一时论者蜂起，但因昧于当时的"历史语境"，加之对柳氏其人缺乏真解，所论似皆无当。至于所谓向毛泽东"要官""要颐和园"云云，在时间上皆对不上榫头，乖悖可知。依笔者之见，柳氏的《感事》诗既然是直接呈示给毛泽东的，那么，他们之间肯定拥有某种心照不宣的语言符码；即使柳氏是在藉诗发"牢骚"，也绝非仅仅关乎一己之私利，而是某种"所挟持者甚大"的东西。兹略陈鄙见，以俟公论。

　　柳氏进城后，一直反对国共和谈，他坚信毛泽东深具远见卓识，断不会与蒋介石进行和谈。但3月26日（1949年），国共代表团正式举行和平谈判，消息传来，柳氏闻之大惊，他认为目前形势一片大好，理应打过长江去，取得全面胜利（**柳氏表达此一意向的诗甚多，兹不具引**），如今却要和谈，岂不是中了蒋介石的缓兵之计。从《感事》的创作时间来考量，柳氏的"牢骚"显然与和谈大有干系。

　　又，柳氏一向不赞成郭沫若的"尾巴主义"，1945年，他在重庆时，就曾撰《答客难》一文，公然声称："我虽然同情中共，但我只能做中共的'严师诤友'，而决不做中共的'孝子顺孙'。""老实讲，中共是中共，我柳亚子是柳亚子。"[31]在柳氏看来，孙中山所倡导的三民主义是民主革命的正统；以故，他要"卷土重来树立中山旗帜"。而恢复国民党二大，乃是"继绝世"，唯其如此，新成立的民革才有"名分"，才有独立的话语权。诚如柳氏本人所言："好像毛先生也承认过新民主主义并没有超出三民主义的范围。那么，在我看来，倒正是中共在做我们的尾巴，哪儿是我们做中共的尾巴呢？"（《从中国国民党民主派谈起》）值得注意的是，柳氏在此再次强调了他的"政治家"资历："对外，只做中共的严师益友，而不做他们的尾巴，如旧而已（又一度冒犯了郭先生，万分抱歉。不过，郭先生是文学家，而我自己自命是政治家而兼文学家的，也许意见上有些出入。好在在英美传统中，有时候，双方争得面红耳赤，但出了巴力门，大家还是好朋友，希望郭先生能够原谅这一点，那我就负荆请罪，也是心甘情愿的了）。"[32]明乎此，我们也就不难理解柳氏的"牢骚"所在。而这正是"俯仰依违"（后改为"说项""依刘"）的隐喻所在，"大难"所由。

　　颔联的"夺席"句，原稿为"醉尉夜行呵李广"，主要是针对某人"妄评大作"（毛泽东语）而发。柳氏后改为"夺席谈经非五鹿"，以戴凭自况，意谓自己的才识、专长皆不得其用，有一种被闲置起来的感觉。柳氏所用的这两个典故，虽皆有受人侵辱之意，但侧重点明显不同。

　　"无车弹铗怨冯驩"，这一句倒是道出了柳氏发"牢骚"的直接缘由。对此，柳氏本人已然做出解释："孙先生灵堂及苏联所赠铜棺未用者，犹陈列碧云寺畔，余颇思驱车一奠也。"由此可见，柳氏的"谒灵"之举，实际上是一种政治表态，意在昭示同人，他就是要继续孙中山三民主义与三大政策的道统，续写国民党第二次代表大会的国共合作。但这与共产党希望在国民党内的民主派成立一个新组织的主张不同。因此，柳氏以民革秘书长的身份召集开会竟也开不起来。即使如此，他仍不愿放弃政党独立自主性的立场，故辞去民革筹委会秘书长之职。

柳氏的"无车"之叹，还来自与某些"有车"者（如李济深）的比照；以故，柳氏慨乎言道："共产党内有些高级干部说：'早革命不如晚革命，晚革命不如不革命，不革命不如反革命'，我也有同感。李任潮在1927年蒋介石叛变革命后是跟着蒋介石屠杀共产党的；傅宜生在1946年蒋介石撕毁政协决议后，执行蒋介石进攻解放区消灭共产党的命令是最积极的。现在他们倒成了毛泽东的座上客。1927年蒋介石叛变革命后我是被蒋介石通缉的，我一直是反对蒋介石，跟着共产党走的，现在却让我来这里坐'冷板凳'了。"[33]

《感事》诗的颈联亦一直被注家曲解。其实，在柳氏的心头，一直盘绕着一个拂拭不去的情结，那就是："四一二事变"后，他复壁逃生，没有死在"清党"的屠刀之下，深感在"蒋匪中正篡党时，余以不死为恨，草间偷活"，愧对廖仲恺、朱执信、侯绍裘、张应春等先烈，故"每诵吴梅村'故人慷慨多奇节'句，不知吾涕之何从也"。——此即颈联"周旋早悔平生拙"的意涵所在，从中亦可窥寻出柳氏与胡愈之"深谈"后所作出的某种回应。明乎此，尾联的意思也就豁然朗现——什么时刻南征胜利了，我便将"汾湖"（代指老家）作为退隐之所了。至此，诗中所有的矛盾皆趋于消解，柳氏以"退隐"这种个人化的方式平息了内心的尖锐冲突。

二十六

但《感事》一出，訾议遂至。竟有人据此作出柳亚子"要颐和园"的怪论，并煞有介事地编造出一段毫无根据的毛泽东气呼呼地质问柳氏的原话：我没有权力给你，就是有权力给你，把造兵舰用的八百万两银子都给你，让你像慈禧太后那样好不好？"

其实，对《感事》的种种曲解、妄论，柳氏当时就有所耳闻，他不屑置辩地对其堂侄柳义南笑道："倘然我要了颐和园，也付不起那么大的房租呀！"[34]后来，柳氏曾就此驰函毛泽东征求看法，毛泽东于同年5月21日复信道："某同志妄评大作，查有实据，我亦不以为然，希望先生出以宽大政策，今后和他们相处可能更好些。在主政者方面则应进行教导，以期'醉尉夜行'之事不再发生。"[35]这足以表明，作为"受话者"（毛泽东）与发话者（柳亚子），他们之间具有一种相同的话语背景、相近的古典文学修养，且双方都拥有相当一致的语言符码，故诗中的典故也好，隐喻也罢，不仅"不隔"，反而成为一种互通款曲的有效媒介，所谓"相视一笑，莫逆于心"，其一点灵犀正在于这种微妙的心灵领悟。

二十七

就在柳亚子的《感事》诗送呈毛泽东后，随即发生的一系列事情却再次让柳氏感到莫名的憋屈、愤懑——1949年4月3日，毛泽东在香山别墅频频接见李济深、马叙伦、蔡廷锴、傅作义等民主人士；消息传到柳氏那里，自然会激起柳氏强烈的情绪反应。

又据《宋云彬日记》载："亚老近来颇牢落。昨日罗迈（即李维汉——引者）报告毕，彼即发表冗长之演词，历述彼与民革关系及在民革之地位，结语则谓余愿归入文化界，请罗先生今后不以余为党派人物云云。因罗氏今天未邀党派人士出席，柳老作不速之客也。"[36] 由此可见，柳氏之所以大谈自己与民革、民盟的关系以及他本人在民革中的地位，仍是基于他本人那种"第一流的政治家"的自负；在柳氏看来，且不论他与毛泽东的特殊关系，仅凭他作为民国元老与民盟创始人的身份，在即将组建的新政府坐把交椅，殊非奢望；而他之所以请求李维汉不要把他当作党派人物而愿归入文化界，实际上也是在延续着他的那种柳牌"牢骚"。

"牢骚"一盛，难免有损健康；"对此，柳夫人深为忧虑，特与医师商，请以血压骤高为辞，劝之休息。三时许，医师果来为亚老验血压，验毕，连称奇怪，谓血压骤高，宜屏去一切，专事休息。亚老信之，即作函向民革、民盟请假，并决定两个月以内不出席任何会议。柳夫人之计善矣。"[37] 柳氏在当天日记中也有类似记载："又为余量血压，较前增加至十度以外，颇有戒心。以后当决心请假一月，不出席任何会议，庶不至由发言而生气，由生气而骂人，由骂人而伤身耳！"[38]

二十八

柳亚子的"牢骚"之由来，固不止一端。但从总体上看，作为一位驰誉吟坛的大诗人，柳氏的思维方式与价值取向毕竟不同于政治家。由于淑世之心綦切，柳氏自觉地向"政治角色"认同，可骨子里还是眷恋着那份无从割舍的癖好。甫抵北平，他便痛心地发现许多颇有价值的古旧书籍都在琉璃厂一带都当作废纸出售，遂向毛泽东、周恩来建议筹组中央文史研究机关，拟出任苏南文管会名誉会长，却被"泼冷水"。又，柳氏身为南明史研究专家，对南明史一直未能忘情，可当他向主管部门提出重修南明史的建议后，也被恝置起来。在此，我们不妨引述一下宋云彬给柳氏的一封信，以窥个中端倪，信云：

　　……我觉得您的那篇《文研会缘起》写得不大实际，而且容易引起误会，容易被人当作把柄来攻击您。例如您说"残劫之余，艰于匡复，司农仰屋，干部乏材，国脉所关，敝屣视之"。如果有人把它演绎一番，那么，"司农仰屋"不就是说人民政府的经济没有办法吗？"干部乏材"不就是说干部都是无能的，都是要不得的吗？最后两句，不是说人民政府轻视文化吗？幸而您写的是文言，又用了典故。否则流传出去，被帝国主义者的新闻记者看到了，他们会立刻翻译出来，向全世界宣传说："你们瞧，连一向同情共产党的国民党元老柳亚子先生都这样说了，难道还是我们造谣言吗？"亚老请您想想，万一真的被反动派当作把柄来作反宣传，您不是要懊悔吗？（《宋云彬日记》，山西人民出版社，2002年版，第136页）

　　信写就后，宋云彬又征求叶圣陶的意见，叶圣陶看后连称"好极了"，宋云彬这才将信发出。柳氏读罢复道："辱荷惠笺，深感厚爱，昔称净友，于兄见之矣。"足见柳氏对宋云彬的意见还是听进去了。但他又谓："事之委曲不尽然者"，则又透发出柳氏的牢骚并未完全平息，可接下来的一系列人事安排更是大大出乎他的意外：对此，深知个中情由的夏衍曾叹道："浪漫主义诗人和现实主义政治家之间，还是有一道鸿沟的，亚子先生实在也太天真了。"[39]一时间，柳氏因"看不顺眼的事情太多，往往骂座为快"[40]。

二十九

一个月后（柳氏《感事》诗作于 1949 年 3 月 28 日），毛泽东派秘书田家英前来拜访，并送来了他本人的一封亲笔信。柳亚子发缄启读，竟是毛泽东的一首和诗：

饮茶粤海未能忘，索句渝州叶正黄。
三十一年还旧国，落花时节读华章。
牢骚太盛防肠断，风物长宜放眼量。
莫道昆明池水浅，观鱼胜过富春江。

诗后还有附言："奉和柳先生三月二十八日之作，敬请教正毛泽东一九四九年四月二十九日。"

当柳氏读到"牢骚太盛防肠断"一句时，感慨万千，老眼湿润，内心之感受难以言表，当即叠韵奉和一首，赞许毛泽东"风度元戎海水量"，而上句"离骚屈子幽兰怨"，则隐含着自我检讨之意；而毛诗中的"观鱼胜过富春江"，则又不免让头脑原本浪漫的柳氏产生不少丰富的联想。

更令柳氏喜出望外的是：仅隔一日（5月1日中午），毛泽东便携带妻女拨冗前来颐和园探望；其时适逢柳氏午休，毛泽东不许任何人打扰，甚至不许警卫发出轻微的声响，站在院内足足等了40分钟，充分体现出其"礼贤下士"的雅怀。接下来，毛泽东与柳氏"谈诗甚畅"，然后到昆明湖上泛舟，"而未能先加准备，余尚能支持，润之则汗珠流面，颇觉过意不去也……润已疲倦，不及长谈，登岸即坐汽车返，约定双五节以车来迓，谒总理衣冠墓于碧云寺，希望其不开空头支票也。"[41]显然，柳氏在兴奋之余也不无对领袖开"空头支票"的担心。

是月5日，毛泽东又命田家英率卫士摄影员若干人，以双车来迓，足证毛泽东虽日理万机，却并未将此置诸脑后；不仅如此，毛泽东还于是日中午，专门宴请柳氏，并请朱德总司令作陪，谈宴极欢。至此，柳氏对毛泽东不禁再次陡生"最难鲍叔能知管"的知遇之感。在《五月五日马克思诞辰赴毛泽东宴集》一诗的小序中，柳氏写道："谈诗论政，言笑极欢。自揆出生六十三龄，平生未有此乐也！"[42]是夜，柳氏虽"倦极不堪"，仍兴奋不已，并写信数封，足见其所谓"平生未有此乐"，洵非虚言。

三十

此后，柳亚子的情绪从总体上看基本趋于稳定，但面对一个新的政治环境，他仍不时感到陌生和不适，心境或好或坏。他那种敢言敢怒、率性见真的"名士气"也并未随着政权的更迭而改变。甫抵北平，柳氏便向有关方面提出以政府名义聘请范志超做他的私人秘书，后又直接向毛泽东提出这一要求，毛泽东答应予以考虑；未几，性情卞急的柳氏在未接到上级通知的情况下，索性自发聘书，落款竟然是"吴江一品大臣柳亚子"！

4月27日，即柳氏搬入颐和园的第三天，路过乐善堂，门卫不肯放行，柳氏"一怒冲锋"，看门者竟也无可奈何。柳氏不无得意地将此事记入当天日记中。

6月5日，柳氏夫妇到华北教科书编审委员会所在地（东四附近的一个院落）走访宋云彬，被警卫人员拦住，要他登记之后才能进去。柳氏大怒，认为这是官僚作风，不顾阻拦径自往里走，警卫员跟着进来，到了办公室，柳氏随手拿起桌上的墨水瓶，愤然向警卫人员掷去，却溅在柳夫人的身上。傅彬然和金灿然闻声而出，赶紧向柳氏道歉，并将警卫员申斥一番。当时正在午睡的宋云彬，被吵声惊醒，遂披衣而出，"则柳老余怒未息，柳太太满身蓝墨水，金灿然正向柳老道歉。柳老立片刻即辞去，余送之登车。"当晚，宋云彬又前去向柳氏道歉，柳夫人说："今日警卫员确有不是，因彼曾持所佩木壳枪作恐吓状也。"宋云彬回来后，与叶圣陶（时任华北教科书编审委员会主任）说起此事，叶圣陶当即表示"我们不需要武装警卫，今后须将警卫员之武装解除，灿然同意"。[43]

"北平文史探讨委员会"被周总理"叫停"，也是令柳氏甚感不快之事。为此，他直接上书毛泽东告状，表面上是"埋怨总理"，其实是冲着毛泽东而来（他料定此乃毛泽东之意，总理不过具体执行而已）。周总理为此专门宴请柳氏，并带来毛的批示，大意是柳氏是革命的，要团他。周总理对柳氏说："你看，毛泽东对你多好,你对我发牢骚可以,你怎么可以对毛泽东发牢骚!"柳氏连声道:"死罪,死罪!"(《中共党史研究》1994年第6期)次年,柳氏在给友人齐燕铭的信中还提及此事,云:"冒昧陈词,死罪! 死罪! (周公最讨厌此四字,讥为掉书袋,去夏在万寿山昆明湖还骂了我一顿。然而周公尽管反对,柳亚子偏偏要用,看他能不能枪毙我,呵呵!)"(《磨剑室文录》下册,第1613页)此虽为谑语,也足见其不肯屈就的名士性情。

在此期间,还发生了一件最令柳氏愤懑的事情:就在柳氏极力为范志超工作一事奔走时,却有人提醒范志超,叫她以后少和柳氏接近,致使范志超甚感痛苦。(参见方土人《缅怀柳亚老的三位女弟子》)此后,前来益寿堂探望的友人日渐稀少,柳氏遂以颐和园"冬天太冷"为由,主动请求迁往北京饭店暂住。当他驻足在名园门口,向笼罩在一片苍茫暮色中的益寿堂投去不胜依依的一瞥时,恐怕连他本人也未意识到:这个姿态,意味着将与政治生涯告别。

三十一

北京北长街89号。一座宽敞、僻静的四合院,红砖绿瓦,雕梁画栋,此处位于北海之南,故宫之西,风景幽绝,柳亚子于1950年9月11日定居于此。此后,柳氏虽当选为中央人民政府委员、政务院文教委员、华东行政委员会副主席、中央文史馆副馆长等职,但基本上是赋闲在家,门庭也日渐冷落,只有门额上那块由毛泽东亲笔书写的"上天下地之庐",仍能勾起这位老人与开国领袖之间的种种怀想。年华逝水，世故惊涛，这位疲癃的老人，逮至晚年，似乎犹未解开缠绕其一生的政治情结。一次，民革开会纪念孙中山先生，邵力子在讲话中言及亚老长于文学，不懂政治，柳氏听罢大怒，随即书一长函，极尽嬉笑怒骂之能事，后经人劝阻，才未发出[44]。在中华人民共和国建国一周年之际（1950 年 10 月 3 日），柳氏夫妇应邀去怀仁堂观看西南各民族文工团及新疆、延边等文工团联合演出的歌舞晚会，坐于前排的毛泽东转身向柳氏夫妇致意，并命填《浣溪沙》，以纪"大团结之盛况"；一生惯作惊人之语的柳氏，沉吟片刻后，写出的竟是"不是一人能领导，哪容百族共骈阗"这样的应制之章，其才调气格，已无法与才华骞举、慷慨豪壮的早年诗作同日而语。稍后，柳氏又创作了一组庆祝抗美援朝胜利的七言绝句，也明显缺乏以往那种郁然于内里、焕然于外表的"神采"，一种由辞藻的灵动组合而成的风致、情韵。

三十二

柳亚子晚年在政治上掀起的最后一次高潮，是与毛泽东在怀仁堂唱和后不久（1950 年 10 月 11 日），柳氏偕夫人乘火车南行，在离宁返沪的途中，接到报告，有人窥伺，虞有意外，柳氏遂于10 月 24 日凌晨在火车上立下遗嘱：

> 柳亚子不论在何时何地，有何意外，决为蒋匪帮毒手。
> 我死以后，立刻将此嘱在报纸公开宣布为要！！！我死后裸

体火葬，一切迷信浪费，绝对禁止，于公墓买一穴地，埋葬骨灰，立碑曰'诗人柳亚子之墓'足矣（地点能在鲁迅先生附近最佳，我生平极服膺鲁迅先生也）。如不遵照，以非我血裔论！！！

面对鼎镬，无所怛怖，其忠义凛然之气节与光明峻伟之怀抱皆不可掩，且充塞两仪之间，这种大无畏的雄杰气概，乃本然自具的柳氏本色，令笔者油然想起当年藏身"复壁""瞑目待毙"的"现代祢衡"。当然，对笔者来说，最感兴趣的还是"遗嘱"中柳氏对自己墓碑的预题："诗人柳亚子之墓"。在同一时期，柳氏在致友人的信中，亦公然声称："我是诗人""现在在研究南明史料，颇有兴趣，其他则暂时不管，也许永远不管了"（《致曹美成》）。如果结合柳氏长期以"一流政治家"自许的经历来看，"诗人"二字的下断，分明透发出"了悟平生"的澹定与超然，其政治激情与文学理想历经了半个多世纪的相互缠绕、纠结，此时已达成充分的生命和解；这位兴酣足可摇五岳的老诗人，终于找到了真正属于他本人的价值定位。

三十三

柳氏晚年，由于脑动脉硬化症加剧，已极少参加社会活动。值得一提的是，1953 年 9 月，在中央人民政府会议上，梁漱溟与毛泽东发生"雅量"之争时，柳氏也身临现场，但他当时并未表态，回到家中，只跟夫人郑佩宜讲了一句话："毛很厉害" [45]。柳氏最后一次出现于公众视野，是在 1956 年 11 月孙中山诞辰九十周年的纪念会上，此时他已是病魔缠身，举步维艰，以至需要有人小心搀扶才能勉强在主席台就座。

1958 年 6 月 21 日，柳氏在北京病逝。如照旧历算，此日恰为五月五日端阳节。以故，他的南社旧友赵赤羽赋诗挽道："年年屈原节，凭吊共端阳。"这位一向主张将端午节改为"诗人节"的"今屈原"（郭沫若语），竟在端午这一天走向永在的诗国，是冥冥中自有定数，还是纯然的巧合？至于他本人为墓碑所做的预题（"诗人柳亚子之墓"），则成为一种令人称奇的谶语。

三天后，在中山公园中山堂举行的公祭大会上，摆放着毛泽东所献的花圈，出席者有刘少奇、周恩来、陈毅、吴玉章等国家重要领导人及其他各界政要，显然已达到一个著名民主人士所能享有的规格；但"柳亚子委员灵堂"这样的称呼，还是多少让人感到有些生分，透发出某种耐人寻味的意味；毕竟在此公祭的，是与共产党长期"肝胆相照，荣辱与共"的"国党三仁"之一。不知柳氏泉下有知，对此会做何感想？

三十四

惯蹈风霆的柳亚子，既热衷政治，又耽于文学，加之性格过于自负，难免会在政治抱负与文学理想之间产生某种"价值错位"；其实政治一途，波谲云诡，非心机深密者，殊难应对，唯有"诗人"，才是他对自己一生最准确的定位。纵流光如逝，时浪推排，对于柳氏来说，仅凭一部奕奕煌煌的《磨剑室诗词集》已自足千秋。从这个意义上说，时间是公正的，它无情地拒斥一切艺术之外的人为捧抬；在时间的魔河前，哪怕仅仅有一部作品溜了进去，作为诗人，也就获得了永生；而柳氏用生命铸造的诗歌峰峦历经半个多世纪，至今仍屹立在那里，生动如初，丝毫不染岁月的尘埃——这对"恨不诗肠化大江"的柳氏来说，无疑是最高的褒奖。此乃诗之幸也，亦柳氏之幸也。曾有论者认为，柳氏善怒能狂，放言无忌，若不慎敛锋芒，罗隆基、储安平们的队伍很难说不扩大到他身上，故柳氏于1958年辞世未尝不是一种幸运。但窃以为，即使柳氏被打成右派，也丝毫无损于他的光辉——因为柳氏是一个以诗歌对近现代历史进程做出富有个性创造与积极回应的诗人，一个能够提供具有永久生命力的东西并为新的思想和审美意识所照亮的诗人，在他的具有"史诗"性质的诗歌创作中，不仅浓缩着一部近现代史，亦完成了对个体心灵的伟大塑造；当然，更重要的是，他是一个无法克隆的诗人，他生命的水银柱已升腾到晚清以降的众多诗人无法企及的高度。

毫无疑问，柳亚子已然走进历史。

历史的碑铭上，将永远镌刻着五个大字："诗人柳亚子"。

注释

[1] 柳亚子《南社纪略》，上海人民出版社，1983年版，第11页。

[2] 柳亚子故生前仅出过薄薄的两册诗文集《乘桴集》

（1928），《怀旧集》（1947），这显然与他那腾誉诗坛的赫赫声威颇不相称。

[3]柳亚子尝与蔡冶民、陶亚魂自筹经费出版邹容的《革命军》，颇具鼓荡民气之功。又大力印行夏允彝、夏完淳父子的合集，激发人们"旷代相感"的抗争雄气，用心可谓至善。为悼念南社故友，柳氏不惮辛劳，独资收购他们的遗集，并自费为之出版，仅从人名数量上看，已洵足惊人，分别为：革命烈士周实丹、阮梦桃、宁太一、陈勒生、孙竹丹以及陈蜕庵、邹亚云、庞檗子、苏曼殊、林庚白等。凡诸种种，对柳氏来说，均属义务性质；真正的分内工作，是编辑《南社丛刻》。

[4]《南社丛刻》自1910年1月至1923年12月共出版了22集。除其中5集外，其余均为柳氏所编。1910年底，当柳氏精编并郑重推出第3集后，好评如潮，成为"革命以后的第一声"，自此奠定了社刊的体例。嗣后，柳氏笃勤匪懈，锐志进取，克服了包括校对、经费和稿源在内的重重困难。从柳氏所编《南社丛刻》（共17期）看，体例彰明，校刊精严，充溢着光焰逼人的南社精神。也正是由于柳氏在主持刊物和舆论建设上的殊功奇勋，故能在南社社员中声望广孚，腾誉众口。

[5]1914年3月，南社举行第十次雅集，社员们将宗旨修改为"研究文学，提倡气节"（见《南社条例》，即《第六次修改条例》），同样不宜作为衡士的标准：因南社社员原本就限于士林，"文学"乃其本然必具之资，无须特加标举；至于"气节"是在"时穷"的情势下才"乃现"的，并不适合作为社员入社的必具条件。

[6]朱剑芒《我所知道的南社》,《南社研究》第6辑,第219页。

[7]《南社诗话两种》,中国人民大学出版社,第160页。

[8]朱剑芒《酒社诗录叙》,转引自郑逸梅《南社丛谈》,上海人民出版社,第26页。

[9]参看柳亚子《南社纪略》,上海人民出版社,1983年版,第19页。

[10]见柳无忌《从磨剑室到燕子龛》,台北时报出版公司,1986年版,第39页。

[11]柳亚子《斥朱鸳雏》,见杨天石、王学庄编著《南社史长编》,中国人民大学出版社,1995年版,第461页。

[12]所谓"同光体"是近代各种宋诗派的总称,即"同(同光)、光(光绪)以来不墨守盛唐者"(陈衍语)。就作为一种诗歌流派的"同光体"本身而言,似不必强为轩轾,但柳亚子与朱鸳雏分别从政治视角与文学视角展开论争,自然无法取得一致的意见。

[13]《南社史长编》,中国人民大学出版社,1995年版。

[14]《中华新报》,1917年8月10日。

[15]在此次内讧中,从表面上看,柳氏并不乏支持者。但揆诸史实,在此次内讧期间,仅"火线"入社的江苏籍社友便多达20人,而吴江籍者为9人,这显然与壮大"柳党"声势不无干系。更为可虑的是,不论是拥柳派还是反柳派,都存在着未经社友同意而冒其名以壮声威的做法。由于柳派势力较大,一时占了上风,但若细究这些支持者,其中未尝

没有"以私忘公"的成分，如叶楚伧就曾明示成舍我："予不知理，惟不许汝反对柳亚子耳。"应当指出，在此次内讧中，绝大部分社友所采取的还是观望或不公开表态的态度，这至少表明他们并非"拥柳派"。

〔16〕柳亚子《南社纪略·叙》上海人民出版社，1983年版。

〔17〕柳亚子《南社纪略·叙》上海人民出版社，1983年版，第1页。

〔18〕但新南社自成立之日起，由于几位发起人观念的不同，叶楚伧对柳氏所说的"归结到社会主义的实行"一语就明确表示异议。

〔19〕《柳亚子选集》，人民出版社，1989年版，第584页。

〔20〕《为皖南事变发往重庆的亲笔代电》，《磨剑室文录》下册第1267页。

〔21〕张森奉《柳亚子"牢骚太盛"为哪般？》《党史文苑》2010年上半月。

〔22〕陈迩冬《一代风骚》，见于张明观《柳亚子史料札记》，上海人民出版社，2008年版，第123页。

〔23〕对于所谓"整理党务案"，出席这次全会的中共代表团内部争论激烈。毛泽东主张坚决顶住，而张国焘作为中共中央代表，却按照事先同陈独秀商定的让步方针，强迫大家接受。表决时，毛泽东违心地投了赞成票，柳亚子、何香凝则坚决反对。柳氏看到何香凝慷慨激昂，愤怒抗议，而自己却因口吃，愈急愈说不出话来，只能用力鼓掌，以示支持。

[24]柳氏在此用了四个典故："兄事""弟蓄"出自《史记·季布传》："长事袁丝，弟蓄灌夫"。意谓季布之弟季心，因杀人逃至吴国丞相袁丝家中，分别以对兄长、对弟辈的态度尊敬袁丝与西汉名将灌夫。"大儿""小儿"典出《后汉书·祢衡传》：东汉建安初年，在京城中贤士云集，而祢衡独对刚直敢言的孔融与才智过人的杨修青眼相加。为免他人误解，柳氏还专门在边款上题道："予倩立庵制印，援正平例，有大小儿语。北海齿德，远在祢上，正平德祖，亦生死肝胆交，绝无不敬之意，斯语特表示热爱耳。虑昧者不察，更乞立庵泐此，以溯其朔，并缀跋如左。"

[25]金绍先《关于柳亚子先生》，见《柳亚子纪念文集》，中国文史出版社，1987年版，第205页。

[26]宋云彬《北游日记》，1949年6月27日。按：宋云彬的日记虽写于1949年的6月，但其中所记之事，显然皆发生于此前，亦即柳氏创作《感事》诗前后。

[27]《柳亚子选集》，人民出版社，1989年版，第1205页。

[28][29][37][41][43]宋云彬《红尘冷眼——一个文化名人笔下的中国三十年》，山西人民出版社2002年版，第115、115、118、131页。

[30]此诗柳亚子后来又作了修改，发表后的《感事》诗为：

开天辟地君真健，说项依刘我大难。

夺席谈经非五鹿，无车弹铗怨冯驩。

头颅早悔平生贱，肝胆宁无一寸丹。

安得南征传捷报，分湖便是子陵滩。

与原稿相比，第二、第三句改动最大，第四、第五句改动了个别词句。不过全诗意思大致相同。须加说明的是，毛泽东看到的是原稿，而非此改动稿。

［31］《磨剑室文录》，上海人民出版社，1983 年版，下册，第 1508、1510 页。

［32］《磨剑室文录》，上海人民出版社，1983 年版，下册，第 1551 页。

［33］《炎黄春秋》2004 年第 6 期，第 20 页。按：李济深在当时的地位相当重要。据徐铸成的回忆：3 月 18 日，徐铸成进北平，几天后到北京饭店串门，李济深说自己闷在饭店里无聊，请徐带他出去玩玩。第二天，徐即请李等到饭馆吃饭、戏院看戏。结果负责接待的人埋怨说："徐先生，你给我们开的玩笑太大了。你知道，任公这样一个人物，去馆子和戏院，要布置多少人暗中保护？"（见《徐铸成回忆录》，生活·读书·新知三联书店 1998 年版，第 185 页。）

［34］《关于"倘遣名园常属我"》，见张明观《柳亚子史料札记》，上海人民出版社，2008 年版，第 370 页。

［35］《毛泽东书信选集》，人民出版社 1983 年版，第 321 页。

［36］《宋云彬日记》，山西人民出版社，2002 年版，第 118 页。

［38］柳亚子文集《自传·年谱·日记》，上海人民出

版社 1986 年版，第 350、362 页。

　　［39］夏衍《懒寻梦旧录》，三联书店，2000 年版，第 631 页。

　　［40］1949 年 4 月 11 日《致尹瘦石信》。需要在此指出的是，柳氏的上述牢骚虽发生于后来，但与柳氏在《感事》诗中的"牢骚"已胶结难分，故在时序上似不必过分拘执。

　　［42］柳亚子文集《磨剑室诗词集》，上海人民出版社 1986 年版，第 1590 页。

　　［44］宋云彬《北京日记》，1950 年 11 月 19 日。

　　［45］《在批判梁漱溟时》，见张明观《柳亚子史料札记》，上海人民出版社，2008 年版，第 350 页。

目 录

一九五一年

有怀章太炎、邹威丹两先生狱中

祖国沈沦三百载，忍看民族日仳离[1]。

悲歌咤叱风云气，此是中原玛志尼[2]。

泣麟悲凤[3]侔狂客，搏虎屠龙《革命军》。[4]

大好头颅抛不得，神州残局岂忘君？

题解

　　柳亚子于1903年在上海爱国学社结识章、邹二人，大受其反清革命思想之影响，并经常撰写鼓吹革命、驳斥保皇派的文章在《苏报》发表。

《苏报》为宣传民族民主革命的先驱报刊之一。1903年，章士钊就任该报主编，陆续发表章炳麟的《驳康有为论革命书》《革命军·序》等文章，昌言反清革命，招致清廷的嫉视，以"大逆不道""谋为不轨"的罪名，将《苏报》查封，并逮捕了章炳麟、邹容等人，此即著名的上海"《苏报》案"。后来清廷迫于形势和舆论，不得不放弃"处以极刑的判决，改判以章三年、邹二年的徒刑。章、邹入狱后，柳亚子曾到狱中探望。这首诗即作于此时。按：章炳麟，近代民主革命家、著名学者。字枚叔，号太炎，浙江余杭人。早年任《时务报》撰述，因参加维新运动被通缉，流亡日本。1900年剪发立志革命。1903年发表《驳康有为论革命书》，并为邹容《革命军》作序，触怒清廷，被捕入狱。1904年，与蔡元培等发起光复会。1906年加入同盟会，主编《民报》，与改良派展开论战。1913年宋教仁案发后，参加讨袁，为袁氏禁锢。袁氏死后被释放。1917年参加护法军政府，任秘书长。1924年脱离孙中山改组的国民党，在苏州设章氏国学讲习会，以讲学为业。晚年愤于日本侵略中国，曾赞助抗日救亡运动。平生在国学、文学、历史学、语言学等都颇多贡献，著述甚丰，除刊入《章氏丛书》《章氏丛书续编》外，部分遗稿刊入《章氏遗稿三编》。邹容，近代民主革命烈士。字蔚丹，一字威丹。四川巴县人。1902年留学日本，参加留日学生爱国运动。次年回国后在上海加入爱国学社，撰《革命军》，宣传革命是"天演之公例"，号召推翻清朝统治，建立资产阶级的自由、独立、平等的"中华共和国"。此书刊行后流行甚广，对中国资产阶级民主主义革命运动起到鼓动作用。邹容因《苏报》案被捕下狱，1905 年瘐死狱中。

注释

[1] 仳离：离散。

[2] 玛志尼：意大利复兴运动的奠基人。1831 年在马赛创立青年意大利党。1848 年参加意大利革命。翌年罗马共和国成立，为三执政官之一。共和国失败后，流亡伦敦。

[3] 泣麟：语出《史记·孔子世家》："及西狩见麟，曰：'吾道穷矣！'""悲凤"见于同篇："楚狂接舆歌而过孔子，曰：'凤兮凤兮，何德之衰？往者不可谏兮，来者犹可追也。已而已而，今之从政者殆而！'"孔子下"欲与之言。趋而去，弗得与之言。"此指章太炎。

[4] 搏虎：语出《孟子·尽心下》。喻有勇力或气势磅礴。此处借喻邹容所著《革命军中马前卒》，显现出非凡的革命勇气和警世激情。屠龙：谓非凡的本领。见《庄子·列御寇》："朱评漫学屠龙子支离益，单（尽）千金之家，三年技成。"革命军：书名。邹容著。光绪二十九年（1903 年）由上海大同书局出版。署名为：皇汉民族亡国后之二百六十年革命军中马前卒邹容。作者时年仅 18 岁。是书主张革命为"天演之公理"，清朝政府闻之大为惊骇，认为"此书逆乱，从古所无"。当时的《苏报》曾专门介绍道："《革命军》宗旨专在驱除满族，光复中国，笔极犀利，义极沉痛，稍有种族思想者读之，当无不拔剑起舞，发冲眉竖。"

一九〇四年

题《张苍水集》（四首，集为太炎先生校订）

起兵慷慨扶宗国[1]，岂独捐躯为故王？

二百年来遗恨在，珠申余孽尚披猖[2]。

北望中原涕泪多，胡尘惨淡[3]汉山河。

盲风晦雨凄其[4]夜，起读先生正气歌[5]。

廿年横海汉将军，[6]大业蹉跎怨北征。[7]

一笑素车[8]东浙路，英雄岂独郑延平[9]！

延津[10]龙剑沉渊久，出匣依然百炼钢[11]。

抱缺守残^[12]亦盛德，心香同爇谢余杭^[13]。

题解

　　张苍水系明末抗清志士。曾与郑成功配合，转战浙东沿海，并一度深入安徽，击破清军，收复20余城，深受人民拥戴。后因义军失败被俘，英勇牺牲。张苍水的诗文，充满爱国主义和民族主义精神，故在清代被列为禁书，逮至1901年始由章太炎整理传抄稿本排印出版。此四首绝句，皆为章氏本而题，充溢着诗人对先贤爱国精神与 伟烈丰功的倾慕与赞颂。柳亚子基于深切的现实感受，取瑟而歌，深致痛慨，末首援用"延津龙剑""出匣"等典实，透发出诗人纵遭困厄、犹思奋起的济世情怀。

注释

　　[1] 宗国：指华夏，即以汉族为宗主的中国。

　　[2] 珠申：清朝的祖先。古称肃慎，辽宋时称女真，清初称珠申，皆一音之转。此借指清王朝。披猖：骄横。

　　[3] 胡尘惨淡：谓清朝的民族压迫沉重。

　　[4] 凄其：寒凉。

［5］正气歌：南宋民族英雄文天祥抗元被俘后，在狱中作《正气歌》以明志。按：张苍水被俘，渡钱塘，舟中拾一笺云："此行莫作黄冠想，静听先生正气歌。"此借指张苍水的作品。

　　［6］廿年句：张苍水从 1645 年起义抗清，逮至 1664 年失败牺牲，前后转战浙东沿海 20 年。《汉书·武帝纪》："东越王余善反，攻杀汉将吏。遣横海军韩说、中尉王温舒出会稽；楼船将军杨仆出豫章，击之。"

　　［7］大业句：1659 年，张苍水与郑成功合兵北伐，率大军 17 万，进入长江，围攻南京，江南人民纷起响应。郑氏因轻敌战败，张亦被迫撤退。蹉跎，谓虚掷时光，一事无成。

　　［8］素车：谓张、郑的军队从海上出击席卷东浙的雄姿，枚乘《七发》："波涌而涛起……如素车白马帷盖之张；其波涌而云乱，扰扰焉如三军之腾装；其旁作而奔起也，飘飘焉如轻车之勒兵。"

　　［9］郑延平：即郑成功，曾被封为延平郡王。

　　［10］延津："延津龙剑"之省称。据《晋书·张华传》：张华与雷焕于丰城狱屋基掘得宝剑，一名龙泉，一名太阿。二人分而佩之。张华被诛，失剑所在。后雷焕亦卒，其子持剑过延平津，剑忽跃入水中。使人没水寻之，但见二龙蟠萦，顷之水浪惊沸，遂失剑。此句意谓《张苍水集》一如延津龙剑，沉埋已久。

　　［11］百炼钢：谓精粹坚刚。周济《金精百炼赋》："有攻金之工兮，求百炼之精钢。"

［12］抱缺守残：《汉书·刘歆传》："犹欲保残守缺，挟恐见破之私意，而无从善服义之公心。"按：诗人在此反用其意，极赞章氏校订《张苍水集》，使这些残缺、散佚的爱国主义诗文得以保存流布，功莫大焉！

［13］心香同爇：谓对章氏皆怀有崇敬之心。心香，佛家语。原谓学佛者心诚则能感于佛，与焚香供佛无异。后用表崇拜之意。爇，燃着。余杭：章太炎为浙江余杭人，此以籍贯代称其人。

十月十日，虏后那拉万寿节也，纪事得二首

毳服毡冠[1]拜冕旒，谓他人母[2]不知羞！

江东几辈小儿女，却解申申詈国仇[3]。

胡姬[4]也学祝华封，歌舞升平处处同。

第一伤心民族耻，神州学界尽奴风。

闻民立某校以是日辍业。（作者自注）

题解

柳亚子作此二诗，年仅17岁，尚未加入同盟会、光复会，竟毫不畏蒇清王朝尤其是那拉氏（慈禧太后）的淫威，在其"万寿"之日，创作出这种胆气过人的、充溢着抗争精神的"纪事"诗，洵足惊人。

注释

[1] 毳服毡冠：古礼服。冠服皆毛织品。冕旒，皇帝的礼帽。此代指慈禧。按：作者自注云："时与高遂方女士暨其弟宝和宝龄诸小豪杰说国事。"

[2] 谓他人母；此讥讽汉族官僚之向慈禧叩拜祝寿者。语出《诗·王风·葛藟》："绵绵葛藟，在河之涘。终远兄弟，谓他人母。"

[3] 申申詈国仇：不断地痛骂祖国的仇敌。屈原《离骚》："女嬃之婵媛兮，申申其詈余。"

[4] 胡姬：古时对北方少数民族妇女的称呼。此指慈禧。祝华封：谓祝福添寿。《庄子·天地》："尧观乎华，华封人曰：嘻：'请祝圣人，使圣人寿，使圣人富，使圣人多男子。'"

闻万福华义士刺虏臣王之春不中，感赋（二首）

君权[1]无上侠魂销，荆、聂[2]芳踪黯不豪。

如此江山寥落甚，有人[3]呼起大风潮。

一椎[4]未碎秦皇魄，三击[5]终寒赵氏魂。

愿祝椎埋[6]齐努力，演将壮剧续樱门[7]。

题解

    万福华，安徽合肥人，爱国志士，因痛恨清前广西巡抚
王之春的卖国行径（曾在广西借用法国兵镇压地方人民暴动；
又在沪上力主割东三省与俄国），密谋暗杀之。1903 年 10
月 13 日，万氏计诱王之春至上海英租界四马路金谷香酒店，

于酒店楼梯上以手枪奋力狙击之，并大呼"击杀卖国贼，为国人泄愤！"可惜未中，被拘捕判徒刑10年。诗人蒿目时艰，忧愤重重；而英烈义行，则又足以荡情。触缘遇境，辄发吟咏。此诗充分披示出诗人那种崇尚暴力的激进倾向。

注释

[1] 君权：自从君权被抬到至高无上，游侠的精神便湮没无闻了。按：战国法家韩非有尊崇君主权势和斥逐侠客的主张，即此句所本。

[2] 荆、聂：指荆轲、聂政，二人皆为战国时著名刺客。荆轲曾持匕首挟持秦王政，失败被杀；聂政为韩严遂刺杀韩相韩傀，然后自刎。此句意谓如今侠风消歇，令有志之士不胜扼腕。

[3] 有人：指万福华。

[4] 一椎：典出《史记·留侯世家》："得力士，为铁椎重百二十斤，秦皇帝东游，良与客狙击秦皇帝博浪沙中，误中副车。秦皇帝大怒，大索天下，求贼甚急，为张良故也。良乃更名姓，亡匿下邳。"《汉书·张良传》亦记此事。后遂用此典表达刺杀强敌，以报国仇的豪壮之情，如李白《经下邳圯桥怀张子房》诗："沧海得壮士，椎秦博浪沙。"

[5] 三击：见《史记·豫让列传》：豫让，晋人。事智伯有宠。赵襄子灭智伯，豫让欲为报仇，屡行刺襄子而不

成。后被执。让因请襄子衣，襄子义而许之。让于是拔剑击衣，已而曰："吾可以下报智伯矣！"遂伏剑死。

［6］椎埋：指从事暗杀事业的人。《史记·王温舒列传》："少时椎埋为奸。"注："椎杀人而埋之；或谓发冢。"此句意谓希望有志之侠士，继续冒白刃以行之。

［7］樱门：原指皇城的西南门，此指樱田门事件，日本近代史上著名的暗杀案之一。按：1860年3月，水户的藩士密谋袭杀当时的大老井伊直弼于樱田门，开了日本近代史上暗杀活动之先河。

题《夏内史集》（六首）

降旗夜竖石头城，[1]蹈海孤臣耻帝秦。[2]
国恨家仇忘不得，髫年[3]十五便从军。

威虏军中帷幄筹[4]，长兴幕府赋同仇[5]。
春申哭罢吴江[6]哭，不到新亭[7]也泪流。

莽莽中原王气[8]黯，嘶风胡马尚南来。[9]
伤心二百年前事，遗恨分明赋《大哀》[10]。

鸥枭革面化鸾皇，[11]禹甸尧封[12]旧土疆。
大业未成春泄漏，[13]横刀[14]白眼问穹苍。

战骨松山夕照黄，[15]辽西妖梦[16]太轻狂。

剧怜汉贼洪亨九[17]，不道人间有夏郎[18]。

悲歌慷慨千秋血，文采风流一世宗[19]。

我亦年华垂二九[20]，头颅如许[21]负英雄。

题解

在柳亚子早期诗歌创作中，不乏阅读晚明典籍继而有感而发的诗作，他本人尝谓："我后来有《三别好诗》，说明我瓣香所在，是亭林、存古、定庵三家。"夏完淳之诗，苍凉悲壮、慷慨生哀，洋溢着强烈的爱国激情与时代气息；柳亚子因景仰其人而发读其诗，因发读其诗而追慕遗范，感慨遂生。"不到新亭也泪流"一语最为警策，有无穷托寓在焉。由于前五首的超大容量，末句一出，便不仅仅是"负英雄"的气节感佩，也标示着夏完淳对柳亚子在政治与文学上的双重楷范意义。陈去病曾将柳亚子视为"今之夏存古"，非无由也。按：夏完淳，明末为国捐躯的民族英雄。9岁能诗，有"神童"之称。14岁即随父亲夏允彝、老师陈子龙参加抗清活动，17岁在南京被捕，壮烈殉国。南明唐王曾因夏完淳抗清英勇，授予中书舍人之职。中书舍人，隋时曾改中书省为内史省，中书令为内史令，中书舍人为内史舍人，故后人为夏完淳收辑诗文，题为《夏内史集》。

注释

[1]降旗句：谓南明政权陷落。石头城，1644年清军入关，明福王朱由崧在南京称帝，改元弘光，是为南明。随后快速南下，围攻扬州，扬州城池破，清军屠城，史称"扬州十日"。不久南京陷落，弘光帝被俘。

[2]蹈海句：借指夏完淳之父夏允彝在南京失陷后，兵败沉渊自杀事。语本《史记·鲁仲连列传》：魏王使新垣衍说赵尊秦为帝，仲连见新垣衍曰："彼秦者，弃礼义而上首功之国也。权使其士，虏使其民。彼即肆然而为帝，过而为政于天下，则连有蹈东海而死矣。吾不忍为之民也！"

[3]髫年：童年。髫，古代儿童头上扎起来的下垂头发。

[4]帷幄筹：谓筹划指挥战事。语出《史记·高祖本纪》："夫运筹策帷幄之中，决胜于千里之外，吾不如子房。"帷幄，军队的帐幕；筹，策划。

[5]幕府：将军府。同仇：谓同心赴敌。《诗·秦风·无衣》："岂曰无衣，与子同袍。王于兴师，修我戈矛，与子同仇。"

[6]春申：春申江，即上海黄浦江，相传为战国时楚春申君黄歇所浚，故名；又称申江、黄歇浦或歇浦。吴江：又称吴淞江，在江苏省境。

［7］新亭：典出南朝刘义庆《世说新语·言语》："过江诸人，每至美日，辄相邀新亭，藉卉饮宴。周侯（周顗）中坐而叹曰：'风景不殊，正自有山河之异：'皆相视流泪，唯王丞相（王导）愀然变色曰：'当其戮力王室，克复神州，何至作楚囚相对？'"《晋书·王导传》亦载此事。历代诗人常常借用此典表达怆怀故国、忧叹时事之情。此句意谓国破如此，即使不到新亭，也一样使人同声一哭。

［8］王气：《新五代史·吴越世家》："豫章有善术者，望斗牛间有王气。"后多以"王气"指王朝的气运。如庾信《哀江南赋序》："将非江表王气，终于三百年乎？"

［9］嘶风句：指清军的马队嘶鸣腾跃，正在向南方突进。

［10］大哀：夏完淳在13岁时尝作《大哀赋》，记载明朝覆亡、父亲战死的经过，国恨家仇，溢于毫端。

［11］鸱枭句：指清松江提督吴胜兆反正事。吴原为明武官，降清后，因遭猜忌又复举兵抗清，不久败北。鸱枭，猫头鹰。古人视作不祥鸟。此借比降清之吴胜兆。革面，改头换面。鸾皇，古代传说中之吉祥鸟。此借比反正之吴胜兆。

［12］禹甸尧封：甸，治。尧之封域，禹之治地，意谓中国是汉民族的古老的疆土。《诗·小雅·信南山》："信彼南山，维禹甸之。"杜甫《诸将五首》诗："蓟门何处尽尧封。"

［13］大业句：策划恢复祖国的伟大事业还未成功，秘密计划却泄露了。按：吴胜兆兵败后，陈子龙等数十位名士均受株连，夏完淳也因起草《上鲁国公表》被捕。春泄漏原

指透露春天来临的消息，后借喻露秘密。语出杜甫《腊日》："漏泄春光有柳条。"

[14]横刀：面对屠刀。谭嗣同诗："我自横刀向天笑。"白眼：表示傲慢的神情。《晋书·阮籍传》："籍又能为青白眼，见礼俗之士，以白眼对之。"

[15]战骨句：谓明军与清军在松山会战，大败事。

[16]妖梦：谓清朝贵族吞并中原的野心。

[17]洪亨九：洪承畴，字亨九。崇祯时任陕西三边总督、兵部尚书等职，指挥镇压农民军的战争，后调任蓟辽总督，防守关外。1641年率八总兵13万人，与清军在松山会战，大败。次年，松山陷落，被俘至沈阳，降清。后来从清军入关；至南京，总督军务，镇压江南抗清义军，杀害黄道周、夏完淳等抗清志士多人。

[18]夏郎：即夏完淳。

[19]一世宗：一代的宗匠。

[20]二九：即18岁。

[21]如许：如此。

一九〇五年

哭威丹烈士

白虹贯日[1]英雄死，如此河山失霸才[2]。

不唱铙歌[3]唱薤露，胡儿歌舞汉儿哀！

哭君恶耗泪成血，赠我遗书墨未尘。

私怨公仇两愁绝，几时王气剗珠申[4]？

题解

威丹，即邹容。邹容因苏报案被捕，判徒刑2年，不幸瘐死狱中。章太炎曾为其作墓志，云：“君以少年为狱囚，狱卒数侵之，心不能平，又啖麦麸饭不饱，益愤激……明年正月，疾发……（章氏）告狱卒长，请自为持脉疏汤药，弗许；请召日本医，弗许。病四十日，二月二十九日夜半，卒于狱中，年二十一岁矣。"噩耗传出后，诗人哀痛不已，遂有此作。

注释

[1] 白虹贯日：《战国策·魏策》："唐雎曰：'此庸夫之怒也，非士之怒也。夫专诸之刺王僚也，彗星袭月；聂政之刺韩傀也，白虹贯日；要离之刺庆忌也，苍鹰击于殿上。此三子者，皆布衣之士也，怀怒未发，休祲降于天。'"按此句意谓邹容虽瘐死狱中，但与战死沙场之猛士同样壮烈。

[2] 霸才：过人之才。

[3] 铙歌：军乐中的凯旋曲。崔豹《古今注》："短箫铙歌，军乐也。黄帝使岐伯所作，所以建武扬德，风劝战士，《周礼》所谓王大捷则令凯乐，军大捷则令凯歌者也。"薤露：挽歌。崔豹《古今注》："薤露、蒿里，并丧歌。"

[4] 刬：铲除。珠申：清朝之祖先。古称肃慎，辽宋时称女真，清初称珠申，皆一音之转。按：此处指清王朝。

一九〇六年

次韵和陈巢南岁暮感怀之作（二首）

朔风凛凛天如死，和汝新诗忍放歌？

沧海横流[1]原此际，疾风劲草[2]已无多。

凤鸾罹网[3]全身少，魑魅[4]骄人奈尔何？

我欲天涯求死所，十年磨剑[5]悔蹉跎。

匈奴未灭敢言家？[6]揽镜犹言鬓未华[7]。

赤县无人存正朔，[8]青衫有泪哭琵琶。[9]

入山我愿群麋鹿，[10]蹈海[11]君应访斗槎。

留得岁寒松柏[12]在，任他世网[13]乱如麻。

题解

　　此为柳亚子与陈去病的唱和之作。诗人叹金瓯之破碎，痛神州之陆沉，篇末以"岁寒"之"松柏"相砥砺。纵昊天梦梦，劲草无多，但斗牛剑气，从未沉埋，透过"十年磨剑悔蹉跎"的自遣，我们分明感领到诗人揽辔中原的豪情壮志。

　　按：陈巢南，名去病，字佩忍，号巢南，江苏吴江人。1903 年东渡日本，加入中国留学生组织的拒俄义勇队。1906 年加入中国同盟会，次年与柳亚子、高天梅等一起筹创南社。武昌起义后，创办《大江报》。二次革命时，任江苏讨袁军总司令部秘书。1916 年任国会参议院秘书长。旋随孙中山赴粤护法，历任非常国会秘书长，大总统府咨议，1922 年孙中山督师北伐，任孙中山的北伐大本营宣传主任。南京国民政府成立后，历任江苏博物馆馆长、国民党中央党史编纂委员会委员、考试院委员、内政部参事等职。1933 年 10 月 4 日病逝。著有《诗学纲要》《辞学纲要》《浩歌堂诗钞》。

注释

　　[1]沧海横流：比喻政治混乱，社会动荡不安。袁宏《三国名臣序赞》："沧海横流，玉石同碎。"

　　[2]疾风劲草："疾风知劲草"之省语。语出《后汉书·王

霸传》："光武谓霸曰：'颍川从我者皆逝，而子独留努力，疾风知劲草。'"意谓在关键时期经得起考验。

〔3〕凤鸾：喻革命志士。罹网：撞在网里。

〔4〕魑魅：传说中山林里的妖怪。此指敌对势力。

〔5〕磨剑：谓长期的自我磨炼、砥砺。语本贾岛《剑客》："十年磨一剑，霜刃未曾试。今日把试君，谁有不平事。"

〔6〕匈奴句：《史记·霍去病传》："天子为治第，令骠骑(即霍去病)视之，对曰：'匈奴未灭，无以家为也。'"匈奴，古代我国北方的一支少数民族。此借指清廷。

〔7〕揽镜：照镜。鬓未华：意谓年纪尚轻。

〔8〕赤县句：意谓我堂堂中华，竟无人能够继承汉族政权的正统。正朔：即帝王新颁的历法。古代帝王易姓受命，必改正朔；故夏、殷、周、秦及汉初的正朔各不相同。自汉武帝后，直至现今的农历，都用夏制，即以建寅之月为岁首。《礼记·大传》："改正朔，易服色。"孔颖达疏："改正朔者，正，谓年始；朔，谓月初，言王者得政示从我始，改故用新，随寅丑子所损也。周子、殷丑，夏寅，是改正也；周半夜、殷鸡鸣、夏平旦，是易朔也。"《史记·历书》："王者易姓受命，必慎始初，改正朔，易服色，推本天元，顺承厥意。"三国蜀雍闿《答严》："今天下鼎立，正朔有三。"《北齐书·文襄帝纪》："去危就安，今归正朔。"此以正朔代指正统。

〔9〕青衫句：语出白居易《琵琶行》："凄凄不似向前声，满座重闻皆掩泣。座中泣下谁最多？江州司马青衫湿。"诗

人借此自喻蒿目时艰不堪为怀。

[10]入山句：意谓宁愿归隐山中，与麋鹿为伍。此乃勉作旷达强自宽解之"诗家语"。

[11]"蹈海"：《博物志》："天河与海通。近世有人居海渚者，年年八月有浮槎去来不失期。人有奇志，立飞阁于槎上，多赍粮，乘槎而去。至一处，有城郭状，居舍甚严，遥望宫中多织妇。见一丈夫牵牛渚次饮之，此人问：'此是何处？'答曰：'君还，至蜀郡访严君平则知之。'后至蜀，问君平，曰：'某年月日，有客星犯牵牛宿。'计年月，正是此人到天河时也。"按：此与上句属意正复相同。

[12]岁寒松柏：《论语·子罕》："岁寒，然后知松柏之后凋也。"此与沧海横流同一机杼，比喻高洁的气节。

[13]世网：谓人世间。

一九〇七年

闻萍醴义师失败有作

呜咽笳声怨，南朝王气消。[1]

赤乌吴正朔，[2] 黄犊汉歌谣。[3]

胡运百年永，[4] 楚风三户凋。[5]

招魂何处是？江汉水迢迢[6]。

题解

萍浏醴起义，又称"丙午萍浏之役"。是同盟会策动会党和矿工举行的武装起义。1905年，湖南发生水灾，官僚豪绅乘机哄抬米价，饥民载道。1906年，同盟会会员刘道一等从日本回到湖南联络会党，宣传同盟会纲领，酝酿起义，相约江西萍乡、湖南浏阳、醴陵三处同时发动。起义于12月初爆发后，各路义军遍布附近几县，数日内即占领麻石、文家市、上栗市等重要市镇，推会党首领龚春台为起义都督，发布中华国民军起义檄文，以同盟会政纲为号召，屡败清军，声势浩大。清政府调集湘鄂赣及江宁军队数万人镇压。起义军被迫分散作战，至月中溃败。刘道一等死难。柳亚子本人并未直接参与此次起义，故曰"闻萍醴义师失败有作"。

注释

[1] 南朝句：谓起义失败。南朝，南方政权。以萍醴起义在江南之故。王气，《新五代史·吴越世家》："豫章有善术者，望斗牛间有王气。"后多以"王气"指王朝的气运，如庾信《哀江南赋序》："将非江表王气，终乎三百年乎？"云烟，烟消云散，喻清朝的反动统治土崩瓦解。此借指民族革命的气势。

[2] 赤乌句：三国吴孙权有"赤乌"之年号。此借指萍醴起义以同盟会政纲为号召，具有建立新政权的革命、正义之性质。正朔，谓正月一日。古时王者易姓，有改正朔之事。《尚书大传略说》云："夏以十三月（孟春建寅之月）为正，以平旦为朔，殷以十二月（冬季建丑之月）为正，以鸡鸣为朔，周以十一月（仲冬建子之月）为正，以夜半为朔。"按：

自汉武帝以后至清末，皆从夏制。此以正朔代指正统。斗柄，亦称"斗杓"，指玉衡、开阳、摇光三星。这三颗星与天枢、天璇、天玑、天权四星在北天排列成斗（或杓）形，被称为"北斗七星"。《国语·周下》："日在析木之津，辰在斗柄。"《鹖冠子·环流》："斗柄东指，天下皆春；斗柄南指，天下皆夏；斗柄西指，天下皆秋；斗柄北指，天下皆冬。"按：此借指清朝统治。

[3] 黄犊句：指汉乐府歌谣《平陵东》："平陵东，松柏桐，不知何人劫义公。劫义公，在高堂下，交钱百万两走马。两走马，亦诚难，顾见追吏心中恻。心中恻，血出漉，归告我家卖黄犊。"按：此借指起义失败。

[4] 胡运句：清政府的气运。

[5] 楚风句：《史记·项羽本纪》："楚虽三户，亡秦必楚。"此谓连预言可以"亡秦"的三户也凋落了。按：颈联二句乃诗人悲愤至极之反语。

[6] 江汉：长江和汉水。迢迢：遥远貌。

吊鉴湖秋女士（四首）

恶耗惊传痛哭来，吴山越水两堪哀！

未歼朱果[1]留遗恨，谁信红颜是党魁！

缺陷应弥流血史，[2]精魂还傍断头台。

他年记取黄龙饮[3]，要向轩亭[4]酹一杯。

黄金意气铁肝肠[5]，革命运中最擅场[6]。

天壤因缘悲道韫，[7]中原旗鼓走平阳。[8]

飘零锦瑟无家[9]别，慷慨欧刀有国殇[10]。

一笑人间痴女子，如君端不愧娲皇[11]。

饮刃匆匆别鉴湖[12]，秋风秋雨[13]血模糊。

填平沧海怜精卫，[14]啼断空山泣鹧鸪。[15]

马革裹尸[16]原不负，蛾眉[17]短命竟何如！

凭君莫把沉冤说，十日扬州[18]抵得无。

漫说天飞六月霜[19]，珠沉玉碎[20]不须伤。

已拚侠骨成孤注，赢得英名震万方。

碧血摧残酬祖国，[21]怒潮呜咽怨钱塘。[22]

于祠岳庙[23]中间路，留取荒坟葬女郎。

题解

　　此诗作于 1907 年。这一年正是我国近代历史上的"多
事之秋"：徐锡麟在安庆谋刺恩铭，秋瑾于绍兴就义，杨卓
霖遇害，潮州黄冈、惠州起义先后受挫；黄兴两番进攻钦、
廉一带，并偕胡汉民袭取广西镇南关，亦相继失败……这一
系列事件无疑会给诗人的心头笼上浓重的阴影。在此诗中，
诗人将秋瑾喻为衔石填海的精卫，足见诗人并不甘沉沦，一
种殄灭仇雠、光复河山的拯世宏愿盈溢于墨楮之中。至若"六
月飞霜""钱塘怒潮"诸典的化用，皆有无穷悲慨寄焉。由
于第四首前三联的超大容量，尾联一出，足以收缩全篇——

一腔忠烈的鉴湖女侠，自当与于忠肃、岳武穆名垂千古矣。按：秋瑾，近代民主革命烈士。字璇卿，号竞雄，别署鉴湖女侠。浙江绍兴人。1904年留学日本，次年先后加入光复会和同盟会。1906年为反对日本取缔留日学生而归国。在上海主编《中国女报》，力倡女权，昌言革命。1907年回绍兴主持大通学堂，联络金华、兰溪等地会党，组织光复军，与徐锡麟分头准备发动皖、浙两省起义。徐起义失败后，清军于同年7月13日包围大通学堂，秋瑾被捕不屈。是月15日就义于绍兴古轩亭口。

注释

[1] 朱果：《清通志·氏族一》："我朝先世发祥于长白山。山之东有布库哩山，下有池曰布勒瑚里，相传有天女三浴于池，浴毕，有神鹊衔朱果置季女衣，季女取而吞之，遂有身。寻产一男，生而能言，体貌奇异。及长，母告之故。命曰：汝以爱新觉罗为姓，天生汝以定乱国。其往治之……三姓遂以女妻之，奉为国主，其乱遂定。于是居长白山东鄂多理城，国号清朝。"后因以朱果代称清朝。

[2] 缺陷句：意谓秋瑾之死，弥补了历史上未有妇女为革命流血的空白。

[3] 黄龙饮：意谓直捣敌巢、一举获胜。语出《宋史·岳飞传》：岳飞在朱仙镇大破金兵，兀术遁还汴京，金人大恐，

纷纷率部来降，飞大喜，谓其下诸将曰："直抵黄龙府，与诸公痛饮耳！"黄龙，即黄龙府，金国首都。按：金国女真人所建，女真为清朝的先祖，故当时的反清志士喜用"痛饮黄龙"，以励推翻清王朝之志。

[4] 轩亭：即绍兴古轩亭口，秋瑾英勇就义处。

[5] 黄金意气：意谓秋瑾性情豪放。语本陶成章《秋瑾传》："……瑾得万金，即以之经商，所托非人，尽耗其资。"又："……尽以其所有首饰，托大均妾荻意为变卖，集资东渡日本留学；值宁河王照以戊戌案自首，系刑部狱，瑾闻之，出所集得留学费送入狱，以济其急，并嘱使者勿以其名告之。"铁肝肠，性格刚直。

[6] 运：疑为"军"之误。擅场：压倒全场。

[7] 天壤句：意谓秋瑾所嫁非人，婚姻不如意。语本《晋书·列女传》："谢道韫初适王凝之，还，甚不乐。安曰：'王郎，逸少子，不恶。汝何恨也？'答曰：'一门叔父，则有阿大、中郎，群从兄弟复有封、胡、羯、末，不意天壤之中乃有王郎！'"按：秋瑾曾嫁湘人王廷钧，不久即因夫妻不睦而分居。

[8] 中原句：语见《旧唐书·平阳公主传》："公主引精兵万余，与太宗军会于渭北，与（柴）绍各置幕府，俱围京城，号曰'娘子军'。京城平，封为平阳公主。"按：此处将秋瑾与平阳公主相比列，极赞秋瑾之军事组织才能。

[9] 无家：杜甫有《无家别》诗。此句意谓秋瑾脱离家庭而浪游四方。

[10] 欧刀：行刑之刀。《后汉书·虞诩传》："宁伏

欧刀以示远近。"注："欧刀，刑人之刀也。"国殇，屈原《九歌》中的篇名，内容为吊祭为国捐躯之士。

〔11〕娲皇：即女娲氏。神话中人类的始祖，传说当时她炼五色石补天，折断鳌足支撑四极，治平洪水；杀死猛兽，使人类得以繁殖。按：秋瑾在诗中屡屡援用炼石补天的"女娲"，以寄推翻清朝、乾坤再造之志。

〔12〕饮刃：锋刃没入肌体，此谓秋瑾被杀。鉴湖：又名太湖，在浙江省绍兴县南。

〔13〕秋风秋雨：秋瑾《绝命词》："秋风秋雨愁杀人。"按：此句一般皆认为是秋瑾所作，实则为清代娄江陶澹人所作七律中的一句，秋瑾化用前人成句以寄悲慨。此诗首联状写秋瑾被害时秋风秋雨凄厉的悲壮情景。

〔14〕填平句：《山海经·北山经》"有鸟……名曰'精卫'，其鸣自詨。是炎帝之少女，名曰'女娃'。女娃游于东海，溺而不返，故为'精卫'，常衔西山之木石，以堙于东海。"此句意谓秋瑾逝矣，然其革命精神必将永存，以励杀敌。

〔15〕啼断句：《北户录》引《广志》云："鹧鸪鸣云，但南不北。"又，鹧鸪啼声似"行不得也么哥"，甚为凄厉，故将此作为一种深负幽恨哀思的鸟。此谓秋瑾已去，唯有鹧鸪空啼而已。

〔16〕马革裹尸：谓慷慨赴死，殒身沙场。语出《后汉书·马援传》："男儿要当死于边野，以马革裹尸还葬耳。何能卧床上在儿女子手中耶！"

〔17〕蛾眉：古代女子长而美的眉毛，后以此指代女子。此指秋瑾。

［18］十日扬州：1645 年阴历 4 月 25 日，扬州城破，清军进行了大规模屠杀，延续 10 天之久，其状甚为惨烈。王秀楚身历其境，撰《扬州十日记》。

［19］天飞六月霜：《太平御览·十四》："邹衍事燕惠王，尽忠，左右谮之王，王系之狱，仰天哭，夏五月，天为之下霜。"又张说《狱箴》："匹夫结愤，六月飞霜。"此句借喻秋瑾反清革命的一片精诚足以感天动地。

［20］珠沉玉碎：皆为痛惜秋瑾被害之词。珠沉，黄庭坚《千秋岁》词吊秦观云："重感慨，波涛万顷珠沉海。"玉碎，《北齐书·元景安传》："大丈夫宁为玉碎，不为瓦全。"

［21］碧血句：语出《庄子·外物》："苌弘死于蜀，藏其血，三年而化为碧。"又郑元祐《张御史死节歌》："孤忠既足明丹心，三年犹须化碧血。"意谓秋瑾的志节风范永在，绝不会随着时光流逝而光沉响绝。

［22］怒潮句：用伍子胥怨气化怒潮事。《论衡·书虚篇》："吴王杀子胥，投之江。子胥恚恨，驱水为涛，以溺杀人。今时会稽丹徒大江、钱塘浙江，皆立子胥之庙，盖欲慰其恨心，止其怒涛也。"此句遥承"天飞六月霜"句，比喻英雄壮志未酬的巨大悲愤。

［23］于祠岳庙：谓于谦、岳飞的祠庙，均在西湖畔。按：于谦在"土木之变"后，曾抵抗也先（为明代时蒙古瓦剌部丞相，正统中率兵入侵，虏英宗，迫京师；于谦等拥景帝即位，击退之）；岳飞是南宋抗金的英雄——诗人将秋瑾与此二人相比列，备极赞颂。

无　题

偕刘申叔、何志剑、杨笃生、邓秋枚、黄晦闻、陈巢南、高天梅、朱少屏、沈道非、张聘斋海上酒楼小饮，约为结社之举，即席赋此。

慷慨苏菲亚[1]，艰难布鲁东[2]。

佳人[3]真绝世，余子[4]亦英雄。

忧患平生事，文章感慨中。

相逢拚一醉，莫放酒樽空。

题解

　　柳亚子与陈去病、高天梅因倾心反清革命，夙有结社之愿。1907年冬，为酝酿组织南社，曾在上海相约诸友酒楼小饮，柳氏即席赋成此诗。约2年后，南社正式成立。此诗极赞无政府主义者苏菲亚、布鲁东，并将其视为楷模。此激壮之声，雄杰之态，无疑是诗人力拯国运的政治激情的外化。

按：刘申叔，名师培，又名光汉，号左庵；何志剑，名震，为刘氏之妻。二人皆为江苏仪征人，曾在日本创刊《天义报》，宣传无政府主义。1909 年，刘申叔为清两江总督端方收买，出卖革命党人。故南社正式成立时，刘、何并未加入。

杨笃生，名守仁。湖南长沙人。曾任《神州日报》主笔，1911 年以痛愤国事，在英国利物浦蹈海自杀。未加入南社。

邓秋枚，名实。广东顺德人。曾发起"国学保存会"，出版《国粹学报》《神州国光集》等，宣传反清革命。后未加入南社。

黄晦闻，名节。广东顺德人。与邓实等组织"国学保存会"，并创办《国粹学报》，后加入南社，以诗文鼓吹革命：辛亥革命后为北京大学教授，政治上趋于保守。

张聘斋，名家珍。江苏金山人。南社成员。

注释

［1］苏菲亚：帝俄时代的无政府主义者，因从事反对沙皇的活动，被捕牺牲。

［2］布鲁东：今译作"蒲鲁东"。法国政论家，无政府主义创始人。1849 年，因反对路易·拿破仑·波拿巴被判徒刑 3 年；后又激烈抨击天主教会被迫流亡比利时。1862

年遇赦返国，继续宣扬无政府改良主义。

　　[3]佳人：原指苏菲亚、蒲鲁东。此处借比刘、何诸人。

　　[4]余子：语出《后汉书·祢衡传》："大儿孔文举，大儿杨德祖。余子碌碌，莫足数也。"原指贪图享乐、不以国事为意的庸碌之辈。此处反其意而用之，谓座中诸人，皆为英士。

四月二十五日（四首）

伤心今日是何日？忍死遗民[1]泪眼枯。

从此中原虚正朔[2]，遂令骄虏擅皇都[3]。

魂依凤辇排阊阖，[4]血洒龙髯泣鼎湖[5]。

二百年来仇未复，普天犹自奉胡雏[6]。

闽越金陵蔓草荒，[7]桂林灵气拥真皇。[8]

三忠[9]戮力身先殉，半壁偏安[10]事可伤。

西粤存亡归阁部[11]，南云惨淡话中湘[12]。

最怜[13]日暮途穷后，犹有挥戈李晋王[14]。

翠华[15]摇落百蛮中，姬、姒[16]河山梦已空。

辛苦鹗音还粤地，[17]猖狂狼子胁秦封[18]。

蒙尘岂是徽钦主？[19]镌石争夸弘范功。[20]

回首高皇[21]干净土，神州依旧混华戎。

天南义旅[22]起堂堂，司隶威仪[23]旧帝乡。

小挫纵然闻洱海，[24]大勋终望集昆阳[25]。

一成兴夏诛寒浞，[26]三户[27]亡秦忆楚王。

好待收京传露布[28]，十三陵[29]畔奠先皇。

题解

关于此诗，作者另有诗题云："四月二十五日，前明永历皇帝殉国纪念节也。"按：永历帝，即桂王朱由榔。据《南疆逸史·永历帝》载："十二月丙午朔，大清兵至，白文选（南明将领，桂王时，功封巩昌王）自木邦（在云南龙陵县南边外潞江之西）降；戊申，缅送上与太子至军前。明年三月丙戌，至云南府；四月戊午望日蒙难……蒙难之日，暴风雷雨，昼晦，士卒皆出涕。丛葬于北门之外。"按：清末爱国志士鼓吹民族革命，往往以追思明朝亡国之痛，寄托悲愤，此即柳亚子以《四月二十五日》制题之所由。如陈去病在给高旭的信中便痛切陈词道：四月二十五"为汉族最惨苦、最伤痛之一日。盖永历英主生为俘囚亦既已矣，而身受绞杀，死后更遭扬灰之戚，较诸杨琏真珈捣毁宋六陵，取理宗顶骨为饮器，其残忍为甚。……故特告君及安如（即柳亚子），务必来西湖向苍水墓上一哭，以泄吾无穷之悲。"在《永明皇帝殉国实纪》一文中，陈氏又说，历史上的这一天是"吾皇汉民族永堕于奴隶牛马之第一日也"。而在现实中，革命党人现在已经在云南发动了起义："一剥而不复者，终古无是理也；有因而弗革者，吾又未之闻也。是以一发千钧，卜生机于硕果，普天同愤，须有待于今时。爰纪确闻，以告同志，庶几勖励，用报大仇……而我今国民军政府之进攻云南者，当共见有彩幢羽葆，立云中指麾，而益鼓动震奋以杀贼也，必矣。"（《永明皇帝殉国实纪》）陈去病相信天道的循环往复本身将为"革"提供便利。

陈去病的上述知见，在柳亚子的心中激起强烈的共鸣。他深信发生在"旧帝乡"的云南起义一定会得到更多的庇佑。一旦起义成功，则一定要用胜利的欢呼，告慰明朝历代皇帝的英灵："好待收京传露布，十三陵畔奠先皇。"全诗充溢着对清廷惧外媚敌的无耻行径的极度鄙夷，对外夷凭陵、清廷颟顸无能的现状深致忧虑，对发生在"旧帝乡"的云南起义寄予厚望，诗人的一腔忧国忧民的血泪真情，夺纸而出。

注释

[1]遗民：指改朝换代后仍效忠前一朝代的人物。泪眼枯：语本杜甫《新安吏》："莫自使眼枯，收汝泪纵横。"按：南社社员而与陈去病一同扫墓的刘三在《四月同佩忍谒苍水墓，伺墓老妪能道其事实，归成一绝》中云："我马乌骓君马黄，墓行相对忽淋浪。绝同南内荒凉后，白发宫娥说上皇。"刘三在此将"伺墓老妪"比诸"白头宫女"追忆玄宗之事，在心理认知上，则俨然以"遗民"自居了。这种"身份指认"在南社社员中颇具代表性。

[2]正朔：谓正月一日。古时王者易姓，有改正朔之事。《尚书·大传略说》云："夏以十三月（孟春建寅之月）为正，以平旦为朔，殷以十二月（冬季建丑之月）为正，以鸡鸣为朔，周以十一月（仲冬建子之月）为正，以夜半为朔。"按：自汉武帝以后至清末，皆从夏制。此以正朔代指正统。

[3]骄虏：谓清军。皇都：指北京，清朝都城。

[4]魂依句：谓永历帝朱由榔的幽魂升天而去。凤辇，皇帝乘坐之车，此代指皇帝。沈佺期《山庄侍宴诗》："龙旂萦秀木，凤辇拂疏筇。"阊阖，天门。

[5]龙髯：《史记·封禅书》："黄帝采首山铜，铸鼎于荆山下。鼎既成，有龙垂胡髯下迎黄帝，黄帝上骑，群臣后宫从上者七十余人，龙乃上去；余小臣不得上，乃悉持龙髯，龙髯拔堕，堕黄帝之弓；百姓仰望黄帝既上天，乃抱其弓与胡髯号。"鼎湖，据《史记·封禅书》：黄帝铸鼎荆

山下，鼎成，乘龙上仙。后人因名其处曰"鼎湖"。此句谓汉族人民悲悼象征明亡的永历帝之死。

［6］胡雏：指清宣统帝。即位时年仅3岁，故谓之"胡雏"。

［7］闽越句：南京、福建、广东，曾分别是南明弘光、隆武、绍武等朝的称帝之地。此谓这些地方相继陷落。

［8］桂林句：谓桂王朱由榔在桂林建立永历政权，此为南明最主要的一个政权。

［9］三忠：指陈子壮、张家玉、陈邦彦。三人皆拥朱由榔建立永历政权，奋力抗清，并于永历元年先后战死，史称"广东三忠"。

［10］半壁偏安：此指永历王朝偏安西南一隅。

［11］阁部：即瞿式耜，字起田，号稼轩，万历末年进士。南明弘光帝时任广西巡抚。后拥立桂王，进文渊阁大学士，故称瞿阁部。次年坚守桂林，击退清军进攻。生前力主整顿内政，调和政府军与农民军的关系，共同抗清，未被采纳；桂林陷落后，与张同敞俱被俘，从容就义。

［12］南云：谓何腾，字云从，黎平卫人。先任湖广总督，得李自成旧部农民军合作，同御清军。永历二年，清军陷湖南，退守广西全州，击退清军进攻。次年反攻，收复湖南大部。四年，在湘潭兵败被俘，殉于长沙。中湘：即湘中。

［13］怜：此处有叹惜之意。

［14］晋王：谓李定国，字一人，又字宁宇。延安人。初入张献忠的农民起义军，与孙可望等号称四将军。献忠死，与可望同归桂王朱由榔联袂抗清。桂王政权赖以复振。封晋

王。奉由榔入云南，又转战缅甸。缅甸以由榔父子献清军，死于云南。定国闻耗，病卒。

[15] 翠华：天子之旗。杜甫诗："忆昔巡幸新丰宫，翠华拂天来向东。"谓南明政权一再败退向少数民族杂居的边鄙之地。

[16] 姬、姒：均汉民族祖先的姓氏。夏为姒姓，周为姬姓。后人以代称汉民族。此句意谓昔日繁盛的汉民族国家政权如今已变成一场空梦。

[17] 辛苦句：谓李定国艰苦奋战，收复全州、桂林、梧州、柳州、辰州事。鸱音：语出《诗·豳风·鸱鸮》："鸱鸮鸱鸮，既取我子，无毁我室……予室翘翘，风雨所漂摇，予维音晓晓。"按：《毛诗小序》云："鸱鸮，周公救乱也。"传说此诗是周公平定管叔蔡叔之乱后所作，在诗中借鸟自喻，说明自己如何辛勤劳苦，去巩固王室。此处借比李定国之收复粤地。

[18] 胁封秦：谓孙可望以要挟手段获取"秦王"的封号事：据萧一山《清代通史》：孙可望归桂王，遣使求封。桂王封可望景国公，不受。欲得秦封。桂王初不许，既尽失两广，穷窜南宁，不得已，封可望冀王，仍不受。遣部将率劲兵迎桂王，并杀阻封议朝臣数人。桂王乃真封可望秦王，催其出兵。可望乃肯谋进取之事。

[19] 蒙尘句：意谓桂王并不似宋徽宗、宋钦宗那样昏庸无能。徽、钦主，北宋最后两朝皇帝，任用奸佞主持国政，贪污横暴，滥增捐税，对外屈辱求和，终被金人攻破都城，

双双被俘，死于五国城。

[20]镌石句：意谓明朝官吏投降清军，并助清军灭明者颇不乏人。据《元史·张弘范传》载：弘范破张世杰所统水军于崖山，遂于崖山陆秀夫负宋帝昺沉海处镌石纪功，曰："镇国大将军张弘范灭宋于此。"按：弘范汉人；而为异族灭宋，故后人讥之。

[21]高皇：即明太祖朱元璋。

[22]天南义旅：谓熊成基的起义军。

[23]司隶威仪：《后汉书·光武帝纪》："更始将北都洛阳，以光武行司隶校尉，使前整修官府。于是置僚属，作文移，从事司察，一如旧章。时三辅吏士东迎更始……及见司隶僚属，皆欢喜不自胜。老吏或垂涕曰：'不图今日复见汉官威仪！'"按：此喻熊成基反清革命的正义性质。旧帝乡：熊成基起义于安徽，此为明太祖朱元璋的故乡。

[24]小挫句：谓黄兴于同年4月发动的云南河口起义。洱海，亦名昆明池，在云南省大理县东。此代指云南。

[25]昆阳：著名的绿林农民起义军曾在此全歼王莽主力军，史称"昆阳之战"。按：诗人借此预祝熊氏之义军得胜树勋。

[26]兴夏句：据《史记·夏本纪》注：夏之时，寒浞攻帝相杀之。相后缗，已娠，逃归有仍，生少康。少康长，灭寒浞，复夏统，号称中兴。

[27]三户：语出《史记·项羽本纪》："楚虽三户，亡秦必楚。"

[28]露布：谓军中告捷文书。封演《闻见记》："露布，捷书之别名也。诸军破贼，则以帛书建诸竿，上兵部，谓之露布。"

[29]十三陵：指明陵。其后明朝帝后（除景帝外）皆葬于此，共十三陵。

自题磨剑室诗词后

剑态箫心不可羁[1]，已教终古负初期[2]。

能为顽石方除恨，便作词人亦大痴。[3]

但觉[4]高歌动神鬼，不妨入世任妍媸[5]。

只惭洛下书生咏[6]，洒泪新亭[7]又一时。

题解

　　1903 年，柳亚子自题诗稿曰："磨剑室诗集"，且自称"磨剑室主"，盖取意于唐诗人贾岛《侠客》诗："十年磨一剑，霜刃未曾试，今日把示君，谁有不平事？"借以自道行藏；柳亚子之所以崇尚作为"内美"之象征的"剑气"，无疑与诗人那种渴望建功立业的郁勃襟怀、沛然莫可御之的正大之气互为表里。

注释

[1] 剑态箫心：剑态，谓豪侠气；箫心，谓缠绵情。语本龚自珍《又忏心一首》："来何汹涌须挥剑，去尚缠绵可付箫。"又，龚自珍友人吴文澄曾为龚作《箫心剑态图》。龚自珍《己亥杂诗》云："剑气箫心一例消。"羁：管束。

[2] 终古：一辈子。屈原《离骚》："吾焉能忍与此终古。"初期：最初的心愿。

[3] 能为二句：意谓诗人本来就"哀乐过于人"，除非化为顽石乃可消除；极言此情此恨，无法消解。

[4] 但觉：此处化用杜甫《醉时歌》："但觉高歌有鬼神"。

[5] 妍媸：妍，美；媸，丑。

[6] 洛下书生咏：语出《晋书·谢安传》："安本能为洛下书生咏，有鼻疾，故其音浊；名流爱其咏而弗能及，或手掩鼻以效之。"按：此句意谓只能如谢安当年那样为"洛下书生咏"，而自愧不能驰骋沙场，为国尽忠。

[7] 洒泪新亭：典出南朝刘义庆《世说新语·言语》："过江诸人，每至美日，辄相邀新亭，藉卉饮宴。周侯（周顗）中坐而叹曰：'风景不殊，正自有山河之异。'皆相视流泪，唯王丞相（王导）愀然变色曰：'当其戮力王室，克复神州，何至作楚囚相对？'"《晋书·王导传》亦载此事。历代诗人常常借用此典表达怆怀故国，忧叹时事之情，如赵孟頫《和姚子敬秋怀五首》之五："新亭举目河山异，故国伤神梦寐

俱。"陆游《水乡泛舟》诗："悲歌易水轻燕侠，对泣新亭笑楚囚。"元遗山《大简之画松风图为修端卿赋二首》之二云："新亭相泣血沾襟，一日神州见陆沉。"

无 题

南社会于虎丘之张东阳祠，同邑陈巢南、吴县朱梁任、虞山庞檗子、云间陈陶公、上海朱少屏、娄东俞剑华、冯心侠、宝山赵夷门、丹阳林力山、毗陵张采甄、张季龙、魏塘沈道非、山阴诸贞壮、胡栗长、歙县黄滨虹、顺德蔡哲夫、福州林秋叶、太原景秋陆咸来莅止，盖自社事零替以来，三百年无此盛矣！诗以纪之

寂寞湖山歌舞尽，无端豪俊[1]又重来。

天边鸿雁联群至，篱角芙蓉[2]晚艳开。

莫笑过江典午卿[3]，岂无横槊建安才[4]。

登高能赋[5]寻常事，要挽银河[6]注酒杯。

题解

　　此诗系柳亚子为纪念南社成立而作。为增加"史"的因素，诗人巧妙地发挥了诗题这种"附加成分"的叙事功能，将南社成立的地素、人素（文本涉及的人物）、时素（文本涉及的时间范畴），通过诗题锚定在特定的历史规约的系统上，从而解决了以诗纪事的困难，然后便可腾出手来，尽情地感事抒怀，用心在焉。按：南社为辛亥革命时期进步的文学团体。由陈去病、高旭、柳亚子发起，1909 年 11 月 13 日成立于苏州。社名取"操南音不忘其旧"之意。对鼓吹资产阶级民主革命，反对清王朝专制统治，起过积极作用。

　　南社早期参加者多为同盟会会员，民国政要黄兴、宋教仁、陈英士等皆曾隶社籍。其后社员达千余人，但政治思想面貌趋于复杂：辛亥革命后，部分成员参加反对袁世凯的斗争。随着革命的发展，少数人参加新民主主义革命，不少人则投靠北洋军阀和反动政治派系，成为新民主主义革命和新文化运动的反对者。1923 年终于因内部分化而停止活动。社员所作诗、词与文章，辑为《南社丛刻》，共出 22 集。

注释

　　[1] 豪俊：犹言豪杰，指志向远大、才智特出之士。
　　[2] 芙蓉：荷花。

［3］过江典午鲫：东晋立，北方名士纷聚于江南，时人曰："过江名士多于鲫"。典午，庾信《哀江南赋》："居笠毂而掌兵，出兰池而典午。"注："典午者，司马也。"按：典者司也，午属马，晋姓司马，故谓之"典午"。

［4］横槊建安才：谓极好的文才。元好问《论诗绝句》："可惜并州刘越石，不教横槊建安中。"按：横槊建安才，谓南社诸子可与建安时代的文学家们争出手矣。

［5］登高能赋，王勃《滕王阁序》："登高作赋，是所望于群公。"

［6］银河：为银河系的一部分，又称天河、银河、星河、星汉、云汉。

一九一〇年

寄题西湖岳王冢同慧云作

自坏长城[1]奈汝何？黄龙有约恨蹉跎[2]。

无愁天子朝廷小，痛哭遗民涕泪多。[3]

草木不欣胡日月[4]，风云[5]犹壮汉山河。

秋坟[6]一例沉冤狱，可许长松附女萝[7]。

题解

　　1909年10月12日，南社诗人高旭、姚光等人相约游杭州，拜谒岳飞庙。高旭尝赋诗"太息"道："墓门一抹云如墨，我来对此三太息。阴森宰柏尚排胡，叶叶枝枝不向北。天荒地老陵谷沉，万古难消忠义心。岳王冤死已千载，白骨永避蛟龙侵。半壁湖山宋南渡，人自亡之岂天数。为伤眼底无英雄，一瓣心香拜公墓。"（《谒岳鄂王墓》）高氏在此诗中频频"太息"，足征忧愤之深。柳亚子的这首诗，系与高旭唱和之作。全诗极赞民族英雄岳飞，而暗写秋瑾；因秋瑾墓与岳王墓相近，故诗中以女萝比附长松为喻。又，诗题中的"慧云"即为高天梅。值得注意的是，不能将南社社员的诗词唱和视为一种个人之间的活动，通过"唱和"，它已然变成了一种激发起群体共鸣的文化行为，并以此重新赋予诗歌以"修我戈矛，与子同仇"的政治性功能。

注释

[1]自坏长城：据史载：宋文帝病重时，刘义康借口北魏军队要入侵，召檀道济到朝廷商议对策。檀道济一进京城，就被人关进监牢。檀道济怒火直冒，圆睁双眼，脱下头巾，掷在地上，大声说"你们这样干，就是自坏长城！"公元450年，宋文帝北伐，被魏军打得一败涂地，宋文帝登上石头城城墙，望看北魏军军容整齐，旗帜鲜明，忧心忡忡，不禁悔恨道："要是檀道济还活着，怎会让敌人猖狂到这种地步！"此处比喻御敌立功的将领岳飞。

[2]黄龙有约：岳飞尝谓："直抵黄龙府，与诸君痛饮尔。"蹉跎：失时；虚度光阴。首联意谓南宋朝廷奸臣秦桧杀害了

抗金名将岳飞，从而失去了直捣黄龙战胜金国的机会。

［3］无愁二句：指只图享乐的皇帝。典出《北齐书·后主纪》："乃益骄纵，盛为无愁之曲，帝自弹胡琵琶而唱之，待和之者以百数，人间谓之'无愁天子。'"清杨潮观《吟风阁杂剧·凝碧池忠魂再表》："却忆开元太平日，无愁天子莫愁家。"按：此处指南宋高宗赵构。遗民：指改朝换代后不仕新朝之人。

［4］胡日月：北方少数民族统治中国时期。此指清王朝。

［5］风云：指反清革命的形势。

［6］秋坟：指秋瑾墓。

［7］长松附女萝：语本《诗·小雅》："茑与女萝，施与松柏。"女萝为地衣类植物，此指"秋坟"。尾联意谓秋瑾烈士既与岳王一样遭受不白之冤，必有昭雪之一日，暂且就将她埋葬在岳坟附近吧。

中秋夜偕陶公泛湖

不用兰舟更桂桡[1]，瓜皮艇子自逍遥。

好携江左无双士，来赏人间第一宵。

万古明月几圆缺，一泓[2]水静贮波涛。

琼楼玉宇知何处？我欲乘风上九霄。[3]

题解

　　此诗作于 1910 年。诗人正值似绮年华，但身经百劫，所志不遂，心中自有抑郁不平之气，而此诗却以达观放逸之态出之。意趣风神，颇与东坡相近。显然，这体现出近代士人以道治心的另一面。细味此类"咏月诗"，令人深感其中蕴涵着一种渴望超越存在的有限时空的主体意向（这正反衬出自然与社会对生命个体的双重压抑），诗人常常自觉或不自觉地追求一种温热了的传统诗境；由于对"根文化"过于烂熟，拈来时常不自觉，由此更可见濡染之深。这类诗，与柳亚子那些充满"风云气"的"卓然大篇"大异其趣，灵心浚发，风神虚邈，显示出诗人与传统文化割舍不断的天然联系。"琼楼玉宇知何处？我欲乘风上九霄"，当诗人仰望着那轮缈缈冥冥的青月时，一种超越现实的审美冲动油然而生，这无疑缘于"明月"原型惊人的吸附泛化功能。事实上，由这一原型辐射而形成的深厚的美感积淀，不仅凝结在诗人文化心理的"先结构"中，也是诗人隐喻思维机制得以正常运行的基础。因此，当诗人一旦进入"月境"，顿时会"忽然体验到一种异常的释放感"（荣格语）。

注释

[1] 兰舟：用木兰木所制作的小舟。桂桡：用桂木制作的船桨。

[2] 泓：量词，指一片（湖水）。

[3] 琼楼句：语本苏轼《水调歌头·丙辰中秋》："我欲乘风归去，又恐琼楼玉宇，高处不胜寒。"

一九一一年

哭伯先（两首）

宇宙空垂诸葛[1]名，不留谢傅[2]为苍生。

义公[3]已殉《平陵曲》，姬发[4]难寻牧野盟。

南国[5]岂应销霸业？中原从此坏长城[6]。

魂归近接黄花冢[7]，铁马金戈[8]夜夜声。

寻常巷陌奈君何，忍唱尊前青兕歌。[9]

海岛田横心自壮[10]，天门[11]陶侃翼空摩。

千秋北府[12]兵无敌，一水南徐[13]夜有波。

何日黄龙[14]奠杯酒？髑髅饮器[15]发横拖。

题解

　　此诗系为悼念挚友赵伯先而作。开首即以"空垂"二字突出了赵伯先烈士的牺牲给革命所造成的重大损失；颈联抑进一层，对伯先烈士壮志未酬而不幸英年早逝深致悲慨。第二首化用"寻常巷陌""海岛田横"诸典，进一步强化了全诗肃穆悲壮的气氛。尾联妙用"黄龙酒"的典故，借以激励革命志士戮力同心、殄灭仇雠以告慰先烈。按：赵声，字伯先，江苏丹徒人。1902 年于江南陆师学堂毕业。次年游历日本，归国后任两江师范学堂教员。后在江阴训练新军，1905 年升至三十三标标统，次年于南京加入同盟会，旋任督练公所提调，统带新军第二标。1909 年与黄兴酝酿广州新军起义。次年倪映典发动新军起义失败，遂往南洋各地筹措军费，并任香港同盟会会长。1911 年 4 月与黄兴领导广州起义，失败后，抑郁成病，不久即逝于香港。

注释

　　[1]诸葛：即诸葛亮。语出杜甫《咏怀古迹五首》："诸葛大名垂宇宙。"此借指赵声。

　　[2]谢傅：即谢安。语见《晋书·谢安传》："高嵩戏之曰：'卿累违朝旨，高卧东山。诸人每相与言，安石不肯出，将如苍生何！苍生今亦将如卿何！'"按：诗人在此

以谢安比伯先，因伯先死，故云"不留"。

[3]义公：《古今注》："《平陵东》，汉翟义门人所作也。"又《乐府古题要解》："（翟）义，丞相方进之少子，字少仲，为东郡太守；以王莽方篡汉，举兵诛之。不克，见害。门人作歌以悲之也。"

[4]姬发：据《史记·周本纪》：武王姬发起兵灭商，至于商郊牧野，乃誓，诸侯兵会者车四千乘，遂攻商灭之。

[5]南国：指广州。此谓是年4月伯先与黄兴领导辛亥广州起义失败事

[6]中原：指中国。坏长城：语出《南史·檀道济传》："遭济见收，愤怒气盛……曰：'乃坏汝万里长城。'魏人闻之，皆曰：'遭济已死，吴子不足复惮。'自是频岁南伐，有饮马长江之志。"按：后因以"坏长城"比喻外敌入侵。如陆游《书愤》："塞上长城空自许。"

[7]黄花冢：即是年4月（旧历三月二十九日）之广州起义死难烈士坟墓。在广州市东北黄花岗。即所谓黄花岗七十二烈士墓。

[8]铁马金戈：形容军容强盛。语本辛弃疾《永遇乐·京口北固亭怀古》："想当年，金戈铁马，气吞万里如虎。"

[9]寻常二句：谓唱起辛弃疾的《永遇乐》词便想起赵声，遂不能复唱下去。寻常巷陌：语出辛弃疾《永遇乐·京口北固亭怀古》："斜阳草树，寻常巷陌，人道寄奴曾住。"辛弃疾以此词抒发国土沦亡、报国无路的悲哀。青兕，指辛弃疾。忍，诗人悼念故友，蒿目时艰，故曰"不忍"。

［10］海岛田横：田横秦末群雄之一，原为齐国贵族，在陈胜吴广大泽乡起义后，田横与兄田儋、田荣也反秦自立，兄弟三人先后占据齐地为王。后汉高祖刘邦统一天下，田横不肯称臣于汉，率五百门客逃往海岛，刘邦派人招抚，田横被迫乘船赴洛，在途中距洛阳三十里地的首阳山自杀。海岛五百部属闻田横死，亦全部自杀。事见司马迁《史记·田儋列传》。作者借用此典，谓赵伯先于黄花岗之役失败后，仍避居香港，继续筹划起义事业。故曰"心自壮"。

［11］天门：《晋书·陶侃传》："梦生八翼，飞而上天，见天门九重，已登其八，唯一门不得入。阍者以杖击之，因坠地，折其左翼。及寤，左掖犹痛。"此处借此典痛惜赵伯先壮志未酬英年早逝。

［12］北府：《晋书·刘牢之传》："（谢）玄以牢之为参军，领精锐为前锋，百战百胜，号为'北府兵'，敌人畏之。"此借指革命武装力量因赵伯先的卓越领导而势不可当。

［13］南徐：赵伯先的故乡。按：赵声丹徒人，丹徒，隶属镇江。

［14］黄龙：《宋史·岳飞传》："金将军韩常欲以五万众内附。飞大喜，语其下曰：'直抵黄龙府，与诸君痛饮尔！'"后遂用"饮黄龙"表达克敌制胜的豪情壮志。

［15］髑髅饮器：《史记·刺客列传》："赵襄子与韩、魏合谋灭智伯，灭智伯之后而三分其地。赵襄子最怨智伯，漆其头以为饮器。"饮器，酒杯。

赠宋遁初

桃源渔父是吾师，天遣逢君江水湄[1]。

三户[2]未终秦正朔，皕年[3]忍忘汉威仪

相怜各有平生意，欲语端[4]难一致辞。

辛苦湖湘耆旧[5]传，不堪雪涕[6]为吟诗。

题解

　　1911 年，柳亚子初识宋教仁于上海，即以此诗为赠。其
时宋教仁已加入南社，并被选为《南社丛刻》第三届文选编
辑员。按：宋遁初，名教仁，字遁初，号渔父。湖南桃源人。
近代民主革命家。1904 年，与黄兴、陈天华等在长沙组织
华兴会，策划起义未成，流亡日本。1905 年参加同盟会，任《民
报》撰述。后来回国，与谭人凤组织同盟会中部总会，决定

以长江流域为中心发动武装起义。辛亥武昌起义后，积极促成上海和苏、浙起义，筹建临时政府。共和国成立，任南京临时政府法制院总裁，参与南北议和。1912年5月到北京出任农林总长；8月改组同盟会为国民党，任代理理事长，积极鼓吹政党内阁。随着国民党在国会选举中取得多数席位，他企图组织责任内阁，以制约袁世凯的专制独裁。1913年3月20日，被袁世凯指使赵秉钧派人刺杀于上海车站。

注释

[1]柳亚子自注："君籍湘之桃源，别署渔父。"湄：水边；岸旁。

[2]三户：《史记·项羽本纪》："楚虽三户，亡秦必楚。"秦正朔，谓秦朝统治。正朔：谓正月一日。古时王者易姓，有改正朔之事。《尚书·大传略说》云："夏以十三月（孟春建寅之月）为正，以平旦为朔，殷以十二月（冬季建丑之月）为正，以鸡鸣为朔，周以十一月（仲冬建子之月）为正，以夜半为朔。"按：自汉武帝以后至清末，皆从夏制。此以正朔代指正统。

[3]祀年：即二百年。汉威仪：《后汉书·光武帝纪》："更始将北都洛阳，以光武行司隶校尉，使前整修官府。于是置僚属，作文移，从事司察，一如旧章。时三辅吏士东迎更始……及见司隶僚属，皆欢喜不自胜。老吏或垂涕曰：'不

图今日复见汉官威仪！'"按：此喻宋教仁所致力的反清革命的正义性质。

[4] 端：确实；果真。

[5] 耆旧：年高望重者。

[6] 雪涕：痛哭流涕。李商隐《重有感》："早晚星关雪涕收。"

哭周实丹烈士

龙性堪怜未易驯，[1]淮南秋老桂先焚[2]。

三年讵忍埋苌叔[3]，一语无端死伯仁。[4]

嚼血梦中犹骂贼，[5]行吟江上苦思君。

新亭风景今非故，遗恨悬知目尚瞋。

题解

　　辛亥革命爆发后，周实丹即返淮安，与同里阮式召集同志，袭清军营，夺枪起义，光复淮安。自任巡逻部长，以误用旧清贼将姚荣泽，卒为姚联结地方反动势力，阴谋杀害，年仅二十有七。阮式（梦桃）亦同时死难。柳亚子惊悉噩耗，与同社朱少屏上书沪督陈英士力请复仇，始得昭雪，并移文嘱山阳县建周、阮二烈士专祠。凶手姚荣泽曾被判死刑，然得袁世凯特赦，竟逍遥法外，故此诗以"新亭风景今非故，遗恨悬知目尚嗔"作结，以申愤懑。纵观柳亚子诗，其中多抵掌江山、怆怀烈士之作，此其一也。山阳聆笛之悲，伯牙碎琴之恸，无逾此矣。按：周实丹，名实，号无尽。江苏淮安人。慷慨任侠，工诗古文辞，为南社健将。与柳亚子、高天梅等多所唱和。

注释

[1]龙性句：语本颜延年《五君咏》："龙性谁能驯。"按：此喻周实丹烈士品性高贵，不甘与世沉浮，随人俯仰。按：周实年甫13，便读美利坚独立史，法兰西革命纪，甚愤专制政体之惨无人道。而扬州十日，嘉定三屠，尤深印于脑不能去（周伟《周烈士就义始末》），尝谓"耻以文章示流俗，欲于世界造光明"。在《无尽庵诗话》中，他曾自述道："实逢时多乱，大道未窥，蜉蝣岁月，苦作虫吟，然而朝揽镜，夜枕戈。身弱志壮，窃不愿以诗人二字了此一生也。"此即"龙性"句之意涵。

[2]桂先焚：按：周实丹原名桂生，与周人菊、高天梅为"南社三友"。周实丹就义后，周人菊赠天梅一诗云："块垒填胸酒满卮，伤心怕忆白门时。寒梅瘦菊都无恙，独少飘香桂一枝。"——"桂先焚"句即取意于此。

[3]讵忍：怎忍。苌叔：即苌弘，字叔。东周景王、

敬王的大臣刘文公所属大夫。语出《庄子·外物》："苌弘死于蜀，藏其血，三年而化为碧。"此句意谓烈士的革命精神永在，绝不会随着时光流逝而光沉响绝。

[4]一语句：据《晋书·周顗传》：王敦反，帝欲诛诸王。王导伏阙待罪，求周顗为言，顗上表救之而不使知，导因衔恨。及王敦得志，与导议决周顗，导不救。顗死之。后导见顗救己表，悲不自胜，谓其诸子曰："吾虽不杀伯仁（周顗字），伯仁由我而死。幽冥之中，负此良友。"

[5]嚼血句：谓梦见实丹嚼血骂贼。《旧唐书·张巡传》："尹子奇谓巡曰：'闻君每战眦裂，嚼齿皆碎，何至此耶？'巡曰：'吾欲气吞逆贼，但力不遂耳。'……大骂曰：'我为君父义死，尔附逆贼，犬彘也，安能久哉！'"

海上送佩宜归红梨

七日为期各一天，凌晨送汝上归船。

端居郁郁^[1]良非计，行役劳劳^[2]亦自怜。

辛苦新巢营牖^[3]户，仓皇故国怕烽烟。

料知此夜凄清甚，一盏残灯照独眠。

题解

　　此为亚子为送别夫人郑佩宜于"海上"归乡所作。念及爱妻"端居郁郁""行役劳劳"，诗人心头又将成何意绪？此正诗题之所由出也。乍聚又别，云山修阻，情何以堪？结句以"一盏残灯照独眠"的拟想之笔作结，鹣鲽情深，于此可徵。读后益觉幽幽婉婉，情韵缠绵。此类题材，被柳无忌先生划归为"深情细致的家庭诗"。细味此类诗，便不难发

现，不论是魂梦飞萦的乡思，还是"鸥梦难圆"的怅恨，无
不从至情深情中流溢而出，弥散着温馨淳美的人伦情味。

注释

  ［1］端居：谓平常居处。郁郁：忧郁。

  ［2］行役：此指在外跋涉。语出《诗经·魏风·陟岵》：
"嗟！予子行役，夙夜无已。"劳劳：辛苦、忙碌。唐元稹《送
东川马逢侍御使回》："流年等闲过，人世各劳劳。"

  ［3］牖：穿壁以木为交窗。

一九一二年

送楚伧北伐（两首）

投笔从戎信可儿[1]，儒冠[2]误我不胜悲。

中原胡马横行[3]日，大陆潜龙起蛰时。[4]

百粤河山秦郡县，三吴[5]子弟汉旌旗。

茫茫此日难为别，侑醉且拼酒一卮[6]。

青兕[7]文场旧霸才，登坛曾敌万人来。

图南此日联镳[8]返，逐北[9]他时奏凯回。

灯影钗光迷扑朔，矛炊剑淅[10]莫迟徊。

伫看直捣黄龙日，拂袖归来再举杯。[11]

067

题解

　　辛亥革命后，叶楚伧出任姚雨平北伐军的参谋长。此诗系柳亚子在叶楚伧随姚雨平离沪返粤时的赠行之作。古人送别，大抵把酒牵裾，临岐送目，写黯然南浦之怀。而此诗却全然不落古人惯常之"送别"格套，儒冠误身，难挥落日之戈；潜龙起蛰，但鼓回澜之力。至如篇末所谓黄龙直捣、举觞再祝之壮语，更充溢着昂扬锐取的乐观精神，读之令人神往。按：叶楚伧（1887—1946）原名宗源，号卓书，笔名叶叶、小凤等。江苏吴县人。1909 年加入同盟会，次年加入南社。1911 年投笔从戎，随军北上，并撰《北伐誓师文》。1912 年创办《太平洋报》；同年底，应邀主编《民立报》副刊，以笔名"小凤"抨击时弊，发表政见。1916 年创办《民国日报》，任总编辑。1923 年 1 月，出任国民党中央宣传部部长；同年 5 月，与柳亚子、邵力子等发起新南社，并撰《发起宣言》。后历任国民党中央党部工人部代理部长，中央宣传部部长，江苏省政府主席、国民政府委员、中央执行委员会常委兼秘书长，国民党政府立法院副院长。抗日战争胜利后，任苏浙皖三省，京沪两市宣慰使。1946 年 2 月 15 日于上海病逝。

注释

　　[1]投笔从戎：意谓弃文从军。语出《后汉书·班超传》：

"（超）家贫，常为官佣书以供养。久劳苦，尝辍业投笔叹曰：
'大丈夫无它志略，犹当效傅介子、张骞立功异域，以取封侯，
安能久事笔研间乎？'"按：班超后从军出塞，功封定远侯。
可儿：品德行检足堪嘉许之人。此谓楚伧。

[2]儒冠：原指儒生所戴的帽子，后多泛指儒生。《史
记·郦食其列传》："沛公不好儒，诸客冠儒冠来者，沛公
辄解其冠，溲溺其中。"杜甫《奉赠韦左丞文二十二韵》："纨
祷不饿死，儒冠多误身。"

[3]中原：此指中国。胡马横行：谓窜败的清政府曾
长期统治、奴役着中国人民。

[4]大陆句：《易·系辞下》："龙蛇之蛰，以存身也。"
此句意谓辛亥革命的爆发，唤起了共和志士的革命热情，如
潜龙起蛰，腾跃而起。

[5]百粤：泛指湖广及东南沿海的江西、福建等省地。
三吴：泛指江浙地区。颈联意谓反清的民族革命的旗帜飘荡
在整个中国的南部。

[6]侑醉：借以取醉。卮：即一杯。

[7]青兕：辛弃疾。

[8]图南：语本《庄子·逍遥游》："北冥有鱼，其
名为鲲，鲲之大不知其几千里也。化而为鸟，其名为鹏，鹏
之背不知其几千里也。怒而飞，其翼若垂天之云。是鸟也，
海运则将徙于南冥。南冥者，天池也……水击三千里，抟扶
摇而上者九万里……背负青天，而之莫天阏者，而后乃今将
图南。"按：此时叶楚伧有南方之行，诗人用此典喻其风雷

振发，云程万里。联镳：并马而行。镳，马衔铁，此代指马。

［9］逐北：即追击败退之敌。古代两军对垒，失败一方会掉头逃窜，故谓之"败北"。预祝楚伧北伐胜利，凯旋归来。

［10］矛炊剑淅：在矛头上洗米，剑头上煮饭，谓极其危险。语出《世说新语·排调》："桓南郡与殷荆州语次……作危语。桓曰：'矛头淅米剑头炊。'"

［11］拂袖句：取意于李白《古风》："事了拂衣去，深藏身与名。"暗赞叶楚伧淡泊名利，功成身退。

感　事

龙虎[1]风云大地秋，酸儒[2]自判此生休。

功名[3]自昔羞屠狗，人物于今笑沐猴[4]。

痛哭贾生愁赋鵩，[5]飘零王粲漫依刘[6]。

不如归去分湖[7]好，烟水能容一钓舟。

题解

　　孙中山在南京就任临时大总统，定国号为中华民国，改
元为中华民国元年。1912 年元月，柳亚子应邀赴南京临时
大总统府担任骈文秘书。但此际革命军和袁世凯之间已达成
妥协，孙中山放弃了原来组织各起义省份渡江北伐的革命主
张，拟通过议和与袁世凯展开斗争。柳亚子获悉后，对议和
双方约定在清帝退位后推举袁氏为大总统颇为不满，对议和

局面尤为失望，故在总统府任职仅 3 天便托病辞职——此即所谓"感事"之历史背景。作者赋得此诗时，正值似绮年华，却发出"酸儒自判此生休"的痛切之声，实乃作者基于当下语境的切肤感受，绝非无病呻吟。厕身季世，作者自愧无力驰骋沙场，以尽匹夫之责，情怀奚似？颈联所拈举"贾生赋鹏""王粲依刘"诸典，皆极贴切，妙在以此反衬自己的难堪境况。尾联言欲放棹江沱，益微其孤寂落寞矣。

注释

　　[1]龙虎：谓 1911 年秋爆发的辛亥革命。

　　[2]酸儒：迂腐的书生。诗人自嘲之词。

　　[3]功名：《史记·韩信卢绾列传》："信知汉王畏恶其能，常称病不朝从……居常鞅鞅，羞与绛灌等列。信尝过樊将军哙，哙跪拜送迎，言称臣，曰：'大王乃肯临臣！'信出门，笑曰：'生乃与哙等为伍。'"又《史记·樊哙传》："舞阳侯樊哙者，沛人也。以屠狗为事。"

　　[4]沐猴：《史记·项羽本纪》："人或说项王曰：'关中阻山河四塞，地肥饶，可都以霸。'项王沐猴见秦宫室皆以烧残破，又心怀思欲东归，曰：'富贵不归故乡，如衣绣夜行，谁知之者！'说者曰：'人言楚人沐猴而冠耳，果然。'"按：此指袁世凯。

　　[5]痛哭句：谓自己对时局心存忧虑，但无人解会，

故以贾谊自比。《史记·贾谊传》：“贾生为长沙王太傅三年，有鵩飞入贾生舍，止于坐隅。贾生既以谪居长沙，长沙卑湿，自以为寿不得长，伤悼之，乃为赋以自广。”又，贾谊《陈政事疏》：“臣窃惟事势，可为痛哭者一，可为流涕者二，可为长太息者六。”

[6]依刘：《三国志·王粲传》：“年十七，司徒辟，诏除黄门侍郎，以西京扰乱，皆不就。乃之荆州依刘表。表以粲貌寝而体弱通侻，不甚重也。”此句意谓自己虽在总统府任秘书，却不甚得意。

[7]分湖：在江苏省吴江市，此处代指作者的故乡。

哭宋遁初烈士

忽复吞声[1]哭，苍凉到九原[2]。

斯人如此死，吾党[3]复何言！

危论[4]天应忌，神奸[5]世所尊。

来、岑[6]今已矣，努力殄[7]公孙。

题解

　　1913 年 3 月 20 日午后，宋教仁从上海搭车北上，在沪宁车站突然遭到凶手狙击，22 日逝世，此即著名的"宋案"。噩耗传来，柳亚子悲愤填膺，遂怒斥袁世凯指使其内阁总理赵秉钧雇人行刺之险恶用心，誓欲拿办元凶而后快，并濡笔成诗，以申公愤。此诗一二联言诗人心情之悲怆，国事之蜩螗。颈联承此而来，以"忌""尊"对举，亦见现实之荒悖黑暗；

074

唯其如此，才更当同仇敌忾，奋力歼除之，此亦"殄公孙"之取意所在。

注释

[1]吞声：语本杜甫《梦李白》："死别已吞声，生别常恻恻。"

[2]九原：春秋时晋国卿大夫的墓地。《礼记·檀弓》："赵文子与叔誉观乎九原。"后亦泛指墓地。

[3]吾党：此指国民党。1912年8月，同盟会、统一共和党、国民共进会等五派系合组为国民党，推举孙中山为理事长。

[4]危论：切直骇世的言论。《后汉书·党锢列传》："并危言深论，不隐豪强。"

[5]神奸：原指能害人的鬼神怪异之物。《左传·宣公三年》："远方图物，贡金九牧。铸鼎象物，百物而为之备，使民知神奸。"此谓地位高而巧于作奸的人物（指袁世凯）竟为世所尊。

[6]来、岑：谓来歙、岑彭。二人均为东汉光武帝部将，开国功臣云台二十八将中人，先后攻蜀，俱被公孙述遣刺客杀死。此借指宋教仁。

[7]殄：消灭。公孙：谓公孙述。东汉茂陵人，字子阳。王莽时自立为蜀王，都成都。后进而称帝。汉光武帝命将讨

之并驰书劝降，不听。卒为吴汉所败，被暗杀死。此借指袁
世凯。

高天梅以变雅楼三十年诗征索题，感赋二律

一代文章属选楼[1]，劳君搜剔费绸缪[2]。

淮阴谁是无双士？[3]温峤宁甘第二流！[4]

忍说风骚关运会[5]？转怜姓氏杂薰莸[6]。

国殇山鬼[7]都零落，一集丛残[8]愿未酬。

"余尝前志辑先烈诗为碧血集、亡友诗为黄垆集，尚未
遑草创也。"（作者自注）

铙歌慷慨奏平胡[9]，全局终怜一著输。

犹有亡臣嘘烬焰[10]，无端妖谶俆当涂。[11]

画兰思肖[12]宁殊族？附莽扬雄[13]信贱儒！

我是鲁连耻秦帝[14]，客儿残句未模糊。[15]

题解

此二律乃柳亚子应高天梅之请，为其读书楼所题。慕志

077

士之高义，斥贱儒之败行，诗末以郑思肖、鲁仲连相期共勉，性严气正，薰莸分明，不待智者而后判也。

注释

[1] 选楼：原指清代学者阮元之"文选楼"。此借指变雅楼。

[2] 搜剔：搜集、鉴别。绸缪：谓繁劳经营。

[3] 淮阴句：用韩信事。《史记·韩信卢绾列传》，萧何荐韩信于高祖曰："诸将易得耳。至如信者国士无双。"按：韩信，淮阴人，又曾封淮阴侯。

[4] 温峤句：《世说新语·品藻》："世论温太真（峤）是过江第二流之高者。时名辈共说人物，第一将尽之间，温常失色。"

[5] 运会：谓时运际会。

[6] 杂薰莸：谓香臭混杂。《左传·僖四年》："一薰一莸，十年尚有臭。"注："薰，香草；莸，臭草；十年有臭，言善易消、恶难除。"又沈约《弹王源文》："薰莸不杂，闻之前典。"

[7] 国殇、山鬼：均为屈原《九歌》中的篇名。按：此以国殇借指为国捐躯之猛士，即所谓"先烈"，以山鬼借指一般死亡者，即所谓"亡友"。

[8] 丛残：芜杂残缺。

［9］铙歌：军乐中的凯旋曲。崔豹《古今注》："短箫铙歌，军乐也。黄帝使岐伯所作，所以建武扬德，风劝战士，《周礼》所谓王大捷则令凯乐，军大捷则令凯歌者也。"此处指辛亥革命。平胡：谓推翻清朝统治。

［10］嘘烬焰：口吹灰烬，以期使死灰复燃。此借喻封建帝制死灰复燃。

［11］无端句：语出《三国志·袁术传》："用河内张炯之符命，遂僭号。"注："《典略》曰：术以袁姓出陈；陈，舜之后，以土承火，得应运之次。又见谶文云：'代汉者，当涂高也。'自以名字当之（按：术名公路）。乃建号称仲氏。"按：此借指袁世凯称帝。

［12］画兰思肖：用郑所南事。郑所南乃宋末诗人、画家，宋亡后改名思肖，字忆翁，以示不忘故国。其号所南，日常坐卧，必向南背北。元军南侵时，曾向朝廷献抵御之策，未被采纳。郑思肖擅绘兰，花叶萧疏而不画根土，以寓宋土地已被元人掠夺。

［13］附莽扬雄：王莽篡汉，号国为新，扬雄因作《剧秦美新》一文，论秦之剧，称新之美。今《文选》中载之。按：作者自注云："近世诗人，自吾党数子外，悉不能越此两派。可叹也。"

［14］鲁连耻秦帝：语本《史记·鲁仲连列传》，魏王使新垣衍说赵尊秦为帝，仲连见新垣衍曰："彼秦者，弃礼义而上首功之国也。权使其士，虏使其民。彼即肆然而为帝，过而为政于天下，则连有蹈东海而死矣。吾不忍为之民也！"

［15］客儿残句：谢灵运，小名客儿。《宋书·谢灵运传》："灵运执录望生，兴兵叛逸，遂有逆志，为诗曰：'韩亡子房奋，秦帝鲁连耻。本自江海人，忠义感君子。'"按：此两句极言诗人反袁之志。

论诗六绝句

少闻曲笔[1]《湘军志》，老负虚名太史公[2]。
古色斓斑真意少，吾先无取是王翁[3]。

郑、陈枯寂[4]无生趣，樊、易淫哇[5]乱正声。
一笑嗣宗[6]广武语：而今竖子尽成名。

一卷生吞杜老[7]诗，圣人伎俩只如斯[8]。
兰陵学术传秦相[9]，难免陶家一蟹讥[10]。

浙西一老[11]自嵯峨，门下诗人亦未讹[12]。
只是魏收轻蛱蝶[13]，佳人作贼[14]奈卿何。

时流^[15]竞说黄公度，英气终输仓海君^[16]。

战血台澎^[17]心未死，寒筇残角海东云。^[18]

快心一叙见琴南^[19]，闽海^[20]诗豪林述庵。

老凤飞升雏凤健，^[21]龙门家世有迁谈。^[22]

题解

　　柳亚子崇尚"唐音"，提倡"布衣之诗"，反对"抱残守缺""泥古不化"，其批判的锋芒不仅指向"同光体"，对樊增祥、易实甫（中晚唐派）、王闿运（汉魏派）等为"无用之诗"者，亦在扫荡之列。秉持这种与时代精神相契合的审美观念，柳氏在这组诗中对晚清民初旧诗诗坛上一批著名诗人分明予以评论。识见超卓，辞成廉锷，一振诗坛柔软卑下之气，颇足代表诗人对旧诗坛的态度。

注释

　　[1]曲笔：曲折隐晦的笔法。《湘军志》：清人王闿运著。记述太平天国时期以曾国藩为首的"湘军"历史，其中包括

时流[15]竞说黄公度，英气终输仓海君[16]。

战血台澎[17]心未死，寒筇残角海东云。[18]

快心一叙见琴南[19]，闽海[20]诗豪林述庵。

老凤飞升雏凤健，[21]龙门家世有迁谈。[22]

题解

　　柳亚子崇尚"唐音"，提倡"布衣之诗"，反对"抱残守缺""泥古不化"，其批判的锋芒不仅指向"同光体"，对樊增祥、易实甫（中晚唐派）、王闿运（汉魏派）等为"无用之诗"者，亦在扫荡之列。秉持这种与时代精神相契合的审美观念，柳氏在这组诗中对晚清民初旧诗诗坛上一批著名诗人分明予以评论。识见超卓，辞成廉锷，一振诗坛柔软卑下之气，颇足代表诗人对旧诗坛的态度。

注释

　　[1]曲笔：曲折隐晦的笔法。《湘军志》：清人王闿运著。记述太平天国时期以曾国藩为首的"湘军"历史，其中包括

组织、编制和镇压太平军、捻军、回民起义的经过。

[2] 太史公：汉代史学家司马迁称其父谈为太史公，亦自称太史公。按：王闿运在辛亥革命后任清史馆馆长，故借此称之。

[3] 无取：不取。王翁：谓王闿运，近代学者，文学家。字壬秋，湖南湘潭人。咸丰举人。太平军起义时，曾入曾国藩幕。后讲学四川、湖南、江西等地。清末，授翰林院检讨，加侍讲衔。辛亥革命后任清史馆馆长。诗文在形式上主要模拟汉魏六朝，为晚清拟古派所推崇。

[4] 郑：郑孝胥，名苏戡。福建闽侯人。清朝末年曾任安徽、广东按察使。辛亥革命后以遗老自居。陈：陈三立。近代诗人。字伯严，室名散原精舍，江西修水人。光绪进士，官吏部主事。曾参加戊戌变法。辛亥革命后以遗老自居。作诗好用僻词拗句，流于艰涩，为同光体主要作家。枯寂：谓诗风枯瘦冷寂。

[5] 樊：樊增祥。近代文学家。字嘉父，号云门，一号樊山，湖北恩施人。其诗词骈文浮艳俗滥。易：易顺鼎。近代诗人。字实甫，又字中硕，号哭庵；湖南龙阳人。光绪举人。清末官至广东钦廉道。袁世凯称帝，任代理印铸局长。谄事袁世凯之子袁克文。淫哇：邪僻诡谀之声。《法言·吾子》："中正则雅；多哇则郑。"

[6] 嗣宗：指阮籍。广武语：《晋书·阮籍传》："尝登广武，观楚汉战处，叹曰：'时无英雄，使竖子成名！'"

[7] 生吞：比喻生硬拙劣的仿效。杜老，谓杜甫。

［8］圣人：谓康有为。清末改良主义运动的领袖。又名祖诒，字广厦，号长素。广东南海人。人称南海先生。进士出身，任工部主事。因发动"戊戌变法"，朝野震惊，后受到慈禧太后的镇压，被迫逃亡国外。此后逐渐堕落反动，成为保皇会首领。伎俩：手段、本领。如斯：此句紧承上句而来。

［9］兰陵：谓荀子。荀子晚年居楚，为兰陵令。秦相：谓李斯。李斯乃荀子的弟子，后为秦国的丞相。

［10］一蟹讥：典出《通俗编》引宋无名氏《圣宋掇遗》："陶谷奉使吴越，忠懿王宴之。以其嗜蟹，自蝤蛑至彭蜞，凡罗列十余种。谷笑曰：'真所谓一蟹不如一蟹也。'"柳氏借用此典，旨在表明康有为强学杜甫诗，如同李斯从荀子受学，是不可能超越老师的。

［11］浙西一老：谓龚自珍。清代思想家、文学家。一名巩祚，号定庵。浙江仁和人。道光进士，官礼部主事。诗甚瑰丽奇肆，素称"龚派"，在清末民初影响甚大。

［12］门下诗人：谓一味苦学龚诗的诗人。未讹：没有变形、走样。

［13］魏收轻蛱蝶：《北史·魏收传》："收昔在京洛，轻薄尤甚，人号云：'魏收惊蛱蝶。'"

［14］佳人作贼：《晋书·陶侃传》："王贡复挑战，侃遥谓之曰：'杜弢为益州吏，盗用库钱，父死不奔丧。卿本佳人，何为随之也？天下宁有白头贼乎！'"

［15］时流：时人流俗。黄公度：即黄遵宪，字公度。

广东嘉应州人。光绪举人，历任驻日、英参赞及旧金山、新加坡总领事。后官湖南长宝盐法度、署按察使，参加戊戌变法；奉命出使日本，未行，政变起，罢归。公度乃清末著名诗人，力倡"诗界革命"之说，其诗长于古体，形式较多变化，语言也较通俗。

[16] 仓海君：谓丘逢甲。清末诗人。字仙根，号仓海。出身台湾望族。光绪进士。甲午战争后，首倡抗日，任大将军，身率义军，重创日本侵略军。失败后离台内渡，讲学广东。辛亥革命后，参与组织南京政府，任参议员。丘诗雄健骏逸，现存诗大部以缅怀台湾为主题，充满着爱国主义的血泪真情。

[17] 台澎：台湾与澎湖列岛，丘氏曾在此率义军奋勇抗日。

[18] 寒笳句：谓丘诗追怀台澎战事。

[19] 琴南：林纾。近代文学家。原名群玉，字琴南，号畏庐、冷红生，福建闽县人。光绪举人，任教于京师大学堂。早年参加过资产阶级改良主义的政治活动。用古文翻译欧美小说，颇有影响。晚年反对"五四"新文化运动，是守旧派代表之一。

[20] 闽海：指福建。林述庵：林嵩祁。陈衍《石遗室诗话》卷二十九云："光绪初年，福州有三狂生。皆林姓，一畏庐（琴南）、一述庵嵩祁、一某。述庵乙酉举于乡，早卒。"

[21] 老凤句：语出李商隐《寄韩冬郎》："雏凤清于老凤声。"

[22] 龙门句：司马迁为夏阳人，生于龙门。按：龙门，

山名，在山西省河津市西北，陕西省韩城市东北，分跨黄河两岸，形如门，故云。迁谈：指司马谈司马迁父子。

岁暮杂感（四首）

急景[1]催年短，浮生涕泪多。

王裒[2]常废读，原壤[3]忍狂歌。

行乐诚无术[4]，沈忧孰起疴[5]。

大难来日[6]意，空自怨蹉跎[7]。

夙有[8]澄清志，而今事总非。

沐猴[9]民主贱，烹狗[10]党人悲。

妹土风难殄[11]，周邦[12]命正危。

况闻边耗[13]急，谁与定东陲[14]？

结客夸游侠[15]，江湖识姓名。

恩仇嗟末路，气类[16]感平生。

亦有牙、期[17]遇，终难踪迹并。

南天一凝睇[18]，风雨[19]正鸡鸣。

用世[20]非吾事，求田[21]计亦差。

桑麻[22]无乐土，荆棘遍天涯。

去住深难定，浮沉只自嗟。

寒宵不成梦，诗思乱如麻。

题解

　　1912 年 4 月，临时政府迁往北京，辛亥革命的果实完全落进袁世凯之手。诗人目睹称帝复辟的丑剧，亲历着丧父的剧痛，寒宵不寐，心乱如麻。诗人将此化作低回悲沉的音符，一次次在凝重的旋律中响起，使人强烈地感觉到其中弥散着诗人所特有的怅惘、寂寥与悲苦……

注释

　　[1]急景：谓时光迅疾。

[2]王哀：语本《晋书·王哀传》：哀性至孝，父母殁，庐于墓侧，旦夕至墓所跪拜。及读《诗·蓼莪》至"哀哀父母，生我劬劳"，未尝不三复流涕，其门人受业者并废《蓼莪》之篇。

[3]原壤：春秋鲁人，孔子故交。其母死，孔子助之沐椁，原壤登木而歌。

[4]无术：没有本领。

[5]孰：谁。起疴：即妙手回春之意。

[6]大难来日：即"来日大难"之倒装，此处为调谐平仄。

[7]蹉跎：虚度光阴。

[8]夙有：素有的，旧有的。澄清志：《后汉书·范滂传》："（滂）登车揽辔，慨然有澄清天下之志。"

[9]沐猴：《史记·项羽本纪》："人或说项王曰：'关中阻山河四塞，地肥饶，可都以霸。'项王沐猴：见秦宫室皆以烧残破，又心怀思欲东归，曰：'富贵不归故乡，如衣绣夜行，谁知之者！'说者曰：'人言楚人沐猴而冠耳，果然。'"按：此指袁世凯。

[10]烹狗：语本《史记·韩信卢绾列传》："韩信平齐，受封为齐王。卒佐刘邦灭项羽。后刘邦计擒信，废为淮阴侯。信被擒时，曰：'果若人言，狡兔死，良狗烹；高鸟尽，良弓藏；敌国破，谋臣亡。'天下已定，我固当烹！"后常以此喻功勋显赫却惨遭不幸的志士。

[11]妹土：作者原注："妹土，地名，纣王所都之处，在今河南省。"此借指为袁世凯所控制的北方。风难殄：风

尚习俗难于灭绝。

［12］周邦：周朝，此指中华民国。

［13］边耗：来自边防的坏消息。

［14］东陲：东方边境。

［15］游侠：古代称豪爽好交游、轻生重义之人。

［16］气类：语本《易·乾》："同声相应，同气相投……则各从其类也。"指彼此气味相投。

［17］牙期：牙谓伯牙，期谓钟子期。后代指知音。语本《列子·汤问》："伯牙鼓琴，志在高山，钟子期曰：'峨峨然若泰山。'志在流水，曰：'洋洋然若江河。'子期死，伯牙绝弦，以无知音者。"

［18］凝睇：凝视；注目。

［19］风雨：语本《诗·郑风·风雨》："风雨如晦，鸡鸣不已。"后借喻社会动荡不安。

［20］用世：原指积极为国家效力。此处指（不能）为世所用。

［21］求田：谓买田归隐，语本辛弃疾《水龙吟》："求田问舍，怕应羞见，刘郎才气。"

［22］桑麻：此处承上句而来，指农事。

一九一三年

消寒一绝

袁安高卧[1]太寒酸，党尉羊羔[2]未尽欢。

愿得健儿三百万，咸阳一炬[3]作消寒。

题解

　　此诗作于 1914 年。是年袁世凯下令解散国会，停办各省地方自治，解散各省协会，公布修正大总统选举法（实即为大总统终身化合法化）。面对袁氏当国、政黯民怨的现实，一大批"寻路"的"倦客"既愤于腐鼠沐猴，滔滔皆是；又深感势单力薄，报国无门，遂倡立"酒社""消夏社""消寒社"，将一腔郁结，宣泄于流霞烟斛之中。柳亚子并不满于上述诗社那种"悠然物外""不知有汉，何论魏晋者矣"的出世倾向，自谓"胸中愤血，轮菌盈斗。嚼雪饮冰，犹嫌其热"，故赋此绝句，以申其愤；诗人将袁氏比作秦始皇，渴望能够率领"三百万健儿"，像当年焚烧秦王宫一样，把袁世凯的反动政府放一把火烧掉，解除天下的寒冷。

注释

[1] 袁安高卧：《汝南先贤传》："时大雪积地丈余，洛阳令身出案行，见人家皆除雪出，有乞食者。至袁安门，无有行路。谓安已死，令人除雪入户，见安僵卧。问何以不出，安曰：'大雪人皆饿，不宜干人。'令以为贤，举为孝廉也。"

[2] 党尉羊羔：《提要录》："陶学士谷买得党太尉故伎。遇雪，陶取雪水烹团茶，谓伎曰：'党家应不识此？'伎曰：'彼粗人安有此景。但知于销金帐内浅斟低唱，饮羊羔儿酒。'"

[3] 咸阳一炬：语出《史记·项羽本纪》："项羽引兵西屠咸阳，杀秦降王子婴，烧秦宫室，火三月不灭，收其货宝妇女而东。"杜牧《阿房宫赋》："楚人一炬，可怜焦土。"

一九一五年

水月庵小集示芷畦

此是湘真[1]亡命地，皕年[2]而后我重来。

荒天老地仍今日，抡[3]雅扬风负此才。

红蓼[4]迎风秋水渡，白衣骂座[5]酒人杯。

流连良会非容易，故国斜阳莫漫催。

题解

此诗作于 1915 年。

水月庵的全称为"水月禅院"，归属嘉善，却坐落于吴

江的水月荡内，曾是南明抗清将领陈子龙一度隐居之地，他

与夏允彝等在此组织几社，清军攻破南京后，陈子龙与夏完淳在松江起兵抗清，兵败后避匿于水月庵，密谋重振太湖义兵。柳亚子与酒社成员频频选择此地作为集会场所，显然是一种具有高度自觉的、有计划的行为，渗透着强烈的主体意愿，通过在此频频集会，其实是在不断唤起并强化着对先烈的崇仰之情，而彼此间的诗文唱和，则更是将一种个人化的抒情活动升发为群体性的对英雄灵魂存在的塑造与认定，在精神层面上建构起诗性正义的可能性。南社同人正是通过这种特殊的方式进行着"意义交流"。尤其是在令人窒息的政治密云期，他们更是通过这种方式，在痛苦中自持，在隐忍中期待，在激愤中跃然而起。

注释

[1] 湘真：指陈子龙，其词集为《湘真阁存稿》。

[2] 晒年：二百年。

[3] 挖：取。

[4] 红蓼：一种蓼科植物，一年生草本，茎直立，具节，中空，高可达 3 米。

[5] 白衣骂座：语本南社社友高天梅："白衣骂座三升酒，红烛谈兵万树花。"骂座，用灌夫事。典出《史记·魏其武安侯列传》："灌夫为人刚直使酒，不好面谀。贵戚诸有势在己之右，不欲加礼，必陵之，诸士在己之右，愈贫贱，尤

益敬与钧。"又，灌夫与丞相田蚡有隙，在一次列侯宗室为田蚡贺寿的酒宴上，使酒大骂临汝侯(灌贤)和程不识以泄怒。田蚡"乃麾骑缚夫置传舍，召长史曰：'今日召宗室，有诏。'劾灌夫骂座不敬，系居室。"后遂以"灌夫骂座"喻刚正不阿、不事权贵之士。

孤　愤

孤愤真防决地维[1]，忍抬醒眼看群尸[2]？

美新[3]已见扬雄颂，劝进还传阮籍词。[4]

岂有沐猴[5]能作帝？居然腐鼠[6]亦乘时。

宵来忽作亡秦[7]梦，北伐声中起誓师。

题解

　　1915 年 8 月，在袁世凯的授意下，各省纷纷出现请愿团，要求变更国体。南社社员林白水、景耀月、汪东等亦厕身其中。1915 年冬，袁世凯图谋复辟，正紧锣密鼓地张罗登基大典，由旧官新贵组成的筹安会、请愿联合会纷纷吹捧逢迎，上表劝进。柳亚子早就识破袁世凯的反动本质，认为"他日易总统而皇帝，倒共和而复专制，一反手间耳"（《天铎报》12

年2月17日)。密切关切时局发展的诗人目睹这一幕幕丑剧，愤然赋诗寄慨。诗人融史于诗，借用"扬雄美新""阮籍劝进"诸典，对如蝇逐臭般围绕在袁氏周围的一帮趋炎附势、见利忘义之徒予以辛辣的嘲讽，以"沐猴而冠"之典明示对袁氏的极度鄙弃。结句以"梦"入诗，与陆游"夜阑卧听风吹雨，铁马冰河入梦来"同一机杼，却有出蓝之概。所谓"亡秦"之梦，无疑是诗人的怒火与仇焰、力与热融和、膨胀达至饱和的必然升华。

注释

[1] 决地维：崩裂地的嘎角。古人认为地是方形的，故有角之说，又称拓地维刀。语见《列子·汤问》："共工氏与颛顼争为帝，怒而触不周之山，折天柱，绝地维。"

[2] 群尸：指袁世凯及其追随者。

[3] 美新：阿谀谄媚。按：王莽篡汉称帝，国号新。扬雄作《剧秦美新》一文，称颂新朝之美，以取悦于王莽。后以"美新"为阿谀谄媚之典。今《文选》中载之。

[4] 劝进句：指劝说实际上已掌握国柄者登上皇位。语本《晋书·阮籍传》："帝（司马昭）让九锡，公卿将劝进，使籍为其辞。籍沉醉忘作，临诣府使取之，见籍方据案醉眠，使者以告，籍便书，按使写之，无所改窜。"

[5] 沐猴：猕猴，此为"沐猴而冠"之省语。语见《史

记·项羽传》：有人说项王都咸阳不听，恩欲东归，曰："富贵不归故乡，如衣绣夜行，谁知之者！"说者曰："人言楚人沐猴而冠耳，果然。"按：此借以讥责袁之称帝。

[6] 腐鼠：腐烂的死鼠，喻毫无价值的东西。后遂用为贱物之称。典出《庄子·秋水》："惠子相梁，庄子往见之。或谓惠子曰：'庄子来，欲代子相。'于是惠子恐，搜于国中三日三夜。庄子往见之，曰：'南方有鸟，其名为鹓鶵，子知之乎？夫鹓鶵发于南海而飞于北海，非梧桐不止，非练实不食，非醴泉不饮。于是鸱得腐鼠，鹓鶵过之，仰而视之曰：吓！今子欲以子之梁国而吓我邪？'"后遂用为贱物之称。唐李商隐《安定城楼》诗："不知腐鼠成滋味，猜意鹓鶵竟未休。"

[7] 亡秦：谓讨伐袁世凯的革命风暴席卷全国。

文　章

文章何处托微波[1]，忧患如山奈若何？

渐觉眼中人物少，不堪梦里别离多。

佯狂[2]失路阮生涕，行乐及时杨恽歌。[3]

无分东山理丝竹[4]，《钓竿》天地一渔蓑[5]。

题解

辛亥革命以后，现实远不如诗人所预想的那般美好，袁世凯和北洋军阀等一大批前清政府的鹰犬在"参加革命"的名义下，依旧占领着广大地区；封建的反动势力，仍如浓重的阴霾笼罩着神州大地。诗人蒿目时艰，扼腕不已。深沉的忧患加剧着诗人的愤激，而这种愤激又进一步强化着诗人的忧患，所谓"佯狂""行乐"，皆为勉作旷达之辞，"无分"一语则透示出诗人不甘沉沦却又徒呼负负的复杂心绪。

注释

[1] 微波：语本曹植《洛神赋》："无良媒以接欢兮，托微波而通辞。"此句意谓究竟到何处去寻觅真正的知音呢？

[3] 佯狂：佯，假装。语本《晋书·阮籍传》："时率意独驾，不由径路，车迹所穷，辄恸哭而反。"

[3] 行乐句：杨恽《与孙会宗书》："奴婢歌者数人，酒后耳热，仰天击缶而呼乌乌……人生行乐耳，须富贵何时！"按：颈联以一"佯"一"乐"反衬诗人自己难以排遣的苦闷心情。

[4] 无分：没有机缘。语本杜甫《九日》诗之一："竹叶于人既无分，菊花从此不须开。"东山理丝竹：语本《晋书·谢安传》：安早年隐居东山，又性好音乐，每出游，辄携妓以俱，与游者王羲之、许询、支遁。又《晋书·王羲之传》："谢安尝谓羲之曰：'中年以来，伤于哀乐，与亲友别，辄作数日恶。'羲之曰：'年在桑榆，自然至此。顷正赖丝竹陶写，恒恐儿辈觉，损其欢乐之趣。'"丝竹，丝谓弦乐、竹谓管乐，后统指音乐。

[5] 钓竿：汉铙歌名。《古今注》："《钓竿》者，伯常子避仇河滨为渔者，其妻思之而作也，每至河侧辄歌之。"后司马相如作《钓竿》诗，遂传为乐曲。渔蓑：披蓑衣的渔人。此处诗人自指欲暂隐乡间而不得。

酒社第七集

旧中秋夕，再集舟中，次病蝶韵。

月自当头杯在手，填胸块垒[1]可能消。

高歌未免惊邻舫，薄醉终怜负此宵。

逝水年华成冉冉[2]，晨星吾辈尽寥寥。

无端哀乐凭谁诉？[3]一剑何当更一箫。[4]

题解

1915年，柳亚子在家乡黎里成立酒社（南社分社）。彼时袁世凯正紧锣密鼓地复辟帝制，酒社社员蒿目时艰，扼腕不已，相与纵酒浇愁，长歌当哭，借以发泄胸中愤懑。是年秋，酒社连续雇佣画舫集会10余次，柳亚子与友人在舟中轰饮三昼夜，"意在效信陵祈死耳"。此诗借酒寄慨，足征块垒之高。颈联承"负此宵"而来，叹时光飘忽不再，悲知友多化沙虫，末句以剑箫作结，豪侠气与缠绵情两相纠结，何以独堪耶？但觉诵之凄黯耳。

注释

[1]块垒：土堆。此喻胸中不平。

[2]冉冉：本义为渐渐、慢慢。此谓年华随着流水、伴着悲愁渐渐消逝。

[3]无端句：语本龚定庵《己亥杂诗》："少年哀乐过于人，歌哭无端字字真。"

[4]一剑句：语本龚定庵《己亥杂诗》："一箫一剑平生意，负尽狂名十五年。"

咏史四首

亡秦三户大王风[1]，竖子无端误乃公[2]。

自昔域中无姓字，于今林下有英雄。[3]

牧羊楚帝[4]原无赖，烹狗齐王岂善终？[5]

万里归元[6]谁最惨？北胡南越两途穷。[7]

"先烈张振武死燕北，蒋翊武死粤西。"（作者自注）

赣水东流启杀机，[8]谁教右袒误戎衣？[9]

淮阴举足关轻重，[10]叔宝何心混是非！[11]

助纣廉来原可杀，[12]安刘平勃讵能希？[13]

可怜半壁东南劫，十万青磷带血飞。[14]

纳土归朝[15]万事休，降王执梃复何尤！[16]

君臣谊重兼儿女，婚媾情深岂寇仇。[17]

谁遣白旄迟薄伐，[18]转教丹穴误旁求。[19]

中原此座[20]真堪惜，大错匆匆铸六州。[21]

守府孱王百不堪，[22]奸人羽翼遍朝端。[23]

长蛇封豕唐藩镇，[24]社鼠城狐汉宦官。[25]

父老捶心成绝望，贤豪袖手付旁观。

《罪言》杜牧知何济？留当他年诗史看。[26]

题解

此组诗盖咏黎元洪也。

既为"咏史"而非"纪史"，诗中所关涉的史实便被诗人作了虚化的处理，诗人只是借用"右袒""韩信投刘""廉来助纣""安刘平勃"等出自《史记》的一系列典故，引导读者去感受当时的历史气氛与情势；或者说，文本作为一种开放结构，需要通过读者的参与而成为"想象的具体"。这种独具匠心的笔法，既大大强化了诗人以史为鉴、警醒世人的作意，又避免了"于史有余，于诗不足"的缺憾。不过，从这四首咏史诗看，柳氏对黎氏的"全面否定"，未免有失公允。论人一向严苛的章太炎曾如此评价黎元洪："丰肉、舒行、身短，望之如千金翁，而自有纯德，不由勉中，爱国至恳，不怵强大，度越并时数公远甚。"纵观黎氏平生所为，此语确为知人之论。按：黎元洪，字宋卿。湖北黄陂人。辛亥革命前为湖北新军第二十一混成协统领。辛亥武昌起义中，被拥立为军政府鄂军大都督。南京临时政府成立时，当选为副总统。袁称帝时，受封为武义亲王。袁死后，出任大总统。

注释

[1]亡秦：谓辛亥革命的风暴席卷全国。亡秦三户：《史记·项羽本纪》："楚虽三户，亡秦必楚。"大王风：宋玉《风赋》："此所谓大王之雄风也。"

[2]竖子：小子。轻视的称呼，此指武昌起义中推举黎元洪的人。乃公：你的父亲。此指孙中山为代表的革命事业。按：此句说黎元洪之得以崛兴实在是一个莫名其妙的错误所致。

[3]自昔句：颔联意谓黎元洪在辛亥革命前乃一默默无闻的小人物，如今却成了"革命英雄"。域中，国中。

[4]牧羊楚帝：《史记·项羽本纪》："于是项梁然其言，乃求楚怀王孙心民间，为人牧羊，立以为楚怀王，从民所望也。"此借讥黎元洪原是为清王朝异族统治服务之人。

[5]烹狗句：意谓一些志士虽功勋显赫却未得善终。

语本《史记·韩信卢绾列传》："韩信平齐，受封为齐王。
卒佐刘邦灭项羽。后刘邦计擒信，废为淮阴侯。信被擒时，曰：
'果若人言，狡兔死，良狗烹；高鸟尽，良弓藏；敌国破谋
臣亡。'天下已定，我固当烹！"

[6] 归元：归还人头。语出《左传·僖公三十三年》：
"免胄入狄师，死焉。狄人归其元，面如生。"北周·庾信《哀
江南赋》："狄人归元，三军凄怆。"南社诗人程善之《革
命后感事和怀霜作即用其韵》："城门免胄经相识，异地归
元不忍看。"

[7] 北胡句："《史记·季布传》：朱家谓滕公曰：'以
季布之贤而汉求之如此，此不北走胡即南走越耳。'"按：
张振武，同盟会员与蒋翊武、孙武为辛亥革命中著名人物，
时称"三武"。1912年8月16日，黎元洪与袁世凯合谋，
将时任湖北军政府军务部长的张振武诱杀。蒋翊武，湖北新
军的革命领袖，辛亥革命中武昌起义的领导人之一。1913
年7月在岳州参加讨袁战役，失败后在广西全州被捕杀害。
按：黎元洪诱杀张振武，为其平生最为人诟病处。但考诸史实，
张振武虽为武昌首义元勋，但在辛亥革命后便迅速腐化，飞
扬跋扈，贪污受贿，为害一方。张振武被杀后，当黄兴发电
质问黎元洪时，黎氏立即复一长电，历数张振武的罪行，解
释何以请求袁世凯立诛张振武的三条理由，并声称："但当
为民国固金瓯，不当为个人保铁券。"此电一出，舆情渐息。

[8] 赣水句：谓1913年6月袁世凯发兵进攻国民党控
制的安徽、江西、江苏、广东各省，挑起内战一事。其中江

106

西都督李烈钧因态度强硬，为首要打击目标。赣水，在江西省境。

[9]谁教句：谓黎元洪在这关键时刻支持了袁世凯，铸成大错。右袒：《史记·吕太后列传》："太尉（周勃）将之入军门，行令军中曰：'为吕氏者右袒，为刘氏者左袒。'军中皆左袒为刘氏。"戎衣，军服，此借指战事。

[10]淮阴句：谓黎氏当时拥有举足轻重的军事实力。《史记·韩信卢绾列传》："项王恐，使盱眙人武涉往说齐王信曰：'……当今二王之事，权在足下。足下右投则汉王胜，左投则项王胜。'"淮阴，指韩信，信淮阴人，后封淮阴侯。

[11]叔宝句：谓黎氏在这次内战中佯装糊涂，混淆是非。《南史·陈本纪》："监守者奏言：'叔宝云既无秩位，每预朝集，愿得一官号。'隋文帝曰：'叔宝全无心肝。'"叔宝，南朝陈的末代皇帝，世称"陈后主"。

[12]助纣句：谓黎氏助袁军进攻湖口，并阻止湖南出兵，罪大恶极。助纣廉来，语本《史记·秦本纪》："蜚廉生恶来。恶来有力，蜚廉善走，父子俱以材力事殷纣。"按：纣为商朝末代暴君。

[13]安刘句：谓黎氏本来就不可能挽救革命。安刘平勃，《史记·高祖本纪》："陈平智有余，然难以独任。周勃厚重少文，然安刘氏者必勃也。"按：刘邦死后，吕后专政，欲代刘氏而王天下；陈平、周勃深相结纳，卒诛诸吕、安刘氏。讵能，岂能。

[14]可怜二句：谓这次内战（史称"讨袁之役"），实

为袁氏主动发起，国民党被迫应战）的悲惨结局。袁军击溃
国民党力量。袁乘军事胜利，宣布解散国民党。半壁，半壁
河山的省文，指国民党控制的东南五省。青磷，磷火，从动
物尸体上游离出来的一种物质。

[15]纳土：献出所统辖的领土。此句意谓黎氏拥护袁
世凯称帝，受封武义亲王。归朝：归顺称臣。

[16]降王句：袁世凯将黎氏召到北京，和后来为其封
王等等，意在剥夺其兵权，而且加以软禁。此乃黎氏咎由自
取。梃，拐杖。

[17]君臣二句：谓袁、黎结有儿女亲事，本是一家人，
矛盾也不过是一家之内的矛盾。婚媾，亲事。按：袁世凯为
控制利用黎氏，曾物色到黎氏的湖北老乡汤化龙做媒，要让
第九子做黎家的女婿。

[18]谁遣句：谓袁世凯失败以后，黎氏却被宽纵。白旄：
《书》："王左杖黄钺，右秉白旄以麾。"孔传："左手执钺，
示无事于诛；右手把旄，示有事于教。"迟，等待。

[19]转教句：谓反而又让黎元洪继任总统。丹穴：《山
海经》："丹穴之山，有鸟焉，其状如鹄，五采，名曰凤皇。"
按：此借指总统的人选。

[20]中原此座：指总统的位置。

[21]大错句：语出宋司马光《资治通鉴·唐昭宣帝天
佑三年》："初，田承嗣镇魏博，选募六、州骁勇之士五千
人为牙军，厚其给赐以自卫，为心腹。自是父子相继，亲党
胶固，岁久益骄横，小不如意，辄族旧帅而易之。自史宪诚

108

以来皆立于其手，天雄节度使罗绍威心恶之，力不能制。"
遂密请朱全忠军，尽杀牙军及其老小。"全军留魏半岁，罗
绍威供亿，所杀牛羊豕近七十万，资粮称是，所贿遣又近
百万。比去，蓄积为之一空。绍威虽去其逼，而魏兵自是衰弱。
绍威悔之，谓人曰：'合六州四十三县铁，不能为此错也。'
胡三省注：错，锶也，铸为之。又释错为误，罗以杀牙军之误，
取铸错为喻。"后多以"六州铸错"喻无可挽救的重大错误。
此处承接上句，指让黎元洪任总统一事。

　　[22]守府句：谓黎元洪当的不过是一个傀儡式的总统。
守府，守护先王的府藏。孱王，无能的王者。

　　[23]奸人句：谓黎氏的政府充斥着北洋军阀的势力。
羽翼，党羽爪牙。按：袁世凯死后，段祺瑞承认拥立黎氏为
大总统，自任国务总理，继续保持北洋军阀的统治。"奸人"，
当指段氏。

　　[24]长蛇句：谓布于各省的残害人民的军阀。长蛇封
豕，上古传说中的害人猛兽，"封豕"又名"封稀"，大野
猪。唐藩镇，唐开元间每以数州为一镇设节度使，安史乱后，
化为割据局面；节度使之职往往父子相传，又互相攻战，或
联合反唐，史称"藩镇割据"。

　　[25]社鼠句：谓盘踞政府里的坏蛋。社鼠城狐，土地
庙中老鼠、城上狐狸，喻仗势为非的坏蛋。《晋书·谢鲲传》：
"王敦谓鲲曰：'刘隗奸邪，将危社稷，吾欲除君侧之恶，
匡主济时，何如？'对曰：'隗诚始祸，然城狐社鼠也。'"
汉宦官，东汉灵帝时，宦官张让、赵忠等十二人，皆任中常侍，

封侯，其父兄子弟在外为官者遍于各州郡，横行不法，当时称为"十常侍"。

［26］罪言：杜牧《新唐书·杜牧传》："是时刘从谏守泽潞，何进滔据魏博，颇骄蹇不循法度。牧追咎长庆以来，朝廷措置无术，复失山东。钜封剧镇，所以系天下轻重，不得承袭轻授。皆国家大事。嫌不当位而言，实有罪，故作《罪言》。"按：尾联二句意谓我写这些诗句，似无济世用，却不妨留与后人作为"诗史"看看罢。

将归留别海上诸子

一年不到春申浦[1]，今日重来作俊游[2]。

草草萍踪感离合，茫茫尘海[3]任沉浮。

伤心旧雨兼今雨[4]，往事清流怕浊流[5]。

浩荡烟波扶醉去，万千恩怨在心头。

啼红泣翠送年华，潦倒穷途[6]哭酒家。

梦里荒唐新甲子，[7]樽前憔悴旧琵琶。[8]

箫心剑态[9]愁无那，马角乌头恨未赊[10]。

便是买山[11]归亦得，只愁清泪落天涯。[12]

111

题解

　　1916年6月，南社在上海愚园举行第十四次雅集，不久，作者返归故里。此诗即作于这一时期。

　　此诗以"将归留别"为运思载体，抒发出盘踞于心的"万千恩怨"。其时袁世凯已死，但北洋军阀的统治仍在继续，政黯民怨，情何以堪？第一首颈联"伤心旧雨兼今雨，往事清流怕浊流"最为精警，将一腔郁结，喷泻而出，强烈地折射出"马角乌头恨未赊"的窳败现实对诗人心灵的摧残与重压。末联欲买山而归，固为强自宽解之语，却亦曲透出诗人请缨无路、徒呼负负的无奈与悲凉。

注释

　　〔1〕春申浦：指上海。

　　〔2〕俊游：快意的游赏。语出北宋秦观《望海潮·洛阳怀古》："金谷俊游，铜驼巷陌，新晴细履平沙。"

　　〔3〕尘海：人世间。

　　〔4〕旧雨兼今雨：谓旧朋新友。语出杜甫《秋述》："杜子卧病长安旅次，多雨生鱼，青苔及榻。常时车马之客：旧雨来；今雨不来。"

　　〔5〕清流怕浊流：语出《旧五代史·李振传》：后梁宰相裴枢等赐死白马驿，李振谓太祖曰："此辈自谓清流，

宜投于黄河，使永为浊流。"按：清流谓德行高洁的士人。

[6]穷途：《晋书·阮籍传》："时率意独驾，不由径路，车迹所穷，辄痛哭而返。"按：诗人借此典以形容自己因报国无门而扼腕太息。

[7]梦里句：是年元旦，袁世凯称帝，改元洪宪元年，83天后被迫取消帝制，故诗人斥之为"荒唐"。

[8]樽前句：用白居易《琵琶行》诗意自况。

[9]箫心剑态：箫心，谓缠绵情；剑态，谓豪侠之气。语本龚自珍《又忏心一首》："来何汹涌须挥剑，去尚缠绵可付箫。"

[10]马角乌头：《史记·荆轲传》注："燕丹求归，秦王曰：'乌头白，马生角，乃许耳！'"原指不可能实现之事，此用以喻时间长久至极。赊：穷尽。

[11]买山：即归隐山林。

[12]只愁句：意谓即使归隐到天涯海角，犹未能忘怀国事，且不时会落下伤时的清泪。

一九一七年

感事四首

篯子坡前碧血[1]腥，复仇九世负麟经[2]。

胡雏[3]谁遣留三尺？爝火[4]居然现一星。

杂种旆裘[5]天久弃，旧邦姬汉地终灵。

伫看轵道[6]牵羊出，一炬[7]咸阳戮子婴。

十万横磨曳落河，[8]白头作贼[9]计全讹。

六年芒砀逋[10]穷寇，百里燕云恣恶魔[11]。

失笑深闺愁抉目[12]，定知率土尽操戈[13]。

渐台郿坞[14]须臾事，传首[15]行看辫发拖。

五经符命国师[16]公，浪以成周望犬戎[17]。

早识奸儒能发冢，[18]遂教大盗竞弯弓。[19]

无君三月[20]心难死，披发[21]百年恨未穷。

剖腹屠肠司隶[22]职，谓他人父[23]此元凶。

安乐无能举世知，[24]最怜首鼠两端[25]时。

唐宗谁召朱温入？[26]汉祚终教董卓移。[27]

降表趑趄徒自苦，[28]瀛台幽闭[29]欲何之？

虎皮羊质[30]终难假，地下元勋悔已迟。[31]

"谓武昌首难诸先烈。"（作者自注）

题解

　　1917 年 5 月，黎元洪因段祺瑞解散国会，下令罢免其国
务总理之职。段祺瑞即在天津策动督军团要挟政府。黎元洪
急召张勋入京调停。张勋率兵到京逼走黎元洪，7 月 1 日与
康有为宣布实行清室复辟。诗人蒿目时艰，义愤填膺，遂成
此四律，痛斥张勋、康有为复辟倒退的反革命行径。诗人深
信历史潮流不可逆转，"爝火居然现一星"的复辟闹剧必定

以失败告终。

注释

[1] 箴子坡："箴"似为"篦"之误。据亚子《四月二十五日，前明永历皇帝殉国纪念节也》中有"篦子坡前酹一杯"之句。又《题南明昭宗三王圹志铭拓本后》有夹注："昭宗为逆臣吴三桂行弑，崩于滇都篦子坡，前皇太子慈恒同殉。"碧血：语出《庄子·外物》："苌弘死于蜀，藏其血，三年而化为碧。"

[2] 复仇九世：《春秋公羊传》："（齐）哀公亨乎周，纪侯谮之……（齐）襄公将复仇乎纪，卜之曰：'师丧分焉，寡人死之，不为不吉也！'远祖者，几世乎？九世矣。九世犹可以复仇乎？虽百世可也。"此句意谓清室复辟，使向清政府复明亡之仇的愿望落空，有负于《春秋》的大义。麟经：即《春秋》。

[3] 胡雏：指宣统帝溥仪。

[4] 爝火：炬火。《庄子·逍遥游》："日月出矣，而爝火不息。其于光也，不亦难乎！"此句意谓退位的清室妄想复辟，注定短命。

[5] 旃裘：《史记·匈奴列传》："自君王以下，咸食畜肉，衣其皮革，披旃裘。"此谓清朝。

[6] 轵道：《史记·秦本纪》："沛公至坝上，子婴

降轵道旁。"牵羊出:《春秋左传》:"楚子围郑……克之,入自皇门,至于逵路。郑伯肉袒牵羊以逆。"

[7]一炬:语出《史记·项羽本纪》:"项羽引兵西屠咸阳,杀秦降王子婴,烧秦宫室,火三月不灭,收其货宝妇女而东。"杜牧《阿房宫赋》:"楚人一炬,可怜焦土。"

[8]十万句:此首咏张勋。张勋,北洋军阀。字少轩。江西奉新人。行伍出身。1895年投靠袁世凯,任管带,稍迁至副将、总兵等职。后升为江南提督率巡防营驻南京。武昌起义后在南京屠杀民众数千人,顽抗革命军,败后退至徐州一带。1913年奉袁世凯命进攻讨袁军,重占南京,因纵兵抢掠,误伤外侨,调往徐州,任长江巡阅使。1916年袁氏死后,在徐州成立北洋七省同盟,不久任安徽督军,扩充至13省同盟,阴谋为清室复辟。1917年6月率兵入京,解散国会,逼走总统黎元洪。7月1日与康有为宣布复辟。至12日为皖系军阀段祺瑞所击败,逃入荷兰使馆,被通缉。1923年病死天津。十万横磨:《五代史·景延广传》:"先皇帝北朝所立,今天子中国自册,可以为孙而不可为臣;且晋有横磨大剑十万口,翁要战则来。"曳落河,回纥语,意谓"健儿"。按:张勋为表示忠于清王朝,所部禁剪辫子,被嘲为"辫子军"。故作者以少数民族拟之。

[9]白头作贼:语出《晋书·陶侃传》:"王贡复挑战,侃遥谓之曰:'杜弢为益州吏,盗用库钱,父死不奔丧。卿本佳人,何为随之也?天下宁有白头贼乎!'"此指张勋。

[10]六年:张勋原驻军江苏,率兵镇压辛亥革命,被

江浙革命联军击败。自辛亥算起，至今已有六年。芒砀，芒山和砀山，二山俱在江苏省境。逋：逃窜。

［11］百里燕云：泛指北京地区。恶魔：指张勋的辫子军。

［12］抉目：悬门抉目：《史记·吴太伯世家》：吴王夫差非但不听子胥忠言，反信谗而赐之死，子胥将死，曰："树吾墓上以梓，令可为器。抉吾眼置之吴东门，以观越之灭吴也。"此处借用此典，喻国人渴盼平定叛乱。

［13］率土：全国领土。操戈：挥动武器。

［14］渐台：用王莽事。语本《汉书·王莽传》：刘秀军入长安，围王莽于渐台数百重。至下脯时，众兵上台，商人杜吴杀莽，取其绶，乱兵争莽尸，分裂莽身。郿坞，用董卓事。《后汉书·董卓传》："（卓）又筑坞于郿，高厚七丈，号曰'万岁坞'。积谷为十年储。自云：'事成，雄据天下，不成，守此足以毕老。'"按：此句用王莽、董卓事，借预张勋拥溥仪复辟事注定短命。

［15］传首：斩首示众。

［16］这首咏康有为。康氏在这次复辟中，实际上扮演了一个清王室特使的角色。他从上海化装潜入北京，与张勋密谋策划了这一政变。五经：五部儒家经典。即《诗》《书》《礼》《易》《春秋》。符命：古时以所谓天降"符瑞"附会成君主得到天命的凭证，谓之"符命"。国师：官名。王莽所置。《汉书·刘歆传》："及王莽篡位，歆为国师。"此借指康有为。

［17］成周：西周的东都。按：孔子终生"从周"，极

力挽救东周江河日下的败局；康有为自命"圣人"，以孔子自比，却将清王朝视为中国的正统，岂不大谬哉？犬戎：古代西方的少数民族之一。此指清政府。

[18]早识句：谓康有为所为见不得人之勾当。《庄子·外物》："儒以诗礼发冢。大儒胪传曰：'东方作矣，事之何若？'小儒曰：'未解裙襦，口中有珠。诗固有之曰：青青之麦，生于陵陂。生不布施，死何含珠为？'接其鬓，压其岁页。儒以金椎控其颐，徐别其颊，无伤口中珠。"

[19]遂教句：谓康有为指使张勋公然与中华民国临时政府为敌。语本《春秋·定八年》："盗窃宝玉大弓。"

[20]无君三月：《孟子·滕文公》："孔子三月无君，则皇皇如也，出疆必载质。"此句谓康氏是个不识时务的保皇派。

[21]披发：异族装束。语出《论语·宪问》："微管仲，吾其披发左衽矣。"此谓遭受清朝贵族统治。

[22]司隶：官名。周礼秋官之属，掌管分派劳役和捕盗贼。

[23]谓他人父：谓他人为己父。语出《诗·王风·葛藟》。此借指康有为。

[24]安东句：此首咏黎元洪。安乐，即安乐公刘禅。三国时蜀汉后主，小字阿斗；初由诸葛亮辅政，亮死，信任宦官黄皓，朝政日趋腐败，后降魏，封安乐公。此借指黎元洪。按：柳氏此处将黎元洪比诸三国时的刘禅，实属不妥。黎元洪在武昌首义后所起的作用不可低估。他"矢志恢复汉

业，改革专制政体"，与开明士绅汤化龙等人一起，对全国的立宪党人与开明人士产生了极大影响，他们纷纷协助革命党人"光复"本省，或宣布独立，不到两个月，便有17省脱离了清政府。又，1917年，清室复辟后，只有黎元洪的总统府挂着民国的五色旗。黎氏发出通电，云："天未厌乱，实行复辟。闻清室之上谕有'黎元洪奉还国政'之旨，不胜惊骇。因思中华国体，由帝制而共和，根据五族人民之公意，元洪受国民之托付，当兹重任，当与民国相终始，此外他非所知。特此电闻，以免误解。"足见黎氏正道直行，险夷不变，绝非通常人们所理解的乃一任人摆布之傀儡。

〔25〕首鼠两端：形容迟疑不决或动摇不定。

〔26〕唐宗句：据《新五代史·朱温传》：朱温原随黄巢，后叛而归唐，以功封王，野心渐露，终废唐而自立，国号梁。按：此以朱温比张勋。

〔27〕汉祚句：据《后汉书·董卓传》：卓本凉州豪强，灵帝时，任并州牧。黄巾军起，卓乘乱率兵入京，废少帝，立献帝，专朝政。按：此亦以喻张勋，并指其复辟政变。

〔28〕降表二句：降表踟蹰，指黎元洪拒绝在向清室"奉还大政"的"奏折"上签名盖章。按：1917年7月1日，溥仪在乾清宫升座，宣布大清复辟，派代表劝黎元洪辞去民国总统之职，以"归顺"大清，黎元洪闻之大怒，痛詈前来劝退的王士珍"毫无心肝，背叛民国"，又对梁鼎芬正色道："民国系国民共有之物，余受国民付托之重，退位一举，当以全国公民之意为从违，与个人毫无关系。君欲尽忠清室，

当为清室计万全，复辟以后，余对于清室即不负治安责任。"

［29］瀛台幽闭：瀛台是北京清宫西苑内太液池中的建筑群，曾是慈禧太后幽禁光绪帝之所。此借指黎元洪被张勋软禁于总统府。

［30］虎皮羊质：比喻外表吓人而实际无能。扬雄《法言·吾子》："羊质而虎皮，见草而悦，见豺而战，忘其皮之虎矣。"

［31］地下句：谓武昌起义时推举黎氏出任总统是一大错误。

后感事四首（选三）

将军一怒汉阳烧，是建奇勋第一遭。[1]
南下[2]长江曾血染，东来笠泽又兵鏖。[3]
丘山罪[4]已千秋定，华衮书[5]难一字褒。
浪逐风云窥大业，龙盘虎踞总无聊。[6]

衣钵曹瞒是本师；[7]马碍心事路人知。[8]
遮天一手[9]称能事，负乘[10]经年酿祸机。
不信巢温成异撰，[11]独怜欢泰竟同时。
凤池还我掀髯笑，营窟津门寄一枝[12]。

廿年奔走混风尘，面目终难辨假真。[13]

孔雀有文宁掩毒？神狐善变总伤人[14]。

《春灯》《燕子》悲前辙，流水桃花倘后身？[15]

毕竟文妖[16]成底事，漫将揶阖误仪、秦。[17]

题解

　　此组诗系有感于张勋复辟之"后事"而作。1916 年 6 月袁世凯死后，段祺瑞被迫拥立黎元洪任大总统，恢复国会，而自任国务总理。但他暗中极力加强皖系军阀的武力，妄图最终实现以武力统一中国。翌年 2 月，段氏向日本帝国主义借款购械，主张对德宣战，受到亲英美派反对，遂提出解散国会。黎元洪下令免去其职，段氏即在天津设参谋处，策动督军团要挟政府。黎元洪召张勋入京调停，张氏率兵到京驱走黎，实行清室复辟。此正段氏的一大阴谋。

　　接着段氏以反对复辟为名，率兵打败了张勋部队，重新掌握了北京政权。8 月，段氏拥立冯国璋为大总统，自任国务总理，遂公布对德宣战。11 月，段氏以川湘方面用兵的失败，被冯氏令准免职，重返天津。这组诗创作的时间大抵就在段氏此次下台之后。又，在这一时期，梁启超与其所组织的研究系在国会中独力坚决支持段的参战主张，和段派联合一气。当段在天津马厂誓师驱张勋时，梁已入段幕府。后即在段内阁中任财政总长。所选三首诗，分别咏冯、段、梁三人。

这些在当时煊赫一时的人物，在柳亚子的笔下竟定型为一个个跳梁小丑。反讽手法的出色运用，更强化了诗人的历史批判意识。诗中所咏的虽是一个个渺小的个体，却分明透示出一种恢宏的历史观照，"浪逐风云窥大业，龙盘虎踞总无聊"，在柳亚子看来，现实是由历史生成的，而历史又总是以某种"总无聊"的形式浓缩在现实之中，这种周而复始的循环，使历史进入一个个怪圈，即所谓"历史的相似性"，而这种"相似性"也正曲透出历史的某种曲折反复性。柳亚子的"咏史"诗之所以比对史实的单纯摹写更臻于上乘，正在于他所独具的"史识"。

注释

[1]将军句：这首咏冯国璋。冯为北洋军阀直系首领。字华甫。直隶河间人。将军二句：谓冯在武昌起义后，以清军司令官的身份，率兵进行反扑，攻陷汉阳事。汉阳，武汉三镇之一。奇勋，这是讽刺的说法，意在揭冯的反革命老底。

[2]南下：谓冯国璋攻打汉阳，双手沾满革命人民的鲜血。

[3]东来句：谓1913年二次革命中，冯为袁世凯的第二军军长，指挥进攻江苏的国民党政权，攻陷南京后并任江苏省督军。笠泽，吴淞江的别名，一为太湖的别名；此泛指江苏。

〔4〕丘山罪：谓罪大如山。

〔5〕华衮书：谓历史的评判。《春秋·序》云："夫子因鲁史之有得失，据周经以正褒贬。一字所嘉，有同华衮（古代皇帝及上公的礼服—注者）之赠；一言所黜，无异萧斧之诛。"

〔6〕浪逐二句：谓冯国璋于是年8月1日由南京到北京就任大总统事。龙盘虎踞，指南京。

〔7〕衣钵句：谓段的心术奸险。衣钵，佛家以衣钵为师弟传统之法器；衣谓袈裟，钵谓食具，二者为僧最重要之物；后世引申为师弟相传的用语。曹瞒，即曹操，三国魏的实际创始人，著名的政治家、军事家、文学家，按：俗传操为乱世奸雄，此即以斯意比段祺瑞。

〔8〕马昭句：谓段祺瑞欲谋取最高权位的野心是尽人皆知的。《三国志》引《汉晋春秋》："帝（曹髦）见威枳日去，不胜其忿……曰：'司马昭之心，路人所知也。吾不能坐受废辱，今当与卿〔等〕自出讨之。'"

〔9〕遮天一手：谓依仗权势，欺上压下，使是非不明。曹邺《读李斯传》："难将一人手，掩得天下目。"

〔10〕负乘：谓谄媚逢迎。语出《易·解》："负且乘，致寇至。"正义"下乘于二，上附于四。即是用夫邪佞以自说媚者也"。

〔11〕不信二句：谓冯、段等北洋军阀，不管谁上台都无济于苍生。巢、温，指黄巢、朱温。黄巢，唐末农民起义的著名领导者；朱温原追随黄巢，后投降唐王朝，封梁王，

后篡位，国号梁。异撰，不同的作为。欢、泰，谓高欢、宇文泰，俱南北朝时人，高欢仕魏，起兵诛叛，拥立孝武帝，功封渤海王，为丞相，专权，孝武乃西走依宇文泰，欢别立孝静帝，由是魏分东西，而欢与泰互相攻战。

[12] 凤池二句：谓段氏于是年 11 月 22 日被冯免去国务总理之职事。段氏去职后，即返天津老巢。凤池，凤凰池的省称，《通典·职官典》："中书省地在枢近，多承宠任；是以人固其位，谓之凤凰池也。"又《晋书·荀勖传》："勖自中书监除尚书令，人贺之，勖曰：'夺我凤凰池，诸君何贺耶？'"按：此借指国务院。营窟，谓经营安身之所，《战国策·齐策》："狡兔有三窟，仅得免其死耳；今看有一窟，未得高枕而卧也。请为君复凿二窟。"津门，天津市的别称。寄一枝谓安，谓安身之处，《庄子·逍遥游》："鹪鹩巢于森林，不过一枝。"杜甫《秦州杂诗》："为报鹪行旧，鹪鹩在一枝。"

[13] 廿年二句：谓梁启超在政治舞台上混迹 20 年，变化无常。

[14] 孔雀二句：谓梁氏文才甚高，但内含毒素，尤善于改变政治立场，但变来变去却无益于世。孔雀句，《渊鉴类函·孔雀》："孔雀食蝮蛇，血胆最毒。"神狐，指传说中善变化的狐仙。此指梁启超。

[15] 春灯句：春灯燕子，指《春灯谜》《燕子笺》。均明末阮大铖所作传奇。阮为明末的佞臣，初附魏忠贤，后附马士英，用为兵部尚书，不问军事，专事报复，排斥东林

复社诸人。清军陷南京，逃往浙江，后降清。一说为清军所捕。阮又善作戏曲，为明末戏剧家。按：此借阮比梁启超。流水桃花，谓轻薄无气节。杜甫诗："轻薄桃花逐水流。"后身，倘为然他便是（流水桃花的）化身。

［16］文妖：谓以写文章害人者，指梁启超。

［17］漫将句：白白把张仪、苏秦的纵横捭阖法术的名气断送了。这是讥讽梁氏的政客手腕拙劣。捭阖，一种游说的技法。鬼谷子《捭阖篇》："捭之者，开也，言也，阳也；阖之者，闭也，默也，阴也。又云：此天地阴阳之道；而说人之法也。"仪、秦，谓张仪、苏秦。二人均为战国著名的纵横家。

一九一八年

酒边一首为一瓢题扇

酒边拨触动牢愁[1]，万恨峥嵘苦未休。

祈死已烦宗祝[2]请，偷生忍为稻粱谋[3]！

栖栖桑海[4]无多泪，落落乾坤剩几头[5]。

一瑗醇醪三斗血[6]，可能词笔换兜鍪[7]？

题解

  此诗开首即由酒言愁，"万恨"句极言自己当下的荒悖境况。颔联"祈死"两句隐括自己平生顾盼自雄，傲骨嶙峋，如今却落得个"稻粱谋"的地步，此乃暗扣诗题"酒边"之意。颈联"栖栖桑海无多泪，落落乾坤剩几头"最为精警，意谓历经劫难，已荣辱不惊，至于昔日那些另觅高枝、取媚求怜之流，亦已付诸浪淘，而卓立孤标，俯仰无愧者又有几人？末联卒章显志，有豹尾之力。于此亦可见诗人艺术手腕之高妙，若径直出之以申斥俗士之傲语，则诗味全无矣。按：一瓢即费公直，字天健。江苏吴江人，南社成员。

注释

[1] 牢愁：忧愁。南宋诗人刘克庄诗："牢愁余发五分白。"

[2] 祈死：祈求死亡。宗祝：宗庙祭事的管理人。《礼记》："宗祝辨乎宗庙之礼。"

[3] 稻粱谋：谓只顾衣食生计。杜甫《同诸公登慈恩寺塔》："君看随阳雁，各有稻粱谋。"

[4] 栖栖：不安貌。桑海：沧海桑田之缩语。此句意谓厕身于这样一个瞬息万变的动荡时代，见惯了太多的劫难，已不复当年那样容易伤心动怀。

[5] 落落：空阔貌。几头：几个人。章太炎赠邹容诗："临命须携手，乾坤只两头。"此句意谓在空荡荡的天地之间，究竟有几个男儿是顶天立地的大丈夫？

[6] 琖：同"盏"，一琖即一酒杯。醇醪：美酒。三斗血：谓一腔热血。

[7] 兜鍪：古时作战用的头盔。此借指从军作战。

奇 泪

奈此寒宵奇泪何！华年骏足[1]梦中过。

修名[2]未立身将老，青史当前面易酡[3]。

少日燕然曾草檄，[4]即今垓下[5]怯闻歌。

高堂[6]病妇都堪念，忍绝温裾遂荷戈[7]？

题解

　　1918 年秋，诗人暂隐乡间，但以孙中山为代表的革命党人的活动，仍时时牵系着诗人的心，使他久久不能平息。而年迈的老母、生病的妻子，亦使诗人不胜挂虑，每当黄夜醒来，辄惕然不复能寐。孤愤与自遣、忧伤与愧赧、隐忍与抗争，这种复合情绪本身便折射出时代阴霾对诗人心灵的重压。

注释

［1］华年骏足：美好的年华如骏马般奔驰而去。

［2］修名：美好的名声。屈原《离骚》："老冉冉其将至兮，恐修名之不立。"

［3］青史：即史册。酡：因喝酒而脸红。此借指因羞惭而脸红。此句紧承上句，因"修名未立"，故深感惭愧，况"青史当前"。

［4］燕然：燕然山。《后汉书·窦宪传》：宪拜为车骑将军，与北单于战于稽落山，大破之，乘胜逐北，前后降二十余万人。宪遂登燕然山，刻石勒功，令班固作铭，纪汉威德。此句意谓自己青年时代亦曾撰写鼓吹反清民族民主革命的文章，渴望建功立业。

［5］垓下：古战场。为楚汉相争时项羽与刘邦决胜之地。此句意谓如今的心情已大异于前。

［6］高堂：母亲。

［7］荷戈：扛起武器。意谓不忍抛下老母妻儿扛枪打仗。

自海上归梨湖，留别儿子无忌

狂言非孝万人骂，我独闻之双耳聪。

略分自应呼小友^[1]，学书休更效而公^[2]。

须知恋爱弥纶^[3]者，不在纲常^[4]束缚中。

一笑相看关至性^[5]，人间名教百无庸^[6]。

题解

　　1918 年秋，柳亚子辞去南社主任之职，返归乡里。此诗便是在此时写给儿子柳无忌的。由于受新文化运动的影响，柳氏主张非孝之说，即用至性、纯洁的爱，代替封建社会的所谓孝道，所谓"废尽孝慈持一爱"（《十一年元旦，送儿子无忌之海上》），这种公然蔑视封建伦理纲常的叛逆性格，在给儿子的这首诗中已显露无遗。如颔联"略分自应呼小友，

自海上归梨湖，留别儿子无忌

狂言非孝万人骂，我独闻之双耳聪。

略分自应呼小友[1]，学书休更效而公[2]。

须知恋爱弥纶[3]者，不在纲常[4]束缚中。

一笑相看关至性[5]，人间名教百无庸[6]。

题解

　　1918 年秋，柳亚子辞去南社主任之职，返归乡里。此诗便是在此时写给儿子柳无忌的。由于受新文化运动的影响，柳氏主张非孝之说，即用至性、纯洁的爱，代替封建社会的所谓孝道，所谓"废尽孝慈持一爱"（《十一年元旦，送儿子无忌之海上》），这种公然蔑视封建伦理纲常的叛逆性格，在给儿子的这首诗中已显露无遗。如颔联"略分自应呼小友，

学书休更效而公",就浑然不似为人父者的声口。在柳氏看来,不论是孝是慈,皆应发乎人的自然本性,而那些陈腐僵化封建伦理道德规范则显然与此相悖,故曰"百无庸"。梨湖,指诗人黎里镇故居。

注释

[1]略分:不计较名分。此谓不必过于讲究父子名分。小友:年轻朋友。

[2]学书:学习书法。而公:你的父亲。诗人自谓也。

[3]弥纶:补合牵引。《易·系辞》:"故能弥纶天地之道。"

[4]纲常:三纲五常。三纲,封建社会中三种主要的道德关系。《礼纬含文嘉》:"君为臣纲,父为子纲,夫为妻纲。"五常,儒家用以配合"三纲",作为维护封建等级制度的道德教条。董仲舒《举贤良对策一》:"夫仁、谊(义)、礼、知(智)、信五常之道,王者所当修饬也。"

[5]至性:自然本性。

[6]名教:儒家"定名分、设教化"之缩称,实际是指封建伦理道德的规范。无庸:无用。

分湖看月词，八月二十三夕陶冶禅院作（十首选三）

一棹[1]分湖载月来，碧波凉浸好楼台。

无言悄傍阑干[2]立，肯为宵深露重回。

玉宇琼楼[3]不世情，广寒宫殿照蓬瀛[4]。

此间便是真灵府[5]，何必乘风叩上清[6]。

怅触[7]胸头万感横，晓风疏柳[8]最关情。

安能明月常如此，便守分湖过一生。

题解

这组诗作于 1918 年。是年，柳亚子辞去南社主任之职，息影乡里。心绪萧索、情怀悒郁诗人，一旦从不胜烦扰的人世纠葛中摆脱出来，那令诗人不胜企慕的"玉宇琼楼""广寒官殿"，在诗心的观照下，顿时呈示出一种凝神寂照、澄怀忘虑、清虚无染、超旷空灵的迷人境界，"此间便是真灵府，何必乘风叩上清。""此间"，这里指分湖，"灵府"，即心。（澄明的意境超逾了对经验的依持，宁静的韵致包孕着对人世的一往情深。）——要之，一樽酒、一片月、一间茅舍、一湖秋水，这便是诗人的"灵府"所在和魂梦所系；超拔尘俗、昭然灵明、解粘去缚、与天为一……诗人就是要在"此间"去做着他的超越之梦。

注释

[1]棹：本为划船用的撑竿。泛指船桨。

[2]阑干：指星月西斜，夜深人静。

[3]玉宇琼楼：指神话中仙人居住的官殿。语本苏轼《念奴娇·凭高眺远》："玉宇琼楼，乘鸾来去，人在清凉国。"

[4]蓬瀛：古代传说中的神山。

[5]灵府：指心。语出《庄子·德充符》："不可入于灵府。"成玄英疏："灵符者，精神宅也，所谓心也。"

[6]上清：即天空。

[7]怅触：触发、触动。语本金人李纯甫《虞舜卿送橙酒》："何物督邮风味恶，怅触闲愁无着处。"

[8]晓风疏柳：语本柳永《雨霖铃》："今宵酒醒何处？杨柳岸，晓风残月。"

一九二一年

五月五日纪事

十年三乱究何成？喜见南天壁垒更。

率土自应尊国父[1]，斯人不出奈苍生。[2]

白宫北美推华盛，赤帜西俄拥列宁。

我亦雄心犹健在，梦中无路请长缨[3]。

题解

　　1920 年 7 月，孙中山组织讨伐把持广东军政府的桂系军阀。10 月攻克广州。11 月孙中山由上海回到广州，受到广州人民的夹道欢迎。1921 年 4 月 7 日，非常国会在广州召开，大会一致赞成孙中山提出的关于取消军政府，选举总统，设立正式政府等提议，议决《中华民国政府组织大纲》。大会以 237 票一致选举孙中山为非常大总统。5 月 5 日，孙中山就任非常大总统，并发表对内对外宣言，这是他第二次在广东组织政府，总统府设在越秀山。广州数十万人举行庆祝大会。此时柳亚子在吴江家居，消息传来，大为振奋，喜赋此诗。柳氏在此诗中将孙中山与华盛顿、列宁并举，对中华革命的前途作了乐观的展望。

注释

［1］率土：谓全中国。国父：指孙中山。

［2］斯人句：语见《晋书·谢安传》："高嵩戏之曰：'卿累违朝旨，高卧东山。诸人每相与言，安石不肯出，将如苍生何！苍生今亦将如卿何！'"此喻救苍生于水火的孙中山先生。

［3］无路请长缨：谓报国无门。语出《汉书·终军传》："军自请，愿受长缨，必羁南越王而致之阙下。"王勃《滕王阁序》："无路请缨，等终军之弱冠。"

一九二四年

空　言

孔、佛、耶、回付一嗤[1]，空言淑世[2]总非宜。

能持主义融科学，独拜弥天马克斯[3]！

题解

　　经过无数次的挫折、痛苦、迷惘与幻灭，柳亚子终于发现马克思所阐述的理论主张与他的内心追求达成完善的契合，遂成此诗，借以披示对马克思主义的虔心皈依。曾有人问及柳亚子，哪些是代奉作？柳氏径直答曰：《空言》是也。由此可知此诗系诗人的得意之作。

注释

[1] 孔、佛、耶、回：谓尊奉孔子的儒教、佛教、尊奉耶稣的基督教、回教。付一嗤：犹言付之一笑。

[2] 淑世：犹言济世。此句意谓各大宗教虽讲济世，不过以空言垂世而已。

[3] 弥天：指名满天下。语本《晋书·习凿齿传》："时有桑门释道安，俊辩有高才，自北至荆州与凿齿相见。道安曰：'弥天释道安。'凿齿曰'四海习凿齿。'时人以为佳对。"马克斯：今统译为"马克思"。

一九二六年

黄花岗谒廖仲恺先生墓

乱草斜阳哭墓门，从知人世有烦冤[1]。

风云已尽年时气，[2]涕泪难干袖底痕。

何止成名嗤阮籍？最怜作贼是王敦。[3]

匹夫横议谁能谅？[4]地下应招未死魂。[5]

题解

　　1924年，廖仲恺从上海南下广州时，柳亚子曾赋呈一诗。讵料两年后，当柳氏为参加国民党二届二次会议来到广州这个革命中心时，革命阵营中所酝酿着的危机却已显现出来——先是廖仲恺被刺，随即发生"中山舰事件"。诗人敏锐地识破蒋介石一伙反共专权的真面目，故在会议上直斥蒋氏是新军阀，并向恽代英同志建议用非常之手段的倒蒋之策，但未被采纳。诗人感今抚昔，忧心如焚，遂情难自禁地在故友墓茔前一吐积愫。

注释

[1] 烦冤：杜甫《兵车行》："新鬼烦冤旧鬼哭。"

[2] 风云句：当年叱咤风云的气概，如今消亡已尽。按：此句暗指廖氏去世后，政治形势苍黄反复，变幻无常，令人忧愤不已。

[3] 成名二句：《晋书·阮籍传》："（阮籍）尝登广武，观楚汉战处，叹曰：'时无英雄，使竖子成名！'"按：这里诗人借此明示对蒋介石的蔑视。作贼是王敦：《晋书·王敦传》："石崇以奢豪矜物，厕上常有十余婢侍列……有如厕者，皆易新衣而出。客多羞脱衣，而敦脱故著新，意色无怍。群婢相谓曰：'此客必能作贼。'"王敦后既得志，欲专制朝廷，率部犯京师；帝以为丞相，始返镇。而逆谋至死不衰。按：在柳亚子看来，蒋介石已完全背弃了孙中山先生的三大政策。"何止"二句意谓蒋氏不仅是阮籍嗤笑的那类侥幸成名者；最可虑的，他是王敦式的野心家、阴谋家。

[4] 匹夫：普通人，诗人自称。横议：不同凡响的议论。

谅，理解。此句意谓谁能够真正理解我的惊世骇俗的议论呢？

[5] 地下句：此句紧承上句，极言与廖仲恺生前相知至深，故有招"未死魂"之举，此皆尊题、扣题之法也。

一九二七年

绝命词

五月八日夜半，余为宵人[1]构陷，缇骑[2]入室，匿复壁[3]中，口占绝命词二十八字，瞑目待尽。后竟得脱。每诵吴祭酒[4]"故人慷慨"之句，不知吾涕之何从也。

曾无富贵娱杨恽[5]，偏有文章杀祢衡[6]。

长啸一声归去也，世间竖子竟成名。[7]

题解

1927 年，蒋介石发动"四一二"反革命政变，实行"清党"，旋又指派军警于 5 月 8 日夜半到吴江黎里镇搜捕柳亚

144

子。当时亚子的夫人郑佩宜异常机警，及时将他暗藏于复壁内，自料死劫难脱的柳亚子于"瞑目待尽"之际，遂口占此诗，以明心志。

注释

[1] 宵人：宵小，小人。

[2] 缇骑：谓宪兵之流。《后汉书·百官志》："执金吾一人，中二千石；丞一人，比千石；缇骑二百人。"按：汉执金吾掌皇官外的巡逻保卫。

[3] 复壁：有夹层的墙。

[4] 吴祭酒：即吴伟业，吴曾为清国子监祭酒。"故人慷慨"之句：出自吴词《贺新郎·病中有感》："故人慷慨多奇节。"按：诗人以不能殉于"四一二"反革命事变为憾，以为有愧死于是难之友人，故每以吴梅村自比，并引其诗以致慨。

[5] 杨恽：《汉书·杨恽传》："恽既失爵位，家居治产业，起室宅，以财自娱。"

[6] 祢衡：《后汉书·祢衡传》："衡为作书记，轻重疏密，各得体宜。祖持其手曰：'处士，此正得祖意，如祖腹中之所欲言也。'……后黄祖在蒙冲船上，大会宾客，而衡言不逊顺，祖惭，乃呵之。衡更熟视曰：'死公！云等道？'祖大怒，令五百士卒将出，欲加箠。衡方大骂，祖恚，

遂令杀之。"

[7] 竖子句：《晋书·阮籍传》："（阮籍）尝登广武，观楚汉战处，叹曰：'时无英雄，使竖子成名！'"

岚山道中口占

京洛名都地隽灵[1]，岚山山色逼人清。

一生能着几两屐[2]？竟向翠微[3]深处行。

管弦隔座沸歌筵，游女如花满渡船。

两岸烟螺[4]一泓碧，波光人影绝堪怜[5]。

题解

复壁脱险后，柳亚子假名"唐隐之"，携妻女亡命日本。
这两首诗即作于日本。诗人自放于山巅水涯之间，借异域的
湖光山色、林涛泉韵安抚灵魂。"逼人清"的"逼"字，状
难写之景如在目前，颇有"不隔"之妙。又，"济世之志"

与"皋壤之趣",本为中国士人文化心理结构之两端,值得措意的是,在柳亚子的笔下,此类流连光景、耽情于"皋壤之趣"的诗作并不多见。按:岚山,日本山名,其意为"暴风雨山",在本州京都。

注释

[1] 京洛:作者自注云:"西京一名京洛,亦称洛下。"隽灵:俊秀灵通。

[2] 几两屐:《晋书·阮孚传》:"或有诣阮,正见自蜡屐,因自叹曰:'未知一身当著几量屐!'神色甚闲畅。"方岳《春雨》:"好山能费几两屐,胜日须倾三百杯。"按:"量""两"通,意谓"双"。屐,一种木鞋。

[3] 翠微:谓山色。

[4] 烟螺:谓烟雾中的青山。宋范成大《邢台驿》:"万叠烟螺紫翠浮。"

[5] 怜:此处为"偏爱"之意。

一九二八年

重谒中山先生陵寝，恭纪一律

白虎金精剑气[1]开，招邀俊侣又重来。

旷观马列三千界[2]，掩迹华拿[3]第一才。

六代江山[4]供屏障，三民义理岂沉霾[5]？

莙蒿[6]肃穆神灵在，敢效兰成赋大哀[7]？

题解

    柳亚子结束了一年多的流亡生活后，自日本归国来。在此诗中，诗人对孙中山的思想和业绩热情讴歌，对蒋介石反动派深致谴责。在黑暗的独裁统治下，诗人虽未效兰成写哀伤国事的长歌，但我们从这一时期的作品中，仍然可以透过曲折隐晦的诗笔，见出诗人不屈不挠的斗争精神。

注释

[1] 白虎金精：《淮南子》："西方金也，其神为太白，其兽白虎。" 剑气：《晋书·张华传》载："吴灭晋兴之际，斗牛间常有紫气，晋尚书张华以此请教雷焕，焕谓此乃宝剑之精，上彻于天，在豫州丰城。华即补焕为丰城令。焕到县，掘狱屋基，入地四丈余，得一石函，光气非常，中有双剑，并刻题，一曰龙泉，一曰太阿。某夕，斗牛间气不复见焉，焕得剑后，遣使送一剑与华，留一自佩。华诛，失剑所在。焕卒，子（雷）华为州从事。持剑行经延平津，剑忽于腰间跃出堕水。但见两龙各长数丈，光彩照水，波浪惊沸，遂失剑。"

[2] 三千界：佛家语"三千大千世界"之略称。谓一佛教化的世界。一世界之中央，有须弥山，七山八海交互绕之，海中有四大洲，七山八海外，更包以大铁围山，是曰一小世界。合小世界一千，曰小千世界；合小千世界一千，曰中千世界；合中千世界一千，曰大千世界。其成立及破坏，皆属同时。而大千世界之上，更冠以三千者，表示此大千世界，由小千中千大千之三种千而成（见于《智度论》及《俱舍论》）。按：此借指马列主义体系之博大精深。

[3] 掩迹华拿：功绩盖过了华盛顿和拿破仑。此句意

谓孙中山的功勋与历史影响胜过华盛顿和拿破仑。

〔4〕六代江山：泛指南京附近的江山。按：从东晋、三国吴到南朝宋、齐、梁、陈，共六个朝代均在此建都，故曰"六代江山"。

〔5〕沉霾：湮没，消失。

〔6〕菁蒿：疑为"焄蒿"之误。《礼·祭义》："焄蒿凄怆。"集解："焄蒿谓其香臭之发越也。"

〔7〕兰成：北周辞赋家庾信的小字。大哀：指庾信《哀江南赋》。

西湖谒曼殊墓有作（四首选一）

孤山一塔[1]汝长眠，怜我蓬瀛[2]往复旋。

红叶樱花都负了，白苹桂子故依然。

遁亡东海思前度，[3]凭吊西泠[4]又此缘。

安得华严[5]能涌现，一龛香火礼狂禅[6]。

时议建燕子龛于墓侧。（作者自注）

题解

柳亚子结束了在日本的流亡生活后，暂居上海。在此期间，曾专赴西湖为亡友曼殊扫墓。诗人厕身尘世，拂意者多；昔日快足之事，俯仰已为陈迹；怅恨之下，遂觉风雨满楼，酒醒人远矣。盛会难期，一僧可怀，老去孤寂自持之意，已溢于言外。

注释

［1］孤山：为西湖中最大的岛屿。一塔：塔原指瘞藏佛骨之所。此谓曼殊墓，以曼殊身为僧人之故。

［2］作者自注："去岁东渡前匝月（满月——注者），亦曾至杭一谒君墓。"蓬瀛：古代传说中的神山，此借指日本。

［3］遍亡句：指作者此前曾流亡日本。

［4］西泠：曼殊墓位于孤山西泠桥北堍。

［5］华严：原指佛境楼阁，此借指燕子龛（曼殊的室名）。

［6］龛：谓塔，或谓塔下室。狂禅：指曼殊。按：佛教禅宗往往采取隐语、暗喻甚至拳打脚踢的动作为表达方式，呵佛骂祖，否定经典，只靠个人"顿悟"。此处借指对佛教的狂放态度，盖以曼殊虽落发为僧，生活上则全不遵教规行事之故。

一九二九年

哭恽代英五首（选四）

忽报恽生殉，凄然双泪流。

人皆有一死，君已重千秋。

苦行^[1]嗟谁及，雄文自此休。

剧怜狐媚子^[2]，对汝亦颜羞。

海上^[3]初祖见，稠人千百中。

世方怖河汉^[4]，我独识夔龙^[5]。

安石衣冠敝^[6]，臧洪^[7]意气雄。

同时向女士，咄咄赌词锋。^[8]

党论[9]纷纭甚，西山莽寇氛[10]。

下聊鲁连[11]矢，谕蜀[12]子云文。

我未当仁让，[13]君尤劝进[14]殷。

伤心桑海[15]后，难觅捉刀人[16]。

百粤重逢日，[17]轩然起大波。[18]

我谋嗟不用，[19]君意定如何？

矢日[20]盟犹在，回天[21]事已讹。

苍茫挥手别，生死两蹉跎[22]。

题解

在共产党的早期领导人中，柳亚子与恽代英交谊最厚。
1930 年 5 月 6 日，恽代英被国民党反动派逮捕。次年 4 月
29 日在南京狱中惨遭杀害。柳亚子闻此噩耗，悲不自胜，
遂挥泪以"哭"之。此四律虽为悼人之作，却血脉贲张，怒
气冲霄。一股郁勃激愤的抗争雄气，搏跳着夺纸而出。按：
恽代英，中国共产党早期著名的政治活动家，中国青年运动

的先驱者。江苏武进人。五四运动时，在武汉积极组织学生
罢课示威和商人罢市，并创办利群书社，传播马克思列宁主
义。1920 年与萧楚女等发起组织中国社会主义青年团。次
年加入中国共产党。1923 年任中国社会主义青年团中央委员，
宣传部长，主编《中国青年》，并任上海大学教授。1926
年任黄埔军官学校政治总教官，并在广州农民运动讲习所任
教。后在中共第五、第六次全国代表大会上均当选中央委员。
曾参加领导八一南昌起义和广州起义。

注释

　　[1] 苦行：谓刻苦自励的生活态度。

　　[2] 狐媚子：旧指善以妖媚惑人的女子。此指以逢迎
讨好为事的政客。

　　[3] 海上：即上海。

　　[4] 怖河汉：语见《庄子·逍遥游》："肩吾问于连叔曰：
'吾闻言于接舆，大而无当，往而不返，吾惊怖其言，犹河
汉而无极也。'"按：此借以形容恽代英的革命言论立意高远，
惊世骇俗。

　　[5] 鸾龙：比喻恽代英卓绝不凡。

　　[6] 安石：《宋史·王安石传》："安石未贵时，名
震京师，性不好华腴，自奉至俭，或衣垢不浣，面垢不洗，
世多称其贤。"散，破旧。

〔7〕臧洪：《后汉书·臧洪传》："乃与诸牧守大会酸枣。设坛场，将盟，既而更相辞让，莫敢先登，咸共推洪。洪乃摄衣升坛，操血而盟……辞气慷慨，闻其言者，无不激扬。"按：颈联以安、臧洪比况恽代英的气度风范。

〔8〕作者自注："初见君于上海公共体育场孙中山先生追悼会，君与向警予女士各据一坛演讲。"

〔9〕党论：指当时国民党内部革命与反革命的争论。

〔10〕西山：又名香山。在北京城西。莽寇氛：谓由国民党右派组成的"西山会议派"的反动气焰甚为嚣张。

〔11〕鲁连：即鲁仲连。《史记·鲁仲连传》："燕将攻下聊城，聊城人或谗之燕，燕将惧诛，因保守聊城，不敢归。齐田单攻聊城岁余，士卒多死而聊城不下。鲁连乃为书，约之矢以射城中，遗燕将……燕将见鲁连书，泣三日……乃自杀。聊城乱，田单遂屠聊城。"

〔12〕谕蜀：即安民告示。《史记·司马相如传》："相如为郎数岁，会唐蒙使略通夜郎西僰中，发巴蜀吏卒千人，郡又多为发转漕万余人，用兴法诛其渠帅，巴蜀民大惊恐。上闻之，乃使相如责唐蒙，因谕告巴蜀民以非上意。"按：就"谕蜀子云文"一句看，殊费解，因子云（即扬雄，字子云）并无谕蜀文，倒是司马相如撰有《谕巴蜀檄》，故疑为诗人误记。

〔13〕"当仁让"句：作者自注："西山会议时，余草一文，力持正论，由君供给材料，并怂恿发表。"

〔14〕劝进：指恽代英"怂恿"柳亚子发表"力持正论"

157

之文一事。

[15] 桑海："沧海桑田"之省称。

[16] 捉刀人：谓英雄人物。《世说新语·容止》："魏武将见匈奴使，自以形陋不足雄远国，使崔季珪代，帝自捉刀立床头。既毕，令间谍问曰：'魏王何如？'匈奴使答曰：'魏王雅望非常，然床头捉刀人，此乃英雄也。'"

[17] 百粤句：指1926年4月诗人与恽代英同志相见于广州。

[18] 轩然句：谓"中山舰事件"，为蒋介石精心策划的反共阴谋。

[19] 作者自注："我余在广州，曾建议为非常可骇之事，君不能用。"我谋：语本《左传·文十三年》："绕朝赠之以策，曰：'子无谓秦无人，吾谋适不用也。'"按：此指柳亚子当年曾向恽代英建议行刺蒋介石（即此诗作者自注所云"非常可骇之事"），而未被恽代英所接受。

[20] 矢日：指日发誓。《诗·王风·大车》："谓予不信，有如皎日。"

[21] 回天：谓挽救革命危局。李商隐《安定城楼》："欲回天地入扁舟。"

[22] 蹉跎：白白虚度光阴。

存殁口号五绝句（选一）

垂老能游年少群，[1]一生低首拜斯人[2]。

宗风阒寂[3]文坛碎，门下还教泣凤麟[4]。

鲁迅、柔石。

题解

国民党政府在上海公共租界将李求实、柔石、胡也频、冯铿、殷夫等五位"左联"革命作家逮捕，并于1931年2月7日将其秘密杀害于上海龙华——此即著名的"左联"五烈士。在此白色恐怖极为严重的时刻，诗人怒向刀丛，赋就此诗，表达出对烈士的沉痛哀悼和对鲁迅先生的衷心敬仰，并愤怒谴责国民党政府对革命文学力量的严酷摧残。存殁：生者与死者。其时鲁迅仍健在，柔石已牺牲。

注释

[1]垂老句：取意于屈原《橘颂》"年岁虽少，可师长兮"之意，颂扬鲁迅先生虽年长却爱与青年们交朋友。

[2]斯人：指鲁迅。

[3]宗风：谓学派。阒寂：寂静无声。

[4]门下：弟子。此指柔石。泣凤麟：语出《史记·孔子世家》："及西狩见麟，曰：'吾道穷矣！'""悲凤"见于同篇："楚狂接舆歌而过孔子，曰：'凤兮凤兮，何德之衰？往者不可谏兮，来者犹可追也。已而已而，今之从政者殆而！'"孔子下"欲与之言。趋而去，弗得与之言。"按：孔子作《春秋》，止予"西狩获麟"。

新文坛杂咏（十首选七）

逐臭[1]趋炎苦未休，能标叛帜[2]即千秋。

稽山[3]一老终堪念，牛酪[4]何人为汝谋？

鲁迅

太原公子[5]自无双，戎马经年气未降。

甲骨青铜[6]余事耳，惊看造诣敌罗王[7]。

郭沫若

篝火[8]狐鸣陈胜王，偶然点缀不寻常。

流传人口《虹》和《蚀》[9]，我意还输[10]《大泽乡》。

沈雁冰

南国[11]田郎绝代才，不阶尺土[12]煽风雷。

161

泣珠鲛女[13]今何处？倘共诗人跃马来。

田汉

痛史新翻《鸭绿江》[14]，一篇《短裤》[15]证行藏。
郑娘薄命张娘殉，[16]野祭[17]诗成已断肠。

蒋光赤

苍头[18]突起此奇兵，生小峨眉[19]气骨清。
尽有雄文比茅盾，泉流汩汩地中行。[20]

华汉

光轮未转骨先糜，[21]一语深悲《倪焕之》[22]。
愁见鬼雄[23]来入梦，楚骚哀怨泣江蓠。

叶绍钧

题解

这组诗创作于 1931 年，即"左联"成立不久，中国新文学运动中著名作家的清晰足迹，赖诗人之史笔得以驻留。这组诗的可贵之处在于诗人并不受时风左右，只尊重作家作品在当时的实际影响（为后人留存信史），既不因创造社、太阳社的一些作家对鲁迅有过错误批评而忽略鲁迅在左翼文坛的重要地位，也不因鲁迅批评过创造社、太阳社一些作者而忽略郭沫若、蒋光慈等人在革命文学上的贡献；既高度评价茅盾的《大泽乡》，又充分肯定被茅盾激烈批评过的华汉（阳翰笙）的长篇小说《山泉》。叶绍钧（叶圣陶）虽未参加"左联"，但柳亚子仍对其被称为"扛鼎之作"的长篇小说《倪焕之》予以热情肯定。持论下断，公允客观，史识见矣，文德彰矣。按："左联"，即中国左翼作家协会之简称，1930年成立于上海，对团结、组织进步作家反击国民党反动派的文化"围剿"、推进革命文学运动，作用綦巨，为无产阶级文学艺术事业的发展做出了积极贡献。

注释

[1] 逐臭：谓追随丑恶。《吕氏春秋·遇合》："人有大臭者，其亲戚兄第妻妾无能与居者，自苦而居海上。海上人有悦其臭者，昼夜随之而弗能去。"又曹植《与杨德祖书》："兰茝荪蕙之芳，众人之所好，而海畔有逐臭之夫。"趋炎：谓亲附权势。《宋史·李垂传》："焉能趋炎附热，看人眉睫，以冀推挽乎！"

[2] 叛帜：叛逆的旗帜。此指鲁迅反对旧文化，为新文化运动的旗手。

［3］稽山：指浙江会稽山。按：鲁迅是浙江绍兴人。此处以地名代人名。

［4］牛酪：原指用牛酪做成的半凝固的食品。明人李时珍《本草纲目·兽一》："入药以牛酪为胜。"此句紧承上句，表达对鲁迅先生晚年健康的关切。

［5］太原公子：谓唐太宗李世民，其父李渊在隋时尝为太原守。按：清末民初的革命党人往往喜爱自称太原公子（如南社社友王玄穆），孙中山先生也曾以此自称。此处指郭沫若。

［6］甲骨青铜：谓郭沫若的古文字研究著作《两周金文辞大系》《卜辞通纂》等。

［7］罗、王：指罗振玉、王国维，均为清末民初的古文字大家。

［8］篝火：《史记·陈涉传》："吴广之次所旁丛祠中，夜篝火，狐鸣呼曰：'大楚兴，陈胜王。'"此指茅盾所创作之短篇小说《大泽乡》。

［9］《虹》和《蚀》：均为茅盾所著之长篇小说。

［10］输：不及；赶不上。

［11］南国：谓"南国剧社"，为当时田汉领导下的进步剧社。

［12］不阶尺土：谓不依仗一点权势。《汉书·异姓诸侯王表》："汉亡尺土之阶，繇一剑之任，五载而成帝业。"又班固《东都赋》："不阶尺土，一人之柄，同符乎高祖。"

［13］泣珠鲛女：《述异记》："南海中有鲛人室，水

居如鱼，不废机织，其眼能泣则出珠。"按：此指田汉夫人安娥，以其作《渔光曲》歌词，故有此称。

　　[14]鸭绿江：指蒋光慈的作品《鸭绿江上》。

　　[15]短裤：指蒋光慈所作中篇小说《短裤党》。

　　[16]郑娘句：郑娘为蒋光慈小说中人物，张娘指张应春烈士，

　　[17]野祭：指蒋光慈的中篇小说《野祭》。

　　[18]苍头：用青布裹头，以为特出的标识。语本《史记·项羽本纪》："少年欲立（陈）婴便为王，异军苍头特起。"此谓华汉（即阳翰笙）犹如一支独特精悍的队伍活跃在文坛上。

　　[19]峨眉：四川省峨眉山，此借指四川。意谓华汉自幼生长在峨眉山，神气骨骼都像峨眉山一般清秀。按：华汉是四川省高县人。

　　[20]泉流句：谓华汉所著小说《地泉》。

　　[21]光轮句：谓倪焕之夭折。光轮，光阴的车轮。

　　[22]倪焕之：叶绍钧（即叶圣陶）所作长篇小说名，亦其中主人公的姓名。

　　[23]鬼雄：指诗人的朋友侯绍裘（墨樵）烈士。侯即《倪焕之》主人公的模特儿，后在"四一二"事变中被杀害。按：侯本倪的模特儿，其结果竟又不幸而相似，故诗人发出"入梦"之慨。

一九三五年

酬公展

雕龙吐凤[1]铸奇姿，雅意殷勤信可师。

投赠札侨[2]情自契，唱酬苏李[3]谊难辞。

寥天梦影三生石[4]，横海奚囊[5]一卷诗。

愿得随时亲麈教[6]，不须惆怅惜分歧[7]。

题解

在柳亚子的诗中，不乏朋俦间同气相应的此类"叠韵"诗。一般酬酢之作，既囿于人韵，复限于人意，往往灵性尽失。而在柳亚子所做的此类叠韵体中却不乏佳作，吐属浑成，深隽醇厚，绝无应酬俗态，故觉蕴藉有致，风调高华。需要进一步指出的是，柳亚子所创作的叠韵诗，大多真情流溢，情辞英迈，构思靡滞，往往一叠再叠至数十叠，畅遂纷披，各臻其妙。这种兴酣落笔而不自觉的"猝然而成"，固然反映出诗人天性的豪宕和诗才的敏捷；但也正是由于迅快，使得柳亚子的有些诗不假文饰，冲口而出，故而显得有些过于率意。——诗要写到由"熟"入"生"，方能出味，柳亚子未尝不深谙个中三昧，但在创作中并未得到彻底贯彻。相比之下，这首诗堪称此类诗中之翘楚。潘公展，原名有猷，字干卿，号公展，吴兴人。南社社员。曾任中国公学校长、《晨报》社长。1935年11月，当选为国民党中央委员。抗日战争期间，历任国民党中央宣传部副部长、新闻检查处长、中央图书杂志审查委员会主任委员等职，并在中央训练团、政治大学新闻系兼任教授。1942年后，任国民党中央常委。抗日战争胜利后，担任《申报》董事长，《商报》副董事长，上海参议会议长等。1949年离沪去香港创办国际编译社，旋赴加拿大。1950年5月抵美定居，初入《纽约新报》主持笔政，1951年5月与友人合办《华美日报》。1975年6月23日在纽约逝世后，陶百川将其论文编为《潘公展先生言论选集》出版。

注释

[1] 雕龙：战国时，齐人邹衍"言天事"，善闳辩，
驺奭"采驺衍之术以记文"。齐人因称驺衍为"谈天衍""驺
奭为"雕龙奭"。见《史记，孟子荀卿列传》。裴骃集解引
刘向《别录》："驺奭修衍之文，饰若雕镂龙文，故曰'雕
龙'。"《后汉书，崔骃传赞》："崔为文宗，'世禅雕龙。"
吐凤：《晋书，罗含传》：罗含字君章，"少有志尚。尝昼卧，
梦一鸟文彩异常，飞入口中，因惊起说之。（叔母）朱氏曰：
'鸟有文彩，汝后必有文章，自此后藻思日新'。此处以"
雕龙""吐凤"喻潘公展既擅文章又辩才无碍。

[2] 札侨：指春秋郑国公孙侨（子产）与吴国公子季札。
季札至郑，与子产一见如故，互赠缟带纻衣（事见《左传·襄
公二十九年》）。后因以"侨札"比喻朋友之交。

[3] 苏李：指苏轼、李白。本应为"李苏"，此处出
于调谐平仄之需要。

[4] 三生石：典出唐人小说《甘泽谣》：李源与惠林
寺和尚圆泽交善，二人结伴游三峡，途中见一汲水女子，圆
泽对李源说："这是我托身的地方，十二年后，中秋月夜，
在杭州天竺寺外，与您相见。"当晚圆泽圆寂，后来，李源
如期到杭州访问，果然遇一牧童，口唱《竹枝词》："三生
石上旧精魂，赏月吟风不要论；惭愧情人远相访，此身虽异
性常存。"相传这个牧童便是圆泽的化身。又据《传灯录》载：
"有一省郎，梦至碧岩下一老僧前，烟穗极微，云此是檀越

结愿，香烟存而檀越已三生矣。"

[5]奚囊：犹言诗囊。《新唐书·李贺传》："（贺）每旦日出，骑弱马，从小奚奴，背古锦囊，遇所得，书投囊中。"

[6]麈教：麈，麈尾的省称，即拂尘。魏晋人清谈时常执的一种拂子，用麈（一种似鹿而大的动物）的尾毛制成。又，因魏晋人清谈时常执麈尾，故亦称清谈为"麈谈"。林景熙《访僧邻庵次韵》："寂寥午夜松风响，疑是神仙接麈谈。"此指高雅绝俗的教言。

[7]分歧：即离别。

一九三七年

为人题词集

慷慨悲歌又此时，词场青兕[1]是吾师。

裁红晕碧都无取，要铸屠鲸刜虎[2]辞。

题解

柳亚子一向将诗歌作为向反动派斗争的有力武器，不作风花雪月的闲吟，不发叹老嗟贫的感喟，此诗正可视为诗人这种诗歌观念的具体实践。

注释

[1] 词场青兕：指辛弃疾。

[2] 剚虎：刺虎。

一九四〇年

题萧尺木画

豪气吞云梦[1]，乾坤一草亭。

汉廷潜管乐[2]，胡马蹴郊垌[3]。

誓扫侏儒迹[4]，终宁庙社[5]灵。

南阳龙卧[6]起，匣剑试新硎[7]。

题解

　　在传统绘画的文化语境中，"草亭"往往象征着"隐逸""孤高"，但在柳亚子笔下，则只是一种情思载体，所借以抒发的竟是一种擎枪杀逆、殄灭仇雠的救国誓愿，

172

可谓深得"不粘画上发论"之旨了。

注释

[1]吞云梦：语本孟浩然《望洞庭湖赠张丞相》："气蒸云梦泽，波撼岳阳城。"

[2]管乐：管仲、乐毅，皆为春秋战国时期著名政治家。

[3]躏郊坰：躏，践踏；郊坰：郊田。

[4]侏儒迹：此指日寇。

[5]庙社：宗庙与社稷，指国家。《魏书·城阳王鸾传》："古者，军行必载庙社之主，所以示其威惠各有攸归。"

[6]龙卧：本义为诸葛亮，此指有识有志之士。

[7]硎：刀刃新磨，锋利无比。典出《庄子·养生主》："彼节者有间，而刀刃者无厚，以无厚入有间，恢恢其于游刃必有余地矣，是以十九年刀刃若新发于硎。"

次韵和朴安即以为别（二首）

萧萧易水[1]白衣歌，欲去还迟可奈何？

早办安心殉锋镝[2]，稍怜古井起澜波。

收京梦里精魂热，[3]野史亭边退笔[4]多。

尚有挥戈[5]回日愿，重来[6]收拾旧山河。

故人郑重赠骊歌，[7]刻骨相思意若何？

卅载交情期短剑[8]，千秋心事托微波[9]。

羡君病废[10]才偏健，怜我诗魔泪更多。

握手楼头期不远，澄清休拟到黄河。[11]

题解

柳亚子平生笃于友情,交游广阔,视金樽对酒为人生一大快事,故而笔下不乏互通声气的赠答之章。但柳氏一向反对封建社会将旧体诗"作为羔羊,滥于投赠"的流弊,因此,他所创作的大量赠答诗所体现的并非小我之私情,而是与"大我"相通的深邃、圣洁的友情。可以说,柳氏一生皆受惠于这种友情,并从中找到了自己喜爱和熟悉的题材。仅从此诗来看,寓清丽于挺拔之中,对友人的刻骨思念与经国的知性议论,构成了和谐的诗意张力。流贯全篇的那种煦煦然、蔼蔼然、娓娓然的调子,平添了一种温馨亲和的韵致。又,由于这类"赠答诗"大多任兴而发,信手拈出,往往更容易使诗人的喜怒哀乐得以充分展示;或者说,更容易多侧面、立体化地袒示诗人的"全人"。揽读之下,不能不使人深感柳氏才华之倜傥,胆气之豪迈,文思之沛旺,藻采之富赡,功力之控纵裕如。

注释

[1]易水:典出《战国策·燕策》和《史记·刺客列传》。战国末年,卫国人荆轲被燕太子丹尊为上卿。太子丹派他去行刺秦王。赴秦时,太子丹与宾客白衣白冠相送荆轲于易水之上。高渐离击筑,荆轲和歌:"风萧萧兮易水寒,壮士一

去兮不复还！"

　　［2］锋镝：泛指兵器。锋，刀口；镝，箭头。

　　［3］收京句：《旧唐书·郭子仪传》："九月从元帅广平王率蕃汉之师十五万进收长安。回纥遣叶护太子领四千骑助国讨贼……回纥以奇兵出贼阵之后夹攻之，贼军大溃……翌日，广平王入京师，老幼百万夹道欢叫。"

　　［4］野史亭：又名青来轩，创建于元代，民国十三年（1924年）重修，东西宽144米，南北长171.7米，占地面积2.47万平方米。亭高12米，底座2米，匾额"野史亭"三字为徐继畲所书，亭内正壁有元好问画像石刻，左右各录其生前墨迹。亭北建大厅三间，号"春来轩"，壁间嵌有元明清以来名人诗文石刻。大厅两侧各建屋宇4间，可供凭吊者栖止。退笔：用旧的笔；秃笔。宋苏轼《柳氏二外甥求笔迹》诗之一："退笔成山未足珍，读书万卷始通神。"金雷渊《洮石砚》诗："退笔成丘竟何益，乘时直欲砺吴钩。"按：此句诗人自注云："时有辑南明史之意。"

　　［5］挥戈：语本《淮南子·览冥训》："鲁阳公与韩构难，战酣，日暮，援戈而挥之，日为之反三舍。"

　　［6］重来：用岳飞《满江红》"待从头收拾旧山河"句。

　　［7］故人句：先秦时代有一首逸诗（即除《诗经》305篇以外的先秦诗歌）名为《骊驹》，为古代客人离别时所唱的歌。骊歌即指代《骊驹》，后被人们用以泛指有关离别的诗歌或歌曲，如李白的诗《灞陵行送别》中写有"正当今夕断肠处，骊歌愁绝不忍听"。

176

[8] 期短剑：暗用"季札挂剑"之典故。《史记·吴太伯世家》："季札（吴国公子，封于延陵，故又称延陵季子——注者）之初使，北过徐君。徐君好季札剑。口弗敢言。季札心知之，为使上国，未献。还至徐，徐君已死，于是乃解其宝剑，系之徐君冢树而去。从者曰：'徐君已死，尚谁予乎？'季子曰：'不然，始吾心已许之，岂以死倍（背）吾心哉！'"又，《古诗源》卷一《徐人歌》曰："延陵季子兮不忘故，脱千金之剑兮带丘墓。"后遂用"延陵许剑"表示朋友间的诚信与忠义。黄庭坚《李潦州挽词》："挂剑自知吾已许，脱骖不为涕无从。"

[9] 微波：语本三国魏曹植《洛神赋》："无良媒以接懽兮，托微波而通辞。"南社诗人高旭《赠沈孝则》诗："惆怅佳人留片影，愿将心事托微波。"

[10] 病废：1939年4月，胡朴安忽发脑溢血，后致半身不遂。初颇抑郁，后以易、禅之理自静心，谓："譬如被判无期徒刑，不作出狱之想，狱中生活，亦颇自适。"才偏健：谓胡朴安刻"病废"后犹著述不已。

[11] 澄清句：《左传·襄公八年》："《周诗》曰：'俟河之清，人寿几何？'"

二月一日读美洲洪门总干部及纽约衣馆联合会通电，即书其后

孤忠天地会[1]，余派衍洪门[2]。

谠论批龙[3]正，人才屠狗[4]尊。

天心终涣汗[5]，民意岂沉沦？

便拟乘桴[6]去，昭苏此国魂[7]。

题解

"皖南事变"发生后，举世震惊。1941 年 1 月 16 日，
柳亚子与孙夫人（宋庆龄）、何香凝、彭泽民等发表联合宣言，

愤怒谴责蒋介石真反共假抗日的罪行，海外爱国侨团侨胞纷纷响应。当时司徒美堂领导的美洲洪门总部也相继通电指斥国民党政府——此即这首诗的缘发背景。纵观全诗，坚毅、刚劲、郁勃，诗人似乎要把蕴藏在一个民族肌体中的伟力竭尽所能地发掘出来，从"剑与火"中得以升华的战斗激情，迸发出璀璨的诗意之光。

注释

[1]天地会：清初出现的以反清复明为宗旨的民间秘密组织。屡在东南沿海一带起义，遭清政府残酷镇压。后以三点会、三合会等名义继续分散活动，曾配合太平天国在广西、广东组织大规模起义。

[2]洪门：从天地会发展出来的一个帮会。清末曾参与反清革命，其中有些成员后来被清廷利用。

[3]谠论：切直的言论。批龙：谓触强暴者之怒。语出《韩非子·说难》："夫龙之为虫也柔，可狎而骑也。然其喉下有逆鳞径尺，若人有婴之者，则必杀人。人主亦有逆鳞，说者能无婴人主之逆鳞，则几矣。"按："婴"与"批"，义皆为"触"。

[4]屠狗：谓出身卑贱。《史记·樊哙列传》："舞阳侯樊哙者，沛人也，以屠狗为事。"

[5]涣汗：涣汗大号之省语。谓帝王号令，如人之汗，

一出不复收。语出《易·涣》："涣汗，其大号。"程传："当使号令洽于民心，如人身之汗，浃于四体。"

[6]乘桴：谓渡海（去美洲）。《论语·公冶长》："道不行，乘桴浮于海。"

[7]昭苏：谓恢复生机。语出《礼记·乐记》："蛰虫昭苏，羽者妪伏。"郑玄注："昭，晓也。蛰虫以发出为晓，更息曰苏。"国魂：谓民族的精神。

沫若五十寿诗

沉陆神州待汝匡[1]，廿年奋斗热钢肠[2]。

红桑碧海寻千劫[3]，晦雾盲云[4]蔽一阳。

学《易》无惭孔尼父[5]，驰书端胜骆宾王。[6]

潼关[7]堪出还须出，弓剑桥陵[8]夜有霜！

题解

　　郭沫若五十寿诞之时，柳亚子尝赋一诗祝嘏，题为《十一月十六日为沫若五十生朝，入夜有纪念晚会，先赋一律，兼柬渝都索和》。事后，诗人兴犹未尽，故又作此寿之。此诗的可贵处在于突破了一般祝寿诗一味私阿祷颂的套式，无浮泛之谀辞，有内发之纯挚，极赞郭沫若历经千劫犹奋斗不已的革命热情及"驰书端胜骆宾王"的大无畏精神，甚为切题得体。尾联以再出潼关的豪情胜慨表于篇末，卒章显志，与首联"待汝匡"相照应，更觉真情流溢，感人肺腑。

注释

〔1〕沉陆：谓国家的混乱。《晋书·桓温传》："遂使神州陆沉，百年丘墟。"匡：匡正。

〔2〕钢肠：刚直的心肠。嵇康《与山巨源绝交书》："刚肠嫉恶，轻肆直言。"

〔3〕红桑碧海：唐人诗："海畔红桑几度开。"喻世事变迁。寻千劫：连续不断地袭来无数凶险祸患。

〔4〕晦雾盲云：喻反动势力。

〔5〕学《易》：《论语·述而》："子曰：'加我数年，五十以学《易》，可以无大过矣。'"按：此处旨在扣合郭沫若的"五十寿"。孔尼父，即孔子。

〔6〕驰书句：《新唐书·骆宾王传》："徐敬业乱，署宾王为府属，为敬业传檄天下，斥武后罪。"按：此指郭沫若在蒋介石发动"四一二"反革命政变前夕，奋撰讨蒋檄文《请看今日之蒋介石》一事。

〔7〕潼关：按：郭沫若有诗句云："朔郡健儿身手好，驱车我欲出潼关。"

〔8〕弓剑桥陵：桥陵，指桥山，位于陕西省中部县西北，沮水穿山而过，因得名。山上有黄帝冢，名曰桥陵。《列仙

传》："轩辕自择亡日与群臣辞。还葬桥山。山崩，棺空，唯有剑舄在棺焉。"

十二月九日日寇突袭香港，晨从九龙渡海有作

芦中亡士[1]气犹哗，一叶扁舟逐浪花。

匝岁羁魂宋台[2]石，连宵乡梦洞庭[3]茶。

轰轰炮火惩倭寇[4]，落落[5]乾坤复汉家。

挈妇将雏[6]宁失计？红妆季布更清华[7]。

题解

太平洋战争爆发后，住在九龙柯士甸道的柳亚子，经友
人劝说，拟移居香港。但港九交通此时已被战火阻断，亚子
夫妇在中共地下组织的安排下，于是日乘小艇渡海，诗人因
作此诗以纪其事。

184

注释

[1] 芦中亡士：战国时伍子胥避祸逃亡，至昭关，隐伏于江边芦苇中，后得一渔父搭救脱险。事见《吴越春秋》。诗人借以自况。

[2] 匝岁：整一年。羁魂：流落异乡的灵魂。诗人自指。宋台：宋王台，在九龙。此借指九龙。

[3] 洞庭：指太湖，诗人故乡即在太湖之畔。左思《吴都赋》："集洞庭而淹留。"注："洞庭，即太湖也。按：此洞庭迥非湖南之洞庭湖也。

[4] 倭寇：指日本侵略军。

[5] 落落：广大空阔。

[6] 挈妇将雏：携着妻子儿女。

[7] 红妆：女子之别称。季布：生卒年不详。楚地人，曾效力于西楚霸王项羽，多次击败刘邦军队。项羽败亡后，被汉高祖刘邦悬赏缉拿。后在夏侯婴说情下，得到刘邦之饶赦，并拜其为郎中。汉惠帝时，官至中郎将。汉文帝时，任河东郡守。季布为人仗义，好打抱不平，以信守诺言、讲信用而著称。故楚国广泛流传着"得黄金百斤，不如得季布一诺"的谚语。"一诺千金"这个成语即本源于此（见《史记·季布来布列传》）。按：诗人借用此典赞美中共地下组织委派的同志冒着巨大危险，悉心护送。清华：清秀美韶。唐曹唐《萧史携弄玉上升》诗："红粉美人愁未散，清华公子笑相邀。"《明诗纪事戊签》卷十八引清钱谦益《列朝诗集》："江山妍淑，仕女清华。"

一九四二年

流亡杂诗一月作（六首）

一着迟先此局输，远猷[1]能壮近谋疏。

糜躯喋血[2]吾何悔，终见铙歌入伪都[3]。

太平洋战争爆发，国际形势大变，倭寇疯腹之局已成。余虽流血香岛，亦所不悔。盖个人生死事小，民族兴亡事大也。（作者自注）

骂贼誓追文信国[4]，偷生肯恋顾横波[5]？

无端广柳[6]来相迓，留命桑田[7]意若何！

友人来商出险计划。（作者自注）

卅年夫妇忍分离，无米为炊更惨凄。

饿死倘教成永诀，首山[8]合祀女夷齐。

佩宜未能偕行，留别一言。（作者自注）

一姥南天顾命身[9]，千魔万怪敢相撄[10]？

劫余仍遣同舟济[11]，揽辔中原[12]共死生。

廖夫人偕行。（作者自注）

天南波涛君实易，[13]西山薇蕨伯夷难。[14]

重洋七日孤帆泊，倘有曹娥殉父[15]来。

自长洲岛乘帆船渡海丰之马贡，七昼夜未达。风浪倾侧殊甚。余谓垢儿终将并命矣。南海波涛，誓追张陆；西山薇蕨，甘学夷齐；余旅港时致渝友书中语也。（作者自注）

无粮无水百惊忧，中道逢迎舴艋舟[16]。

稍惜江湖游侠子，只知何逊是名流。[17]

舟中粮水俱尽，忽值游击队巡逻之小艇，闻廖夫人在，乃得接济，并赠鱼鸡乳粉，余惟优游伴食，深以为恧。（作者自注）

题解

遭世板荡，柳亚子饱受颠沛流离之苦。1942 年 1 月 15 日，诗人得东江纵队之力，携女儿柳无垢脱险离港，与廖夫人何香凝同行，搭帆舟经海陆丰，转辗兴、梅而后抵达桂林。此诗即为途中所作。这组诗以诗人的流亡途中的所见所闻为线索，通过组诗的结构功能，将个人经历与战乱这两条线索紧密结合起来。诗人身丁劫乱，触绪生悲，不禁发出"饿死倘教成永诀，首山合祀女夷齐"的悲叹。从全诗看，这两句实为通篇眼目，既顺承了"流亡"的题意，亦暗示出诗人哀可接天、仍欲留命桑田之所由。第三首紧承此而来，诗人视廖夫人为"天南顾命身"，与其联袂同行，故"无粮无水百惊忧"的"流亡"在兵戈鼓鼙声中愈显悲壮。纵观这组诗，单篇看来，若无奇警；连贯起来，方见波澜。这组具有较强的叙事成分的诗，因真实地折射出时代的面影而获得了"史"的价值。

注释

〔1〕远猷：远谋。

〔2〕糜躯：谓甘愿献出生命，《乐府诗集·鼙舞歌圣皇篇》"思一效筋力，糜躯以报国。"喋血：犹言踏血，谓血流遍地。

《史记·淮阴侯传》："虏魏王，禽夏说，新喋血阏与。"

[3]铙歌：军中乐歌，用以鼓励士气。伪都：指汪精卫的南京伪国民政府。

[4]文信国：即文天祥，南宋著名的抗元英雄。

[5]顾横波：清初名妓。嫁龚鼎孳为宠妾，龚本明崇祯进士，官兵科给事中，李自成入京，授直指使，后降清，累官礼部尚书。

[6]广柳：古代载运棺柩的大车。柳为棺车之饰。后亦泛指载货大车。典出《史记》卷100《季布列传》："季布者，楚人也。为气任侠，有名于楚。项籍使将兵，数窘汉王。及项羽灭，高祖购求布千金，敢有舍匿，罪及三族。季布匿濮阳周氏。周氏曰：'汉购将军急，迹且至臣家，将军能听臣，臣敢献计；即不能，愿先自刭。'季布许之。乃髡钳季布，衣褐衣，置广柳车中，并与其家僮数十人，之鲁朱家所卖之。"南朝宋·裴骃《史记集解》："服虔曰：'东郡谓广辙车为柳。'邓展曰：'皆棺饰也。载以丧车，欲人不知也。'李奇曰：'大牛车也。车上覆为柳。'瓒曰：'茂陵书中有广柳车，每县数百乘，是今运转大车是也。'"

[7]留命桑田：谓避过祸乱。李商隐《海上》："可能留命待桑田。"

[8]首山：《史记·伯夷叔齐传》：伯夷、叔齐以武王灭纣为以暴易暴，义不食周粟，饿死于首阳山。诗人借用其事，以郑佩宜比夷齐。

[9]顾命身：谓领受临终嘱咐之人。此指廖夫人承担

着"联俄、联共、扶助农工"的遗嘱执行重任。

[10]撄：触犯，纠缠。

[11]同舟济：《后汉书·郭太传》："后归乡里，衣冠诸儒送至河上，车数千两。林宗（郭太字）唯与李膺同舟而济，众宾望之，以为神仙焉。"按：郭太、李膺均当时著名政治领袖。

[12]揽辔（pèi）中原：《后汉书·范滂传》："时冀州饥荒，盗贼群起，乃以滂为清诏使，案察之，滂登车揽辔，慨然有澄清天下之志。"此句意谓与廖夫人同心同德，共度时艰。

[13]天南句：《宋史·陆秀夫传》：陆秀夫，字君实。元至元中，元将张弘范破崖山，秀夫驱妻子先入海中，寻负宋帝昺赴海而死。

[14]西山句：伯夷（生卒年不详），商末孤竹国人，商纣王末期孤竹国第七任君主亚微的长子，弟亚凭、叔齐。子姓，名允，是殷商时期契的后代。初，孤竹君欲以三子叔齐为继承人，至父死，叔齐让位于伯夷。伯夷以父命为尊，遂逃之，而叔齐亦不肯立，亦逃之。伯夷叔齐同往西岐，恰遇周武王讨伐纣王，伯夷和叔齐不畏强暴，叩马谏伐曰："父死不葬，爰及干戈，可谓孝乎？以臣弑君，可谓仁乎？左右欲兵之，姜子牙曰：此二人义人也，扶而去之。"……天下宗周，伯夷叔齐耻食周粟，饿死首阳山。

[15]曹娥殉父：曹娥，东汉人。父盱，五月五日溺死，不得尸；曹娥沿江昼夜哭，遂亦投江死。后五日，抱其父尸而出。

[16]舴艋舟：谓小舟。

[17] 只知句：《南史·何逊传》："逊八岁能赋诗，弱冠州举秀才。南乡范云见其对策，大相称赏，因结忘年交好。……沈约亦爱其文，尝谓逊曰：'吾每读卿诗，一日三复，犹不能已。'其为名流所称如此。"按：此以何逊比诸何香凝。

一九四三年

咏梅词十二首为黄尧赋（选四）

朔风[1]凛冽冷香侵，早向寒冬觅赏音。
指顾阳春成灿烂，直从数点见天心。

尺幅能还大地春，从来墨客有经纶[2]。
姚黄魏紫[3]都输却，惟有红梅是国魂[4]。

风吹不落雨难扪，凭仗花开气节尊。
不向东邻怜倩女[5]，繁梅满地赋招魂。[6]

漂泊南荒笑叔奇^[7]，芒鞋^[8]竹杖故迟迟。

好凭妙笔还天地，写出红梅十万枝。

题解

　　此诗系柳亚子为其在桂林新结识的朋友黄尧而作，时间为 1943 年。

　　柳亚子的题画诗，往往被强烈的象征意味所穿透而变得"虚化"——它超越了自在表象的所指而进入一个由自为语义生成的深层意境，启示着宇宙与人生的玄机。诗人将刹那的感性凝为永生，使我们从有限看到了无限，从现象看到了本质，从自然看到了社会，从当下看到了未来……

注释

　　[1] 朔风：北风。

　　[2] 墨客：画家。经纶：经营构思。

　　[3] 姚黄魏紫：牡丹的别称。欧阳修《牡丹记》："姚黄者，千叶黄花，出于民姚氏家；魏家花者，千叶玉红花，出于魏相仁溥家。"又诗云："伊川洛浦寻芳遍，魏紫姚黄照眼明。"

［4］国魂：指中华民族的精神。

［5］倩女：陈玄祐《离魂记》：倩娘与王宙少有婚约，及长，三人常感想于寤寐，家人不知。后其父忽以倩娘别字，女颇抑郁；宙亦恚恨，夜半感念不寐；倩娘忽至，乃俱遁蜀。后生子归，家人大惊，盖倩娘卧病已数年。及倩娘入，与室中病女合而为一。

［6］招魂：招死者之魂。按：这二句意思说，不去怜惜东邻那离魂倩女，且来为这满地的落梅招魂吧。

［7］叔奇：此借指黄尧。

［8］芒鞋：草鞋。

初度将及预赋四首五月四日作

沉思五十七年春，难忘慈恩最此辰。

合比梁公[1]凝睇苦，宁同元直[2]腐心频。

过江早绝温郎[3]袂，负米[4]终惭仲子薪。

荡虏收京期未远，[5]愿言将母隐湖湣[6]。

沉思五十七年春，长喜齐眉举案[7]辰。

喜怒自知吾罪大，乞怜期慰汝心频。

从来健妇持门户[8]，岂有书生问米薪？

俪侣[9]恩私慈母爱，刳肝沥血誓江湣[10]。

沉思五十七年春，救国无功离乱辰。

囊底奇谋[11]嗟未用，胸中积愤已嫌频。

抚膺独下新亭涕[12]，烂额争嗤曲突[13]薪。

万一杨嬱成引颈[14]，丰碑合树五湖滨。[15]

沉思五十七年春，皂帽[16]藜床避地辰。

少妇鬼雄将护幛，[17]王孙[18]故国怨恩频。

青绫[19]帐撤谈惊座，玄草书成版诅薪[20]？

绝业名山[21]吾辈事，左提右挈桂江[22]滨。

题解

初度，谓诞辰也。亚子在五十七岁生日将及之时，怀念留在沦陷区故乡的老母，感激死生患难与共的妻子，回首自己大半生的风雨历程，不禁浮想联翩，百感交集，遂"预赋"此四律。诗人将"初度将及"的复杂感受与国家民族的命运紧密扣合，益发可见诗人济世心切，忧国情深。全诗感情深挚，造境奇绝，神色惨舒，尤见功力。

注释

[1] 梁公：谓狄仁杰。《旧唐书·狄仁杰传》："仁杰赴并州，登太行山，南望见白云孤飞，谓左右曰：'吾亲所居在此云下。'瞻望伫立久之，云移，乃行。"按：狄仁杰，睿宗时追封梁国公，开元中北海太守李邕撰有《梁公别传》。按：诗人在此极言思亲之苦。

[2] 元直：即徐庶，字元直，三国颍川人。初事刘备，寻以曹操获其母，乃荐诸葛亮，而辞备归操；母见其背刘备而来，大愤，自缢死。此句意谓老母身居故乡吴江，在日寇占领区内，但自己决不会因思母心切而效法元直，改变志节。

[3] 温郎：指晚唐词人温庭筠。

[4] 负米：语出《孔子家语》："子路曰：'由事二亲之时，食藜藿之食，为亲负米百里之外。亲没，南游于楚。从车百乘，积粟万钟，累絪而坐，列鼎而食。虽欲食藜藿为亲负米，不可得也。'"仲子薪：语出《后汉书·王良传》："代宣秉为大司徒司直。在位恭俭，妻子不入官舍，布被瓦器。时司徒史鲍恢以事到东海，过候其家，而良妻布裙曳柴，从田中归。"按：王良，字仲子。按：此处援典以谓自己夫妻都未能尽事亲之责。

[5] 荡虏：谓扫荡日寇。收京：收复南京。

[6] 愿言：愿意。言，语助词，无义。漘：水边。语出《诗经·伐檀》："坎坎伐轮兮，置之河之漘兮。"

[7] 齐眉举案：语出《后汉书·梁鸿传》："为人赁春，

197

每归，妻为具食，不敢于鸿前仰视，举案齐眉。"此谓夫妻和睦，相敬如宾。

[8]持门户：操持家事。汉诗《陇西行》："健妇持门户，一胜一丈夫。"

[9]俪侣：妻子。

[10]刳肝沥血；谓一片赤诚。誓江浒：向江水发誓，永不忘却（妻子、母亲的慈爱恩情）。

[11]囊底奇谋：谓藏在胸中的奇谋。

[12]新亭涕：典出南朝刘义庆《世说新语·言语》："过江诸人，每至美日，辄相邀新亭，藉卉饮宴。周侯（周顗）中坐而叹曰：'风景不殊，正自有山河之异：'皆相视流泪，唯王丞相（王导）愀然变色曰：'当其戮力王室，克复神州，何至作楚囚相对？'"《晋书·王导传》亦载此事。诗人借用此典表达怆怀故国、忧叹时事之情。

[13]烂额：此处指有先见的人。曲突，弯曲的烟囱。语本《汉书·霍光传》："客有过主人者，见其灶直突，傍有积薪。客谓主人更为曲突，远徙其薪，不者，且有火患。主人嘿然不应。俄而家果失火，邻里共救之，幸而得息；于是杀牛置酒，谢其邻人，灼烂者在于上行，余各以功次坐，而不录言曲突者。人谓主人曰：'向使听客之言，不费牛酒，终亡火患；今论功而请宾，曲突徙薪亡恩泽，焦头烂额者为上客耶？'主人乃寤而请之。"

[14]杨嬷：隋炀帝，小字阿嬷。引颈：引颈受戮的省文。

[15]丰碑句：五湖，即太湖。此处代指家乡。按：柳

氏早在北伐前即觉察到蒋介石是"新军阀",并曾向恽代英提出采用非常之手段倒蒋,但这一密谋未被当时的中共高层采纳。此句意谓倘若当年采用吾谋,杀掉蒋介石,那么,我所立下的这一大功足应刻石立碑于我的故乡——太湖边上。此句隐然有痛惜之意,但也反映出诗人的天真。

[16]皂帽:黑布帽。《三国志·管宁传》:"宁常著皂帽、布襦袄、布裙,随时单复,出入闺庭,能自任杖,不须扶持。"藜床:典出《琅嬛记》:"呼子先夜不卧,唯倚藜杖闭目少顷,即谓之睡。后与酒姥仙去,留其杖。子先故人陆麟之谓之藜床。"又庾信《小园赋》:"管宁藜床,虽穿而可坐。"按:《高士传》曰:"管宁自越海及归,常坐一木榻,积五十余年,未尝箕股,其榻上当膝处皆穿。"此庾信所本。(管宁:汉末三国间高士,隐居避乱,屡诏不出,寿八十四而终。)诗人借此典故以喻自己在战乱之时尝以管宁自况,隐居避乱。

[17]少妇句;似指张秋石。鬼雄,刚毅的魂魄。《楚辞·九歌·国殇》:"魂魄毅兮为鬼雄。"

[18]王孙,谓公子哥儿。据《史记·淮阴侯列传》:韩信微时,钓于城下,诸母漂,有一母见信饥,饭信,竟漂数十日。信谓之曰:"吾必有以重报母"。母怒曰:"大丈夫不能自食,吾哀王孙而进食,岂望报乎!"后信封楚王,至国,召漂母,赐千金。此处诗人借以自况。

[19]青绫:谓张秋石当年事。《晋书·谢道韫传》:"凝之弟献之尝与宾客谈议,词理将屈,道韫遣婢白献之曰:'欲为小郎解围。'乃施青绫步障自蔽,申献之前议,客不能屈。"

按：此谓撤帐而谈，所以区别于封建女性也。

[20]玄草：谓寄意深奥玄妙的著作。版讵薪：谓哪能把著作的原版当柴烧掉。按：古代以木版印刷。此借指毁版。

[21]绝业名山：谓将自己心血所凝的著述收藏起来，传给后人。绝业，超绝的著述。名山：藏之名山之省称。《史记·太史公自序》："厥协六经异传，整齐百家杂语，藏之名山，副在京师，俟后世圣人君子。"又龚自珍《己亥杂诗》："绝业名山幸早成。"

[22]左提右挈：语见《史记·张耳陈徐烈传》："夫以一赵尚易燕，况以两贤王左提右挈，而责杀王之罪，灭燕易矣。"此指相互扶持。桂江：指桂林漓江。

一九四四年

董必武先生六十寿诗

大节[1]不可夸，朝端重老苍[2]。

须眉文潞国[3]，坛坫鲁灵光[4]。

贱子[5]倾心久，神交[6]许我狂。

巴山[7]饶喜气，愿进万年觞[8]。

题解

董老《七十自寿》诗后有附注，提及为此次六十寿辰祝
寿事，兹抄录于此："一九四四年一月，在重庆友好为我
六十生日称觞，多赐诗祝寿。当时重庆政治气氛恶劣，友好

晤面不易，借祝寿集会为避禁网之一法。实则彼时我距六十尚有两年，故漫应之。"其时，柳亚子远在桂林，得悉此事，即寄奉五律一首以寿之。

注释

[1] 大节：谓政治节操。

[2] 朝端：原指朝廷，此指延安革命政权。老苍：老年人。

[3] 须眉：谓男子汉大丈夫。文潞国：即文彦博。宋代政治家。曾封为潞国公。此借比董必武。

[4] 鲁灵光：灵光，汉代殿名，为景帝之子鲁恭王余所建。王延寿《鲁灵光殿赋·序》云："鲁灵光殿者，盖景帝程姬之子恭王余之所立也，……遭汉中微，盗贼奔突，自西京未央，建章之殿皆见隳坏，而灵光岿然独存。"后以"鲁殿灵光"喻历经浩劫、硕果仅存的老人。此谓董老如岿然独存之国宝。

[5] 贱子：诗人之自谦之称。

[6] 神交：谓未见面已在精神上声气相通，引为知己。

[7] 巴山：又称大巴山，在陕西、四川交界。

[8] 万年觥：觥，角制酒杯。此谓祝寿之酒。

读郭沫若《甲申三百年祭》一文，即题其后

陈迹煤山[1]三百年，高文我佩鼎堂[2]贤。

吠尧桀犬[3]浑多事，喘月吴牛[4]苦问天。

由检师心[5]终覆国，自成失计遂捐燕[6]。

昌言[7]张、李如能拜，破虏恢辽指顾间[8]。

　　自成麾下人才以制将军李岩为第一，入燕后竟以谗死。
张家玉以崇祯遗臣上书言事，不见报，反加敲掠，遂伺隙脱归。
其后举兵抗虏，为南明粤东三大忠臣之一云。（作者自注）

题解

　　1944年，郭沫若为纪念明朝末年李自成领导农民起义胜
利三百周年，撰成《甲申三百年祭》一文。此文在重庆《新

华日报》发表后，在延安和各解放区印成单行本发行。毛泽东同志在《学习和时局》一文中指出：我们印行这篇文章的目的，"也是叫同志们引为鉴戒，不要重犯胜利时骄傲的错误"。柳亚子深谙明史，读罢颇有所感，遂赋此诗，并呈示郭沫若先生。

注释

[1]煤山：在北京景山公园内。此句意谓自崇祯帝在煤山自杀后，明朝灭亡已逾三百年。

[2]高文：识见超卓的文章，指《甲申三百年祭》。鼎堂：郭沫若的常用笔名。

[3]吠尧桀犬：语本邹阳《狱中上吴王书》："桀之犬可使吠尧。"比喻走狗一心为主子效劳。

[4]喘月吴牛：李白《丁都护歌》："吴牛喘月时，拖船一何苦。"

[5]由检：崇祯帝的名字。师心：谓刚愎自用，独断专行。

[6]自成：李自成。明末农民起义领袖。捐燕：失掉河北、辽宁的大片地区。

[7]昌言：正当恺切的言论。《书·大禹谟》："禹拜昌言。"孔传："昌，当也。以益言为当，故拜受而然之。"

[8]破虏恢辽：击败清军，收复辽地。指顾间：形容迅速、轻易。

无　题

次韵和必武见寿新诗，分寄毛主席及伯渠、玉章、特立、曙时、恩来、颖超诸同志，时五月十三日也

整顿乾坤[1]入酒觞，新诗寿我剑花芒[2]。

朝无虚听言终渎[3]，民有[4]偕亡日曷丧。

丧字叶平韵

誓以心肝酬党国，岂贪姓字上旗常[5]？

平生管、乐襟期[6]在，倘遇桓、昭试一匡[7]。

董必武原作：

两度筵开禾举觞，南天遥见极星芒。

诗能报国应长寿，礼不宜今合短丧。

阮籍咏怀成绝唱，宰予变古实平常。

东林复社风规在，清议高标薄俗匡。

题解

　　此为亚子接到董老赠送的祝寿诗，次韵唱和之作。诗中揭露了重庆国民党政府腐朽残暴的本质，对中国共产党领导下的延安人民政权，尤为向慕。尾联以管仲自期，益发可见诗人济世心切，报国情炽。

注释

　　[1] 整顿乾坤：谓把国家重新整治好。

　　[2] 剑花芒：极赞董必武见寿之诗，文采飞扬，如剑刃光芒四射。

　　[3] 虚听：虚心的倾听。渎：亵渎。

　　[4] 民有：《孟子·梁惠王》："《汤誓》：'时日曷丧，予及女偕亡。'"按：这二句意谓蒋介石政府独裁专制，失尽民心。

　　[5] 旗常：旗帜之类。《唐实录》："贞观五年推恩诏：'褒贤之道，已纪旗常；推恩之令，未洽胄绪。'"

　　[6] 管、乐：管仲和乐毅。皆为春秋战国时代著名政治家和军事家。襟期：谓抱负。

　　[7] 桓、昭：齐桓公和燕昭王，分别为起用管仲和乐毅而成大业的著名贤君。一匡：见于《史记·管仲传》："管仲既用，任政于齐，齐桓公以霸，九合诸侯，一匡天下，管

仲之谋也。"匡，正，纠正，谓使天下恢复正常秩序。按：诗人在此以管仲自期，表示愿为延安革命政权尽心竭力。

汉家行一首五月十一日作

时闻华莱士有东来消息，而林伯渠亦将南入渝都。时乎时乎，会当有变！握管吟成，聊当杜陵诗史云尔。十一迭九字韵。

汉家厄运丁阳九[1]，帝秦[2]烂醉钧天酒。

纤儿[3]撞坏好家居，中华无复钟灵秀[4]。

流芳遗臭[5]总桓温，可怜摇落江潭柳[6]。

廿年专政苦纷纭，勋德魏公差足耦[7]。

旷林[8]龙战师旅陈，岛贼鲸吞烽燧[9]又。

半壁炎兴尚阋墙[10]，收京回纥偏求友。[11]

工农四野苦诛求[12]，冠盖盈庭[13]分左右。

柄国[14]惟闻歇后人，钓璜那见磻溪叟。[15]

独清独醒世争哗，先知先觉言虚茂[16]。

贰心东食更西眠，诽语南箕兼北斗。[17]

作俑王敦[18]倚甲兵，痛心曹植吟萁豆[19]。

朱门[20]酒肉苍生哭，将军囊橐[21]官兵瘦。

四海困穷自昔嗟，永终天禄[22]那能久！

何人奋臂倡驱除？附会乘除[23]吾敢后！

天下兴亡在匹夫[24]，嫂溺终当援以手。[25]

飞书驰檄[26]属吾徒，宁异[27]仳文仗子厚！

玉镜珠囊[28]迹未湮，天图地碦[29]功休负。

秦庭[30]倘用绕朝谋，桥陵应祝轩辕[31]寿。

葱葱郁郁[32]气佳哉，不信鸱鹗焚户牖[33]。

锦囊还矢[34]会有时，神烈峰[35]头狮子吼。

题解

　　1944 年，美国总统罗斯福派华莱士来华了解情况，拟从中调和国共关系。作者有感于斯，慨然作此具有史诗性质的长歌。须加措意的是，柳亚子对"史"的描述并非再现性和说明性的，而是将两种互不相容的情景统一在文本结构之中，形成尖锐的对立（如"朱门酒肉苍生哭，将军囊橐官兵瘦""工农四野苦诛求，冠盖盈庭分左右"等等），从而在揭示时代本质方面达到了高度的真实性与典型性；同时，由于诗人对史实的理性穿透与美学升华，使得整个文本成为一个主体意识强烈的艺术建构——作为创作主体的"我"，不是消极的反映历史，也未因"直指时事"而使诗降低到历史文献的水平，而是积极地对历史进行"诗意的裁判"；"我"的主体意识在观照历史的超越中得到充分的发挥，并横贯于全诗的抒情旋律之中，从而使文本成为一种将历史提升的东西。诗人的这种乐观豪迈之气显然不是从"个人的琐碎欲望中"而是从他"所处的潮流中得来"，这就大大地超越了文本的具体时空，而成为中华民族具有战胜一切、征服一切的自信和力量的象征。

注释

[1] 厄运丁阳九：厄运，恶运。丁，正遭遇。阳九，古代以4617岁为一元，初入元的106年中有九个灾难，称为阳九。

[2] 帝秦：见于《战国策·赵策三》：秦围赵都邯郸，魏王使晋鄙领兵救赵，止于荡阴（《史记·魏公子列传》谓止于"邺"）不进。又派客将军辛（《史记》作新）垣衍潜

入邯郸，通过平原君赵胜劝说赵王尊秦为帝，平原君犹豫不决。正在邯郸游历的鲁仲连听到"魏将欲令赵尊秦为帝"的消息后，立即去见平原君，要求其为他引见辛垣衍。鲁仲连开始不说话，他听完辛垣衍幼稚的说辞，便举鲍焦的事为例，驳斥辛垣衍对他的错误估计。接着，指出暴秦的实质是"弃礼义，上首功""权使其士，瞄虏使其民"之国。并表明自己对强秦的态度，假使秦国一旦一吞并天下，"则连有赴东海而死耳，吾不忍为之民也！"最后说明他会见辛垣衍的目的是"欲以助赵也"。鲁仲连还引齐威王率领天下诸侯朝见周天子的故事，说明帝秦的利害关系，并举出商纣对待三公的暴行，证明秦王会与商纣相同，来对待投降他的诸侯。终于使辛垣衍"起再拜谢"，表示"吾请去，不敢复言帝秦"。"秦将闻之，为却军五十里。适会魏公子无忌夺晋鄙军，以救赵击秦，秦引军而去。"后以此典比喻坚持正义，不向强权恶势力屈服、投降。

〔3〕纤儿：犹小儿。含鄙视意。《晋书·陆纳传》："时会稽王道子以少年专政，委任羣小，纳望阙而叹曰：'好家居，纤儿欲撞坏之邪！'"

〔4〕钟：集聚。灵秀：谓聪明俊美的人才。

〔5〕流芳遗臭：《晋书·桓温传》："以雄武专朝，窥觎非望，曰：'既不能流芳后世，不足复遗臭万载耶？'"按：此借指蒋介石。

〔6〕江潭柳：《晋书·桓温传》："温自江陵北伐，行经金城，见少为琅琊时所种柳皆已十围，慨然曰：'木犹

211

如此，人何以堪！'攀枝执条，泫然流涕。"

[7]魏公：谓曹操。《三国志·武帝纪》："天子使御史大夫郗虑持节策命公（曹操）为魏公。"差足耦：约略足以相比。按：此乃讽刺的说法。以"魏公"作为权奸的代称。

[8]旷林：《左传·昭元年》："子产曰：'昔高辛氏有二子，伯曰阏伯，季曰实沈，居于旷林，不相能也，日寻干戈，以相征讨。'"龙战：《易·坤》："龙战于野，其血玄黄。"按：指内战。

[9]岛贼：指日本侵略者。烽燧：即烽火。此谓战事又起。

[10]半壁：半壁河山。炎兴：三国蜀汉后主的年号。借指撤到四川重庆的蒋介石政府。阋墙：内部相争。指蒋介石一再掀起反共高潮。《诗·小雅·常棣》："兄弟阋于墙，外御其务。"笺："务，侮也；兄弟虽内阋，而外御侮也。"

[11]收京句：《旧唐书·郭子仪传》："九月从元帅广平王率蕃汉之师十五万进收长安。回纥遣叶护太子领四千骑助国讨贼……回纥以奇兵出贼阵之后夹攻之，贼军大溃……翌日，广平王入京师，老幼百万夹道欢叫。"作者借用此典，指蒋介石收京一心只想求得外国势力的支持。

[12]诛求：责求、需索。《春秋繁露·王道》："桀纣骄溢妄行，诛求无已，天下空虚。"

[13]冠盖盈庭：谓官僚们塞满了政府机关。

[14]柄国：掌管国家。歇后人：谓郑綮。《新唐书·郑綮传》：初綮善诗，多诙谐，时号郑五歇后体。及拜相，宗

212

戚诣贺，綮搔首曰："歇后郑五作宰相，事可知矣。"按：此借指浮薄无能之人。

[15]钓璜句：据《史记·齐太公世家》："正义：'磻溪中有泉，谓之兹泉。泉水潭积，自成渊渚，即太公钓处。'"又《竹书纪年》注："文王至于磻溪之水，吕尚钓于涯。王下趋拜曰：'望公七年，乃今见光景于斯。'尚立变名曰：'望钓得玉璜，其文要曰：姬受命，昌来提，撰尔洛钤报在齐。'"按：此谓国民党政府缺乏吕尚式的人才。

[16]言虚茂：枉费言词。

[17]诽语句：《诗·小雅·大东》："维南有箕，不可以簸扬。维北有斗，不可以挹酒浆。维南有箕，载翕其舌。维北有斗，西柄之揭。"按：此诗乃东人（被征服人民）对西人（西周人）的怨诽之词。诽语，毁谤之语。

[18]作俑王敦：借指蒋介石。《孟子·梁惠王》："始作俑者，其无后乎！"《晋书·王敦传》："敦谓羊鉴及子应曰：'我亡后，应便即位，先立朝廷百官，然后乃营葬事。'"按：王敦无后。王应，本敦兄王含之子。

[19]吟萁豆：语出曹植《七步诗》："煮豆燃豆萁，豆在釜中泣。本自同根生，相煎何太急！"此处痛斥国民党中央发动内战、自相残杀之罪行。

[20]朱门：语本杜甫《自京赴奉先县咏怀五百字》："朱门酒肉臭，路有冻死骨。"

[21]囊橐：口袋。此处指"私囊"。

[22]天禄：汉代阁名，后代指道家藏书之所。按：此

句意谓自己不愿一生困守在书斋。

[23]附会：谓参与。乘除：谓消长。

[24]天下：语本顾炎武名言"天下兴亡，匹夫有责。"匹夫：普通人。

[25]嫂溺句：《孟子·离娄》："曰：'嫂溺，则援之以手乎？'曰：'嫂溺不援，是豺狼也。男女授受不亲，礼也；嫂溺，援之以手者，权也。'"

[26]飞书驰檄：谓传递消息，布发命令。檄，政府公告。

[27]宁异：伾，谓王伾，唐顺宗的宠臣，曾为王叔文力谋复官，后因此贬开州司马。文，谓王叔文，唐顺宗时任翰林学士，转为尚书户部侍郎，拟进行改革，夺取宦官兵权。失败被贬为渝州司马，后被杀。子厚，柳宗元字，柳为唐代著名文学家、哲学家。曾与刘禹锡等参加主张革新的王叔文集团，任礼部员外郎。失败后贬为永州司马。

[28]玉镜珠囊：谓先祖开创的基业。《唐享太庙乐章》："叶阐珠囊，基开玉镜。"

[29]天图地碣：天上星图，地上碑碣。借指中华民族的精神文明。龚自珍《祭程大理（同文）于城西古寺而哭之》："天图地碣森宠岌。"

[30]秦庭：典出《左传·定公四年》："初伍员与申包胥友。其亡也，谓申包胥曰：'我必得楚国。'申包胥曰：'勉之，子能复也我必能兴之。'及昭王在随，申包胥如秦乞师，曰：'吴为封豕、长蛇，以荐食上国虐始于楚。寡君失守社稷，越在草莽。使下臣告急曰……'秦伯使辞焉，曰寡人闻命矣。

子姑就馆，将图而告。'对曰：'寡君越在草莽，未获所伏。下臣何敢即安？立，依于庭墙而哭，日夜不绝声，勺饮不入口七日。秦哀公为之赋《无衣》，九顿首而坐。秦师乃出。"后借用此典极言救国之情綦切。

[31] 桥陵：指桥山，位于陕西省中部县西北，沮水穿山而过，因得名。山上有黄帝冢，名曰桥陵。《列仙传》："轩辕自择亡日与群臣辞。还葬桥山。山崩，棺空，唯有剑舄在棺焉。"轩辕：《史记·五帝本纪》："黄帝姓公孙，名轩辕。"

[32] 葱葱郁郁：茂盛蓬勃的样子。《后汉书·光武帝纪》："气佳哉！郁郁葱葱然。"

[33] 鸱鸮：猫头鹰。古以为不祥鸟。牖：窗户。

[34] 锦囊还矢：谓凯旋告捷。语本《新五代史·伶官传序》："世言晋王之将终也，以三矢赐庄宗而告之曰：'梁，吾仇也；燕王吾所立，契丹与吾约为兄弟，而皆背晋以归梁，吾遗恨也。与尔三矢，尔其无忘乃父之志！'庄宗受而藏之于庙。其后用兵，则遣从事以一少牢告庙，请其矢，盛以锦囊，负而前驱，及凯旋而纳之。"

[35] 神烈峰：指南京中山陵所在的紫金山。狮子吼：《传灯录》："牟尼佛生兜率天，分手指天地作狮子吼声。"按：此二句谓中国人民必将打败日本法西斯，收复国土，到那一天，再到南京中山陵，向孙中山在天之灵致祭，也向着全世界发出胜利的欢呼。

一九四五年

次韵奉酬衡老、鼎兄一月三日补赋

良宵差遣旅怀[1]宽，盟誓心期葆岁寒[2]。

万族疮痍[3]愁未已，十觞[4]酪酊醉相看。

栖皇海内多麟凤，[5]颠倒人间愤履冠。[6]

惟有桥陵云物[7]美，中原北望共凭栏。

衡老原作：

经年不放酒杯宽，雾压山城夜正寒。

有客喜从天上降，感时惊向域中看。

新阳共举葡萄碱，触角长惭獬豸冠。

痛哭狂欢俱未足，河山杂遝试凭栏。

郭老和作：

顿觉蜗庐海样宽，松苍柏翠傲冬寒。

诗盟南社珠盘在，澜挽横流砥柱看。

秉炬人归从北地，投簪我欲溺儒冠。

光明今夕天官府，听罢秧歌醉拍栏。

题解

　　1944 年 11 月 11 日，郭沫若在天官府四号寓所为甫抵渝州的柳亚子设宴洗尘。觥筹交错间，适逢周恩来由延安乘机莅渝，且参与谈宴，举座皆欢。事后沈钧儒作诗以纪其事，郭沫若依韵和之。此为亚子先生即兴奉和沈、郭之作。亚子先生乃性情中人，纵观此诗，抗战情势之艰危，国民党统治区之黑暗腐败，以及诗人冲冠之愤怒，肫挚之友情，深切之期望，皆若鱼鲠在喉，不吐不快耳。按：衡老即沈钧儒，鼎兄即郭沫若。

注释

〔1〕差遣：消磨，打发。旅怀：旅居异乡的情怀。

〔2〕心期：两心相许。见《杨公笔录》："宋向柳与颜峻友善。峻贵柳贫。曰：'我与士逊（宋向柳字）心期久矣，岂可以势利处之。'"葆岁寒：意谓时局艰危，要保全自己的品节。

〔3〕万族疮痍：指频年战乱，人民正处在水深火热之中。

〔4〕十觞：极言老友相逢举杯劝盏的喜悦之情。语本杜甫《赠卫八处士》："主称会面难，一举累十觞。十觞亦不醉，感子故意长。"

〔5〕栖皇句：谓天下不少精英尚在颠沛流离。李隆基《经邹鲁祭孔子而叹之》："夫子何为者，栖栖一代中。地犹鄹氏邑，宅即鲁王宫。叹凤嗟身否？伤麟怨道穷。今看两楹奠，当与梦时同。"

〔6〕颠倒句：谓国民党反动统治下的颠倒、不合理的现实。履冠，《汉书·贾谊传》："履虽鲜不加于枕，冠虽敝不以苴履。"又《南史·梁武帝纪》："冠履无爽，铭实不违。"

〔7〕桥陵：指桥山，位于陕西省中部县西北，沮水穿山而过，因得名。山上有黄帝冢，名曰桥陵。此借指延安革命根据地。云物：景物。

延安一首五月二十六日赋寄毛主席

工农康乐新天地，革命功成万众和。

世界光明两灯塔，延安遥接莫斯科。

题解

这首诗作于是 1944 年，充分表达出诗人对革命圣地延安的热切期望和景仰之情。

八月十日夜电传倭寇乞降，十二日补赋一首

殷雷爆竹沸渝城[1]，长夜居然曙色明。

负重农工嗟力竭[2]，贪天奸幸[3]侈功成。

横流举世吾滋[4]惧，义战[5]能持国尚荣。

翘首[6]东南新捷报，江淮子弟盼收京[7]。

题解

倭寇，原指 14 至 16 世纪劫掠我国沿海地区的日本海盗集团，此指日本侵略者。按：全国军民，经过艰苦卓绝的持久战，给日本侵略者以沉重的打击，并于 1944 年转入局部反攻，1945 年 8 月，在国际反法西斯力量的支援下，迫使日本宣布无条件投降；是年 9 月 3 日，正式签署投降书，历时 14 年的抗日战争胜利结束。诗人听到日寇乞降的消息后，

激动不已，浮想联翩，遂慨然赋成此诗。

注释

[1]殷雷：雷声。《诗·召南·殷其雷》朱注："殷，雷声也。"渝城：重庆的别称。

[2]嗟力竭：叹息不堪负累。

[3]贪天：贪天之功的省文。《左传·僖二十四年》："窃人之财，犹谓之盗，况贪天之功以为己力乎！"奸幸：指国民党反动派。侈：谓大吹大擂。

[4]横流举世：谓国民党的反共逆流。滋：增益。

[5]义战：正义的战争。

[6]翘首：仰起头，踮起脚，形容盼望甚殷。

[7]江淮：泛指长江淮河流域。收京：谓收复南京。

一九四五年八月三十日渝州曾家岩呈毛主席

阔别羊城[1]十九秋，重逢握手喜渝州[2]。

弥天大勇诚能格[3]，遍地劳民战尚休[4]。

霖雨苍生[5]新建国，云雷青史旧同舟。[6]

中山、卡尔双源合，一笑昆仑[7]顶上头。

题解

抗战胜利后，全国人民要求和平，建立一个独立、自由、民主统一和富强的国家。国民党政府在美帝国主义的支持下，妄想依靠暂时的军事优势攫取胜利果实，但美国对世界民主舆论一致反对蒋介石的独裁政策则有所顾虑。在这种情势下，蒋介石大摆和平姿态，于 1945 年 8 月 14 日、20 日、23 日三次电邀毛泽东赴重庆进行和平谈判。为了争取和平，进一步揭露蒋介石假和谈真内战的阴谋，毛泽东、周恩来、王若飞不顾个人安危，于同年8月28日飞抵重庆，与国民党进行和平谈判。8月30日，毛泽东约请柳亚子到曾家岩——抗日战争时期周恩来同志作为中共代表在重庆的住所晤谈。柳氏对毛泽东不顾个人安危，为寻求避免战争、实现和平民主团结的道路亲赴重庆与蒋介石举行谈判的壮举，深为感佩，遂赋此诗，以申倾慕。

注释

〔1〕羊城：即广州市。

〔2〕渝州：指重庆。

〔3〕诚能格：格，至、来。此谓毛泽东出以至诚故能亲赴重庆。

〔4〕战尚休：以停止内战为上。尚，同"上"。

〔5〕霖雨苍生：谓把和平安康带给人民。《书·说命》："若岁大旱，用汝作霖雨。"

〔6〕云雷句：谓在第一次国内革命战争时期国共两党曾经合作。云雷，指初立基业时的混乱局面。《易·屯》："象曰：云雷，屯，君子以经纶。""朱注：屯难之世，君子有为之时也。"青史，史册。

〔7〕昆仑：山名。横跨新疆、西藏、青海三省区。按：这二句表示对国共重新合作期望甚殷。

润之招谈于红岩嘴办事处，归后有作，
兼简恩来、若飞

得坐光风霁月^[1]中，矜平躁释^[2]百忧空。

与我一席肺肝语，胜似十年萤雪功^[3]。

后起多才堪活国，颓龄渐老意犹童。

卡尔中山^[4]双源合，天下英雄见略同。

题解

重庆谈判期间，毛泽东曾在重庆红岩嘴办事处会见柳亚子，对此，柳氏在《八年回忆》一文中以饱蘸万觥真情的笔墨写道："我和他单独谈了一次话，觉得他这次是抱着大仁、大智、大勇三者的信念而来的，单凭他伟大的人格，就觉得世界上没有不能感化的人，没有不能解决的事件。经过这次谈话，便把我心中的疑团完全打破，变作非常乐观了。总之，我信任毛先生，便有信任中国内部没有存在着不能解决的问题，还不必然诉之武力了。"此诗系柳亚子与毛泽东晤谈后，心情异常激动，以至于夜不能寐奋撰而成。

注释

[1]光风霁月：光风：雨后初晴时的风；霁：雨雪停止。形容雨过天晴时万物明净的景象。也比喻开阔的胸襟和心地。语出宋黄庭坚《濂溪诗》序："春陵周茂叔，人品甚高，胸怀洒落如光风霁月。"

[2]矜平躁释：指心平气和，涵养深厚。语出《负曝闲谈》第十三回："就以陈铁血这样的矜平躁释，也要被他们鼓动起来，其余初出茅庐的少年子弟，是更不用说了。"

[3]萤雪功：极言勤学苦读。典出《晋书·车胤传》："胤恭勤不倦，博学多通。家贫不常得油，夏月则练囊盛数十萤火以照书，以夜继日焉。"《初学记》卷二引《宋齐语》："孙康家贫，常映雪读书。"

[4]卡尔中山：指马克思、孙中山。

一九四五年九月三日为庆祝胜利日有作七迭城字韵

还我河山百二城[1]，阴霾扫尽睹光明。

半生颠沛肠犹热[2]，廿载艰虞[3]志竟成。

团结和平群力瘁[4]，富强康乐兆民荣。

嘤鸣求友[5]真堪喜，抵掌[6]雄谈意态京。

题解

    1945年9月3日，日本政府正式在投降书上签字，抗日战争胜利结束。诗人身丁劫乱，艰危备尝，不禁发出"半生颠沛肠犹热，廿载艰虞志竟成"的浩叹。从全诗看，此联实为一篇眼目，既顺承了"睹光明"的题意，亦引发出诗人对"团结和平""富强康乐"之愿景的乐观展望，喜跃之情，溢于言表。末句以壮语作结，益见诗人济世之心挚切，豪宕之气夺人。

注释

[1]百二城：指被日本侵略者占领的国土。吴融诗："南边已放三千马，北面犹标百二城。"

[2]肠犹热：谓忧国忧民的热肠依旧不变。杜甫《自京赴奉先咏怀五百字》："穷年忧黎元，叹息肠内热。"

[3]艰虞：艰难忧虑。

[4]瘁：劳苦。

[5]嘤鸣求友：《诗·小雅·伐木》："嘤其鸣矣，求其友声。"

[6]作者自注："京，大也。"抵掌：鼓掌。

自题绘像一律九月十二日作

五十九年吾未死，杨㜆镜里好头颅。[1]

霸才无主陈琳[2]老，竖子[3]成名阮籍吁。

苫篚[4]龙文新宝剑，蜡丸鲛帕旧阴符[5]。

天图地碣[6]堂皇在，振臂中原会一呼。

解说

    此诗系柳亚子为尹瘦石给自己所绘肖像而题。诗人借题发挥，反顾既往，透发出诗人矫然不群的个性以及抗击黑暗、追求光明的一贯精神。

注释

[1]杨麤句:《资治通鉴》卷一百八十五:"(炀帝)又尝引镜自照,顾谓肖后曰:'好头颈,谁当斫之!'"按:杨麤,隋炀帝小名。按:此处诗人借以自况。

[2]陈琳;字孔璋,三国时代的文学家,起草军书颇负盛名。初从袁绍。后归曹操,为记室。军国草檄,多出其手。温庭筠《过陈琳墓》有"词客有灵应识我,霸才无主始怜君"之句。此句意谓自己早年虽有陈琳之霸才,而无所用之,如今已垂垂老矣。

[3]竖子:《晋书·阮籍传》:"(阮籍)尝登广武,观楚汉战处,叹曰:'时无英雄,使竖子成名!'"按:此处紧承上句,借此典对蒋介石表示轻蔑。

[4]荩箧:古人以荩草制染料涂箧,呼为"荩箧"。龙文新宝剑,喻文章锋锐,笔力雄健。李峤《咏书》:"削简龙文见,临池鸟迹舒。"此句意谓自己怀有匡济时局的妙计。

[5]蜡丸:古人藏密书于蜡丸之中,以防泄漏。《宋史·李显忠传》:"乃密遣其客雷灿以蜡书赴行在。"此处借指情报。鲛帕,鲛绡手帕。阴符,即阴符经,一种古代兵书。龚自珍《己亥杂诗》:"我有阴符三百字,蜡丸难寄惜雄文。"按:此指作者于1926年4月到广州参加国民党二次代表大会期间,曾向恽代英同志提出倒蒋之策却未被采用一事。

〔6〕天图地碣：天图地碣：天上星图，地上碑碣。借指中华民族的精神文明。龚自珍《祭程大理（同文）于城西古寺而哭之》："天图地碣森龍苁。"

无　题

十月七日，毛主席书来，有“尊诗慨当以慷，卑视陈亮陆游，读之使人感发兴起”云云。赋赠一首

瑜亮[1]同时君与我，几时煮酒论英雄[2]？

陆游陈亮宁卑视[3]？卡尔、中山愿略同。

已见人民昌陕北，何当子弟起江东[4]。

冠裳玉帛葵丘会，[5]骥尾[6]追随倘许从。

题解

毛泽东对柳诗之赞颂，虽仅数语，已抉柳诗之神髓。柳亚子于感奋之余，濡笔以此诗回赠，表达出诗人的豪纵自负与对革命领袖的拳拳服膺之情。

注释

[1]瑜亮：谓周瑜、诸葛亮。两人均为三国时著名政治家、军事家。

[2]煮酒论英雄：用曹操与刘备煮酒论英雄事。三国时，董承约刘备等立盟除曹。刘备恐曹操生疑，每天浇水种豆；曹操闻知后，设樽俎：盘置青梅，一樽煮酒。二人对坐，开怀畅饮，议论天下英雄。当曹操说天下英雄，唯使君与操耳"，刘备闻之大惊失箸，而天气亦由风和日丽骤然雷雨大作，刘备以胆小、怕雷相掩饰而使曹操释疑，并请征剿袁术。此时恰巧关羽、张飞赶到，乃借以脱身。按：曹操当时设宴，意在试探刘备，而刘备则诚惶诚恐，极力打消曹操的怀疑。见于《三国演义》。作者于此处则反其意而用之。

[3]陆游、陈亮：均为南宋著名爱国词人，词多感慨国事之风，风格豪迈慷慨。宁卑视：意谓（我）哪里敢看不起他们呢？此句系承诗题而来。

[4]起江东：语本《史记·项羽本纪》："籍与江东子弟八千人渡江而西，今无一入还。"又杜牧诗："江东子弟多才俊，卷土重来未可知。"此借指南方的革命力量。

[5]冠裳句：谓重庆谈判。《左传·僖九年》："夏，会于葵丘，寻盟，且修好。"按：葵丘，宋地，齐桓公会诸侯于此。《考城县志》："葵丘东南有盟台，其地亦名盟台乡。"

[6]骥尾：追随左右。见《史记·伯夷列传》："颜渊虽笃学，附骥尾而行益显。"

沁园春·次韵和毛主席咏雪之作多不能尽如原意也

廿载重逢，一阕新词，意共云飘。

叹青梅酒滞[1]，余怀惘惘；黄河流浊，举世滔滔[2]。

邻笛山阳[3]，伯仁[4]由我，拔剑难平块垒[5]高。

伤心甚：哭无双国士[6]，绝代[7]妖娆。

才华信美多娇。看千古词人共折腰：

算黄州太守[8]，犹输气概；稼轩居士[9]，只解

牢骚。

更笑胡儿，纳兰容若[10]，艳想浓情着意雕。[11]

君与我，要上天下地，把握今朝。

毛泽东原作《沁园春·雪》：

北国风光，千里冰封，万里雪飘。

望长城内外，惟余莽莽；大河上下，顿失滔滔。

山舞银蛇，原驰蜡象，欲与天公试比高。

须晴日，看红装素裹，分外妖娆。

江山如此多娇，引无数英雄竞折腰。

惜秦皇汉武，略输文采；唐宗宋祖，稍逊风骚。

一代天骄，成吉思汗，只识弯弓射大雕。

俱往矣，数风流人物，还看今朝。

题解

在重庆期间，柳亚子为完成亡友林庚白的遗愿，正着手编辑《民国诗选》，他首先想到毛泽东那首著名的七律《长征》。当柳亚子根据当时流传的版本誊抄一份，拟请毛主席校正传抄过程中可能出现的讹误时，没想到毛泽东居然亲笔书写了那阕后来轰动山城的《沁园春·雪》相赠（这迅疾演化为当年中国文化界的一大重要事件）。柳亚子读罢，赞叹不已，遂即兴依韵和之，并将此附抄在毛主席书赠的《沁园春·雪》词之后，自题跋语云："余识润之，在一九二六年五月广州中国国民党第二届二中全会会议席上，时润之方任国民党中央宣传部部长也。及一九四五年重晤渝州，握手惘然，不胜陵谷沧桑之感。余索润之写长征诗见惠，乃得其初到陕北看大雪《沁园春》一阕。展读之余，叹为中国有词以来第一作手，虽苏、辛犹未能抗手，况余子乎？效颦技痒，辄复成此。"

注释

［1］滞：犹言耽溺。

［2］举世滔滔：《论语·微子》："滔滔者天下皆是也，而谁以易之？"

［3］邻笛山阳：典见《昭明文选》卷十六、三国魏·向子期（秀）《思旧赋·序》。按：三国魏嵇康、吕安被司马昭杀害后，其好友向秀路过嵇康的旧居山阳，听到邻人的笛声，怀亡友感音而叹，于是写了一篇《思旧赋》。后遂以"山阳笛"喻悼念、怀念故友。

［4］伯仁：据《晋书·周顗传》：王敦反，帝欲诛诸王。王导伏阙待罪，求周顗为言，顗上表救之而不使知，导因衔恨。及王敦得志，与导议决周顗，导不救。顗死之。后导见顗救己表，悲不自胜，谓其诸子曰："吾虽不杀伯仁（周顗字），伯仁由我而死。幽冥之中，负此良友。"按：1945年10月8日，在八路军驻渝办事处外事组工作的李少石，乘办事处汽车送柳氏返沙坪坝，在归途中遭国民党兵狙击而死。诗人借用此

典表示李少石之死与自己确有干系。

　　[5]块垒：土堆。此喻胸中不平。

　　[6]无双国士：似指叶挺将军。

　　[7]绝代：卓绝一代。

　　[8]黄州太守：指苏东坡。苏曾任黄州太守多年。是宋词豪放派的开山祖。

　　[9]稼轩居士：辛弃疾。宋词豪放派主将。其词纵横挥洒，激昂慷慨。艳体小令，也别有气概。

　　[10]纳兰容若；清代著名词人。词宗李煜，工小令。情致自然，不事雕饰。按：纳兰是满洲正黄旗人，教谓之"胡儿"。

　　[11]艳想句：谓纳兰容若之词风"清丽婉约，哀感顽艳。格高韵远，独具特色"。

闻一多殉国一周年纪念

瞻韩[1]未遂平生愿，雪涕[2]难抒此日哀。

一代高名侪[3]孟博，九州凭怒怨康回[4]。

麟亡谁续春秋笔[5]？鹏赋宁悲屈贾[6]才！

应与李、陶[7]同不朽，悬门抉目[8]起风雷。

题解

　　英豪志士，辉映简册者，代不乏人。其人虽逝，而其懿范志业，犹激励后昆，齐心蹈励，精进不已。此诗系柳亚子为纪念闻一多烈士殉国一周年而作，斥独夫发其怒怨，为大众谱出心声，末句直承上联，悲慨中极豪宕之致。按：闻一多，著名诗人、学者。本名家骅，湖北浠水县人。曾留学美国，学美术、文学。先后在青岛大学、清华大学等校任教。

抗日战争期间，任昆明西南联合大学中文系教授。1943 年后，积极参加反对独裁、争取民主的斗争。抗战结束后，愤然反对国民党发动反人民的内战。1946 年 7 月 15 日，在昆明被国民党特务暗杀。所遗著述由叶圣陶、朱自清等编成《闻一多全集》八卷。

注释

［1］瞻韩：语本李白《与韩荆州书》："白闻天下谈士相聚而言曰：'生不用封万户侯，但愿一识韩荆州。'"诗人以韩荆州比诸闻一多，以喻自己未能与闻晤面为憾。

［2］雪涕：痛哭流涕。李商隐《重有感》："早晚星关雪涕收"。

［3］侪：并列。孟博：东汉名士范滂的字。《后汉书·范滂传》：滂以事为宦官所怨，诬言勾党。灵帝时大诛党人，诏捕滂。滂与母诀，母曰："汝今得与李（膺）杜（密）齐名，死亦何恨！既有令名，复求寿考，可兼得乎？"遂遇害。按：此以范滂与闻一多相比列，意谓闻氏亦足享一代高名。

［4］凭怒：语本屈原《天问》："康回凭怒，地何故以东南倾？"康回：即共工，古代神话人物。《淮南子·天文训》："昔者共工与颛顼争为帝，怒而触不周之山，天柱折，地维绝。天倾西北，故日月星辰移焉；地不满东南，故水潦尘埃归焉。"此句意谓闻一多之遇害使举国震惊，人神共愤。

［5］麟亡：泣麟：语出《史记·孔子世家》："及西狩见麟，曰：'吾道穷矣！'""悲凤"见于同篇："楚狂接舆歌而过孔子，曰：'凤兮凤兮，何德之衰？往者不可谏兮，来者犹可追也！已而已而，今之从政者殆而！'"孔子下"欲与之言。趋而去，弗得与之言。"按：孔子作《春秋》，止于"西狩获麟"。此以麟作喻，形容闻一多烈士。意谓闻氏逝矣，谁能继承他匡扶正义、针砭时政的事业呢？春秋笔：《史记·孔子世家》：孔子在位听讼，文辞有可与人共者，弗独有也。至于为《春秋》，笔则笔，削则削，子夏之徒不能赞一词。弟子受春秋，孔子曰："后世知丘者以《春秋》，而罪丘者亦以《春秋》。"

［6］鹏赋：语出《史记·屈原贾生列传》："贾生为长沙王太傅三年，有鸮飞入贾生舍，止于坐隅。楚人命鸮曰'鹏'。贾生既以谪居长沙，长沙卑湿，自以为寿不得长，伤悼之，乃为赋以自广。"又，贾谊《陈政事疏》："臣窃惟事势，可为痛哭者一，可为流涕者二，可为长太息者六。"屈贾：指屈原和贾谊，均古代著名文学家。按：《史记》有《屈原贾生列传》。后世常以"屈贾"比喻人的文学才华之高。按：此句意谓闻一多及其著作必将传诸久远，故对他的去世不必过分悲伤。

［7］李、陶：指李公朴、陶行知。二人均民主同盟领导人。因积极促进民主运动，遭蒋介石国民党反动派仇视。李被刺身死，陶亦几遭暗害。

［8］悬门抉目：《史记·吴太伯世家》：吴王夫差非

239

但不听子胥忠言，反信谗而赐之死，子胥将死，曰：“树吾墓上以梓，令可为器。抉吾眼置之吴东门，以观越之灭吴也。”此处借用此典，喻闻一多烈士虽遭残害，但其精神必将激励后死者继其遗志，高擎和平民主之旗帜奋勇前行。

无　题

十二月五日访伯赞于九龙，奉赠两律即次田寿昌《伯赞五十初度》韵（两首）

茧生才调太遮奢[1]，问是文家是质家？[2]

将种刘章锄吕草，[3]雄心祖逖[4]耻胡笳。

要翻历史千年案，先破农民十面枷。

太息竭来[5]孤愤语，风怀无复浪[6]看花。

翁媪痴聋[7]忆往日，佳儿佳妇在渝川[8]。

青霞意气寒奸胆，[9]公瑾醇醪火敌船。[10]

宾从当时都绝代，艰难末路忍言钱。

南明[11]烈士衣冠拜[12]，愿为先生执左鞭[13]。

题解

　　柳亚子此诗虽系寻常酬赠，但也不脱议政、论道之旨，其一片深厚敦笃之情，纯正精湛之思，充实灿烂于笔墨畦径之表，故感人也深，教人也远。按：翦伯赞，著名历史学家。湖南桃源人。维吾尔族。1926 年参加北伐军政治工作。1937 年参加中国共产党，在党领导下长期从事统战和理论宣传工作。中华人民共和国成立后任北大教授、副校长，第一届政协委员，第一、二、三届全国人大代表，中央民族事务委员会委员。著有《中国史纲》等。

注释

　　[1]遮奢：即"奢遮"，谓煊赫动人。《水浒·第十六回》："我不中用也是你一个亲兄弟！你便奢遮杀，到底是我亲哥哥！"

　　[2]问是句：《春秋·公羊传》何休注："质家亲亲先立娣，文家尊尊先立侄……其双生也，质家据见立先生，文家据本意立后生。皆所以防爱争。"按：所谓"质家"，指民间习惯；"文家"，指儒家制定的礼法。对双生子，儒家认为后出世的是兄，先出世的是弟。民间看法则相反。

　　[3]将种句：《史记·齐悼惠王世家》："高后令朱虚侯刘章为酒吏。章自请曰：'臣，将种也。请得以军法行

酒。'高后曰：'可。'……太后曰：'试为我言田。'章曰：'深耕概种，立苗欲疏。非其种者，锄而去之。'吕后默然。顷之，诸吕有一人醉，亡酒，章追，拔剑斩之而还报……太后左右皆大惊。业已许其军法，无以罪也。"按：后刘章助陈平、周勃诛诸吕，以功封城阳王。

[4] 祖逖：典出《晋阳秋》："（祖）逖与刘琨俱以雄豪著名，年二十四与琨同辟司州主簿，情好绸缪，共被而寝，中夜闻鸡鸣俱起，曰：'此非恶声也。'每语世事，则中宵起坐，相谓曰：'若四海鼎沸，豪杰共起，吾与足下相避中原耳。'"又，据《晋书·祖逖传》载："中夜闻荒鸡鸣，（逖）蹴琨觉曰：'此非恶声也。'因起舞。"按：古人将半夜啼叫之鸡称作荒鸡，乃不祥之物也，故将其啼叫之声视为"恶声"。后人借用此典以喻有志之士及时为国奋起。如辛弃疾《贺新郎·同父见和再用韵答之》："我最怜君中宵舞，道'男儿，到死心如铁。看试手，补天裂。'"陆游《夜归偶怀故人独孤景略》诗云："刘琨死后无奇士，独听荒鸡泪满衣。"

[5] 竭来：近来。

[6] 风怀：爱恋的情怀。浪：放纵。

[7] 翁媪痴聋：谓做家公、家婆的装糊涂，装聋子。这是与儿子、媳妇相处的一种办法。《宋书·庾炳之传》："何尚奏曰：'仲文尝言，不痴不聋，不成姑公。'"

[8] 渝川：谓重庆。

[9] 青霞句：语出《明史·沈炼传》：炼性刚直，嫉恶如仇，尝上疏劾严嵩十大罪状。帝怒，杖之数十，谪佃保安。

保安人重之。炼恨嵩父子专权祸国，缚草像李林甫、秦桧及嵩，使子弟攒射之以习武。嵩深恨，令人诬炼欲谋反，论弃市。按：沈炼号青霞山人。此借喻沈钧儒疾恶如仇。

[10] 公瑾句：《三国志·周瑜传》注引《江表传》："普颇以年长，数陵侮瑜。瑜折节容下，终不与校。普后自敬服而亲重之，乃告人曰：'与周公瑾交，若饮醇醪，不觉自醉。'" 又《三国志·周瑜传》：曹操攻吴，战于赤壁，周瑜用黄盖计，以火船冲击操军，遂大破之。此借喻周恩来同志的雄才大略。

[11] 南明：1644 年，清军入关，明福王朱由崧在南京称帝，由此以往至 1663 年，韩王本鋐（应作亶堸）败亡止。史称"南明"时期。

[12] 衣冠拜：谓顶礼膜拜。此句谓自己从事南明史料收集工作。

[13] 执左鞭：谓驾车，即为之效力。《史记·管晏列传》："假令晏子而在，余虽为之执鞭，所欣慕焉。"古人以左边为卑位，此示自谦也。按：作者有自注，云："余有志于南明史料之辑，甚愿伯赞加以赞助。"

即席呈衡老、夷老，两君皆南社旧人也

开山南社陈，高、柳[1]，异地能欣沈、马[2]逢。

草昧宋、黄怜早世[3]，末流张、戴附元凶[4]。

泣麟悲凤[5]嗟何及？剚[6]鳄屠鲸意未穷！

要为河山壮铙吹[7]，扶余[8]一集荡心胸。

题解

1948 年 1 月 17 日夜，亚子先生、何香凝先生与沈钧儒、马叙伦（即诗题所谓衡老、夷老）两老久别重逢，柳亚子感奋之余，于席上赋诗，一吐积愫。按：柳亚子之诗，多为与朋辈交游酬唱之什。此类诗作，最忌以诗为羔雁之具，泛意浮情。从此诗的内容看，作者叙交谊，怀俦类，诉离情，悲逝者，敷扬芳润，含吐宫商，无不真气流溢，掬自肺肝，绝无牵率酬应之病。

注释

[1]陈、高、柳：即陈巢南、高天梅、柳亚子之省称。作者自注："社友马小进旧时见赠句。"

[2]沈、马：指沈钧儒、马叙伦。

[3]草昧：谓民国初开创之时；宋、黄：指宋教仁、黄兴。怜：此有痛惜之意。早世：过早去世。

[4]张、戴；指张继、戴传贤。元凶：指蒋介石。

[5]泣麟悲凤：语出《史记·孔子世家》："及西狩见麟，曰：'吾道穷矣！'"悲凤见于同篇："楚狂接舆歌而过孔子，曰：'凤兮凤兮，何德之衰？往者不可谏兮，来者犹可追也，已而已而，今之从政者殆而！'孔子下欲与之言。趋而去，弗得与之言。"此指为国捐躯之南社故友。

[6]剗：截断。

[7]铙吹：军中乐声。此指胜利的凯歌。

[8]扶余：指柳亚子在香港所创办之"扶余"诗社。

一九四七年

题郑逸梅《尺牍丛话》

肯将笔札媚公卿[1]，激浊扬清有不平。

浊世文章多肮脏，教人羞说五侯鲭[2]。

题解

　　这首诗录自《尺牍丛话》七十六，系柳亚子为文史掌故大家郑逸梅所著《尺牍丛话》而题。郑先生未交代此诗创作的具体时间，唯有"自香港见寄"之语。考诸柳氏曾两度寓居香港，一为 1940 到 1942 年，一为 1947 年 10 月至 1949 年 2 月。又据《郑逸梅自订年表》载："（1946 年）《尺牍丛话》赓续刊载《自修》周刊，先后约十万言。"据此推知柳氏"自香港见寄"此诗的时间当在 1947 年。郑逸梅，著名文史掌故专家。早年曾参加南社纪念会。先后任《华光半月刊》《金刚钻报》、中孚书局编辑。1938 年，在上海国华中学任副校长。又先后在上海音乐专修馆、爱群女中、模范中学（晋元中学）、诚明文学院任教。课余笔耕不辍，以"报刊补白大王"闻名。中华人民共和国建国后，在晋元中学任教，任副校长。为上海文史馆馆员、中国作家协会会员。郑先生自 1913 年起就在报刊发表文字，至耄耋之年仍挥笔不辍，其笔下著述，多以清末民国文苑轶闻为内容，广摭博采，蔚为大观，成为了解近现代文艺界情形的宝贵资料。1992 年在上海逝世，享年 97 岁。平生著作甚丰，有近 50 种。近年辑为《郑逸梅选集》3 卷本。

注释

[1]公卿：此指高官。明方孝孺《君子斋记》："为君子矣，虽不为公卿，无害也；为公卿而不足为君子，其如公卿何。"

[2]五侯鲭：佳肴名，为西汉娄护所创。语出《西京杂记》卷二"五侯不相能。宾客不得来往。娄护丰辨传食五侯间，各得其欢心，竞致奇膳，护乃合以为鲭。世称五侯鲭，以为奇味焉。"五侯，汉成帝所封母舅王谭、王根、王立、王商、王逢五人为侯。鲭，鱼和肉的杂烩。"五侯鲭"因此成一典故，后世称美味佳肴为"五侯鲭"。

一九四九年

毛主席电召北行，二月二十八日启程有作

六十三龄万里程，前途真喜向光明。

乘风破浪平生意，席卷南溟下北溟。[1]

题解

柳亚子接到毛泽东拍来的邀请北上共商国是的电报后，十分兴奋，于启程离开九龙时乘兴赋诗。生平快意，溢于言表。

注释

[1]席卷句:《庄子·逍遥游》:"北冥有鱼,其名为鲲,鲲之大,不知其几千里也。化而为鸟,其名为鹏……是鸟也,海运则将徙于南冥——南冥者,天池也。"冥,通"溟"。按:诗人由南往北,故反用之。

无 题

云彬兄嘱和圣翁舟中纪事之作，步韵成此。崔颢吟成，李白搁笔，自惭其粗疏无当也

栖息[1]经年快壮游，敢言李郭[2]附同舟。

万夫联臂成新国，一士哦诗[3]见远谋。

渊默[4]能持君自圣，光明在望我奚[5]求。

卅年匡济[6]惭无补，镜里头颅黯带羞。

题解

  1949 年 2 月 28 日，柳亚子与马寅初、陈叔通、郑振铎、宋云彬等民主人士、文化新闻界人士共 27 人，乘着一艘挂着葡萄牙国旗的有客舱的货轮，自香港秘密回国。据叶圣陶先生日记载：……此行大可纪念，而开行连续五六日，亦云

长途……诸君谋每夕开晚会，亦庄亦谐，讨论与娱乐相兼，以此消旅途光阴。"为消磨海途中寂寞，叶圣陶先生出了一个谜语，谜面是："我们一批人乘此轮船赶路。"谜底是《庄子》篇名之一。结果被宋云彬猜中，是《知北游》："知"，知识分子之简称也。宋云彬提出既然已猜中，便请叶圣陶先生赋诗一首作为奖品，并请柳亚子先生和之。叶圣陶先生很快便做成如下一首七律，以呈同舟诸公，诗云：

> 南运经时又北游，最欣同气与同舟。
>
> 翻身民众开新史，立国规模俟共谋。
>
> 篑土为山宁肯后，涓泉归海复何求？
>
> 不贤识小原其分，言志奚须故自羞。

柳氏的这首诗便是在这种背景下步韵而作的。

注释

[1] 栖息：有止息、隐居、暂住之意。此指在香港为期近二年的生活。

[2] 李郭：似指李济深、郭沫若。

[3] 一士：指叶圣陶先生；哦诗：指"舟中纪事之作"。

[4] 渊默：深沉、静默。语本《庄子·在宥》："尸居而龙见，渊默而雷声。"

[5] 奚：文言疑问代词，相当于"胡""何"（为什么）。

[6] 匡济：匡时济世之省语。意谓奋力挽救艰危时势。

无　题

　　三月二十五日，毛主席自石家庄至北平，余从李锡老、沈衡老、陈叔老、黄任老、符宇老、俞寰老、马寅老之后，赴机场迎迓，旋检阅军队，阵容雄壮，有凛乎不可犯之概！是夜宴集颐和园益寿堂，归而赋此（三首选一）

　　　　二十三年三握手[1]，陵夷谷换到今兹[2]。

　　　　珠江粤海[3]惊初见，巴县渝州[4]别一时。

　　　　延水麾兵[5]吾有泪，燕都定鼎[6]汝休辞。

　　　　推翻历史三千载，自铸雄奇瑰丽词。

题解

　　1949 年 2 月，北平甫定，柳亚子即应毛主席电召，由香港北上共议国是。3 月 18 日抵达北平。3 月 25 日赴机场迎迓自石家庄莅平的毛泽东。感今抚昔，诗人欣慨不已，遂作此诗寄怀。

注释

[1] 三握手：即三次晤面。按：亚子与毛泽东同志在 23 年中三次会见。第一次是 1926 年春夏，亚子到广州参加国民党第二届二中全会期间，彼此铭感甚深。第二次是 1945 年，毛泽东同志亲赴重庆与国民党谈判期间；此为第三次。

[2] 陵夷谷换：山陵成为平地，峡谷改变位置。比喻世事巨变。今兹：现在。

[3] 珠江粤海：指 1926 于广州初次晤面。毛泽东和柳亚子诗有"饮茶粤海未能忘"之句。

[4] 巴县渝州：指重庆。

[5] 鏖兵：激烈交战。

[6] 燕都定鼎：谓建都。定鼎：语出《左传》："（周）成王定鼎于夹郏。卜世三十，卜年七百，天所命也。"

感事呈毛主席一首三月二十八日夜作

开天辟地[1]君真健，说项[2]依刘我大难。

夺席谈经非五鹿[3]，无车[4]弹铗怨冯驩。

头颅早悔平生贱，肝胆宁忘一寸丹！

安得南征驰捷报，分湖便是子陵滩[5]。

分湖为吴越间巨浸，元季杨铁崖曾游其地，因以得名。余家世居分湖之北，名大胜村。宅第为倭寇所毁。先德旧畤，思之凄绝。（作者自注）

解说

1949 年 3 月 18 日，柳亚子甫抵北平，便亟欲以国民党元老身份赴西山恭谒孙中山衣冠冢，却因有关部门无法配备小车而告流产。3 月 20 日，在由李维汉、周扬召集的全国文联筹委会议上，柳氏居然"未列名常委"；3 月 24 日，他应邀出席中国妇女第一次代表大会，也大为不快。对于郭沫若的"尾巴主义"，柳氏亦不赞成，明确表示只做中共的严师益友，而不做他们的尾巴——凡诸种种，令柳氏中夜难寐，万感撄心，遂濡笔写下了这首著名"柳牌牢骚"的诗。柳氏的这首诗当时只呈示毛主席，并未即时发表，直到 1957 年毛主席的诗词公开发表后才渐渐为人所知。

注释

[1] 开天辟地：语出《艺文类聚》卷一引三国时期徐整《三五历纪》，内云：远古之时，天地混沌如鸡子，盘古居于其中，一日九变，天日高一丈，地日厚一丈，盘古日长一丈。如此一万八千岁，天地开辟，盘古氏身体各个部分遂化作日月、星辰、风云、山川、草木、金石。柳亚子以此四字盛赞毛泽东扭转乾坤、重整日月的历史功绩。健者：语出《汉书·袁绍传》："绍勃然曰：'天下健者，岂惟董公？'"

[2] 说项：谓为人游扬称美。语出唐杨敬之赠项斯诗："平生不解藏人善，到处逢人说项斯。"依刘：谓寄人篱下。语出《三国志·王粲传》："年十七，司徒辟，诏除黄门侍郎，以西京扰乱，皆不就，乃之荆州依刘表。表以粲貌寝而体弱通侻，不甚重也。"

〔3〕夺席:《后汉书·戴凭传》:"正旦朝贺,百僚毕会,帝令群臣能说经者更相难诘,义有不通,辄夺其席以益通者,凭遂重坐五十余席,故经师为之语曰:解经不穷戴侍中。"五鹿:指五鹿充宗。汉时人,善为《梁丘易》,乘贵辩口,诸儒莫能抗其辩。按:此句意谓若论夺席谈经,我不像依仗权势徒有虚名的五鹿。

〔4〕无车:《战国策·齐策》:"齐人有冯谖者,贫乏不能自存,使人属孟尝君,愿寄食门下……居有顷,倚柱弹其剑,歌曰:'长铗归来乎,食无鱼!……复弹其铗,歌曰:'长铗归来乎,出无车!'"后人多用此典表达才华卓荦之士暂处困境有求于人,柳亚子亦取义于此。

〔5〕分湖:俗称汾湖,在江苏省吴江市东南60里芦墟镇西。此指诗人故乡。子陵滩:指归隐之所。据史籍载:东汉初,严光(字子陵),东汉余姚人。少与光武同游学,及光武即位,光不受征诏,归隐富春江,耕钓以终。后人名其钓处为"子陵滩"。

无　题

四月二十九日上午，偕鲍德作园游，归得毛主席惠诗，即次其韵

　　东道[1]恩深敢淡忘，中原[2]龙战血玄黄。

　　名园[3]容我添诗料，野史凭人入短章[4]。

　　汉龁唐猫[5]原有恨，唐尧汉武讵[6]能量。

　　昆明湖[7]水清如许，未必严光忆富江[8]。

毛泽东和诗：

　　饮茶粤海未能忘，索句渝州叶正黄。

　　三十一年还旧国，落花时节读华章。

　　牢骚太盛防肠断，风物长宜放眼量。

　　莫道昆明池水浅，观鱼胜过富春江。

题解

此为柳亚子接到毛主席惠诗（即《七律和柳亚子先生》）后即兴次韵之和作。其时，于颐和园益寿堂暂住的诗人，正"偕鲍德作园游"，故诗中所咏皆关涉"名园"。尾联援引"子陵"旧典，喻示已打消此前的乡隐之意。

注释

［1］东道：即东道主。语出《左传·僖十三年》："若舍郑以为东道主，行李之往来，共其乏困，君亦无所害。"后来泛指主人。

［2］中原：语出《易·坤》："龙战于野，其血玄黄。"

［3］名园：指颐和园。

［4］野史：正史之外，民间自著的史书。短章：指诗。

［5］汉彘：《史记·吕太后本纪》："吕太后断戚夫人手足，去眼，辉耳，饮喑药，使居厕中，命曰人彘。"彘，猪。唐猫：《唐书·高宗废后王氏传》："废后及萧良娣皆为庶人，囚之别院，武昭仪（即武则天）令人皆缢杀之……庶人良娣初囚，大骂曰；'愿阿武为老鼠，吾作猫儿，生生扼其喉。'武后怒，自是宫中不畜猫。"按：此句作者自注云："谓那拉氏杀珍妃公案，汉彘用吕雉置戚夫人厕中号曰'人彘'故实，唐猫则武曌以生命属鼠，梦宫中养猫，虑王皇后、

萧淑妃复仇事也。"

[6]唐尧：即帝尧陶唐氏，上古传说的原始部落联盟首领。汉武：汉武帝刘彻。讵：岂，哪里。按：此句作者自注云："弘历铜牛铭有'人称汉武，我慕唐尧'句，余于十五年前曾撰诗，斥其无赖。"二句即所谓"野史入短章"也。

[7]昆明湖：在颐和园内。

[8]严光忆富江：严光，字子陵，东汉余姚人。少与光武同游学，及光武即位，光不受征诏，归隐富春江，耕钓以终。后人名其钓处曰"严陵濑"。又《后汉书·逸民传·严光》："司徒侯霸与光素旧，遣使奉书。使人因谓光曰：'公闻先生至，区区欲即诣造，迫于典司，是以不获。愿因日暮，自屈语言。'光不答，乃投札与之，口授曰：'君房足下，位至鼎足，甚善。怀仁辅义天下悦，阿谀须旨要领绝。'霸得书，封奏之。帝笑曰：'狂奴故态也。'"富江，即富春江。在浙江省境内，实为浙江的一段。

迭韵寄呈毛主席一首

昌言[1]吾拜心肝赤，养士[2]君倾醴酒黄。

陈亮陆游[3]饶感慨，杜陵[4]李白富篇章。

《离骚》屈子幽兰怨[5]，风度元戎海水量[6]。

倘遣名园[7]长属我，躬耕原不恋吴江[8]。

题解

　　柳亚子得毛泽东同志所赠《七律·和柳亚子先生》诗后，当即依韵和之。然意犹未尽，情难自抑，遂再步其韵作此。谦撝之辞，出诸自然；景仰之忱，发乎五内，亦诗人至性之作矣。

注释

[1] 昌言：正当的言论。

[2] 养士：原指春秋战国时期各国诸侯和世臣招揽人才的一种制度。统治者通过养士的方式可以大量集中人才，抬高自己的政治声望，以号召天下。同时又能壮大自己的政治力量，以称霸诸侯。此处借指推重人才。

[3] 陈亮、陆游：均为南宋著名爱国诗人，诗风豪迈，语多慷慨。按：毛泽东于此前致函柳亚子，中有"尊诗慨当以慷，卑视陈亮陆游，读之使人感发兴起"之语。

[4] 杜陵：谓杜甫。以其自称"杜陵布衣"故。

[5]《离骚》屈子：借指诗人自己。屈子，指屈原；《离骚》屈原的名作。"幽兰怨"：似本《离骚》："户服艾以盈要兮，谓幽兰其不可佩。"此句意谓此前的"牢骚"并非出于一己之私欲。

[6] 元戎：主将、最高统帅。此指毛主席。海水量：谓度量像海一样大。

[7] 名园：指颐和园。

[8] 躬耕：从事农作。借称隐居生活。吴江：指江苏省吴江市，即诗人的家乡。

无　题

六月十八日为秋白先烈忌辰，之华同志索诗于余，为赋二首（选一）

识荆说项[1]成疑案，有女杨家[2]鬓已黄。

故国遗书[3]传弱息，沪滨赁庑贮瑶章。[4]

千秋史册留评判，盖代才华孰较量？

最是惺惺相惜[5]感，高吟奇泪满河江。

题解

1949年6月18日，为瞿秋白烈士就义14周年忌日，适逢瞿秋白夫人杨之华索诗，诗人感怀往事，情难自抑，遂成此篇。

注释

[1] 识荆：语本李白《与韩荆州书》："白闻天下谈士相聚而言曰：'生不用封万户侯，但愿一识韩荆州。'"说项：谓为人扬善称美。语出唐杨敬之赠项斯诗："平生不解藏人善，到处逢人说项斯。"

[2] 有女杨家：谓杨之华。

[3] 故国遗书：按：瞿秋白在汀州狱中，曾致函郭沫若，并托当时国民党军医王廷俊设法传递。王氏先将此信邮寄给当时在美国求学的柳无垢（柳亚子次女），再交给当时在美的陈其瑗，然后又设法转交到在上海的柳亚子，最终将这封于海内外几经辗转的信交与郭沫若。虑以文献可珍，兹抄录如下：

沫若：多年没有通音问了。三四年来只在报纸杂志上，偶然得知你的消息，记得前年上海的日本新闻纸上曾经说起西园寺公去看你，还登载了你和你孩子的照相。新闻记者的好奇是往往有点出奇的，其实还不是为着"哄动观众"。可怜的我们，有点象马戏院里野兽。最近，你也一定会在报纸上读到关于我的新闻，甚至我的小影，想来彼此有点同感吧？

我现在已经是国民党的俘虏了，这在国内阶级战争中当然是意料之中可能的事。从此，我的武装完全被解除，我自身被拉出了队伍，我停止了一切种种斗争，在这等着"生命的结束"。可是这些都没有什么。使我惭愧的倒是另外一种情形，就是远在被俘以前——离现在足足有四年半了——当我退出中央政治局之后，虽然是因为"积劳成疾"，病得动不得，然而我自己的心境就有了很大的变动。我在那时就感觉到精力衰退甚至于澌灭，对于政治斗争已经没有丝毫尽力。偶然写些关于文艺问题的小文章，也是半路出家的外行话。我早就猜到了我自己毕竟不是一个"战士"，无论在那一战线上。

这期间我看见了你的甲骨文字研究的一些著作，"创作十年"的上半部。我想下半部一定更加有趣：创造社在五四运动之后，代表着黎明期的浪漫主义运动，虽然对于"健全"的现实主义的生长给了一些阻碍，然而它确实杀开了一条血路，开辟了新文学的途径。而后来就象触了电流似的分解了，时代的电流使创造社起了化学的定性分析，它因此解体、风化。这段历史写来一定是极有意思的。时代的电流是最强烈的力量，象我这样脆弱的人物也终于禁不起了。历史上的功罪，日后自有定论，我也不愿多说，不过我想我自己既有自知之明，不妨尽量的披露出来，使得历史档案的书架上材料更丰富些，也可以免得许多猜测和推想的考证功夫。

只有读着你和许多朋友翻译欧美文学名著，心上觉着有说不出的遗憾。我自己知道虽然一知半解样样都懂得一点，其实样样都是外行，只有俄国文还有相当把握，而我到如今没有译过一部好的文学书（社会科学的论著现在已经不用我操心了）。这个心愿恐怕没有可能实现的了。

还记得在武汉我们两个一夜喝三瓶白兰地吗？当年的豪

兴，现在想来不免哑然失笑，留做温暖的回忆罢。愿你勇猛精进！

瞿秋白

一九三五，五，廿八，汀州狱中。

[4]沪滨句：谓瞿秋白自1931年至1932年期间，因肺病严重，在上海南市紫霞路赁屋秘密居住养病。在此期间，创作并翻译了大量富有思想性战斗性与艺术性的优秀作品。赁庑：租房而居。瑶章，美好的文章。

[5]惺惺相惜：惺惺，指才情卓异者。元曲《曲江池》："可不道惺惺的自古惜惺惺。"此指瞿秋白与鲁迅的深厚情谊。

浣溪沙·迭韵呈毛主席

落魄[1]书生戴二天，每吟佳句舞翩跹，愿花长好月长圆。[2]

平等自由成合作，匈奴南詔更于阗[3]，骅骝开道着鞭[4]前。

题解

中华人民共和国成立后，柳亚子当选为中央人民政府委员。1950年10月3日，中共中央在中南海怀仁堂举行盛大歌舞晚会，热烈庆祝建国一周年，毛泽东等中央领导出席晚会，并邀请民主人士柳亚子等一同观看。毛泽东看罢演出，心情格外激动，便对坐在前排的柳亚子说："这样的盛况，亚子先生为什么不填词以志盛呢？怎么样，你来填我来和"。

柳亚子听罢,顿时诗情大发,遂即席填《浣溪沙》词一阕,用以纪念建国一周年和全国各族人民团结之盛况,词云:"火树银花不夜天,弟兄姊妹舞蹁跹。歌儿唱彻月儿圆。不是一人能领导,哪容百族共骈阗? 良宵盛会喜空前。"毛泽东看罢,连声夸赞,并乘兴步柳亚子原韵奉和一阕,其题记云:"1950年国庆观剧,柳亚子先生即席赋浣溪沙,因步其韵奉和: 长夜难明赤县天,百年魔怪舞翩跹。人民五亿不团圆。一唱雄鸡天下白,万方乐奏有于阗。诗人兴会更无前。"毛泽东的和词,不由地激起柳亚子对自己大半个世纪风雨历程的回顾,感慨遂深,故又步前韵填成此阕奉和之。

注释

[1] 落魄,指潦倒失意。语本《史记·郦生陆贾列传》:"家贫落魄,无以为衣食业。"

戴二天:典出南朝·宋·范晔《后汉书·苏章传》: 汉代的苏章,官职做到冀州刺史。苏章有一次出外视察,到了清河郡,侦知他的老友——清河郡太守贪赃枉法,赃证俱在。为减轻罪责,郡守于是大排筵席,盛情款待苏章。在席间,郡守满脸堆笑,不无得意地向苏章恭维道:"人人都只有一个天,我却有两个天。"意谓自己虽犯了重罪,却有老友的宽恕、包庇。谁知苏章公私分明地回答他道:"今天喝酒,是为着私人的友谊;明天办案,是遵照国家的法令。"结果把这个贪官就地正法。后以"感戴二天"这一典故形容那些把人从艰危之中挽救出来的人。柳亚子在此念及毛泽东多年来对自己的关怀照顾，故借此典表达感激之情。

［2］愿花长好月长圆：语本宋·晁端礼《行香子》词："莫思身外，且斗樽前，原花长好，人长健，月长圆。"比喻美好圆满。

［3］匈奴：祖居在欧亚大陆的西伯利亚的寒温带森林和草原的交界地带，秦末汉初成为称雄中原以北的强大游牧民族。据《史记·匈奴列传》中记载，匈奴，其先祖夏后氏之苗裔也，曰淳维。唐虞以上有山戎、猃狁、荤粥，居于北蛮，随畜牧而转移。于阗国（前232—1006年）是古代西域王国，中国唐代安西都护府安西四镇之一。于阗地处塔里木盆地南沿，东通且末、鄯善，西通莎车、疏勒，盛时领地包括今和田、皮山、墨玉、洛浦、策勒、于田、民丰等县市，都西城（今和田约特干遗址）。按：此句紧承上句而来，以"匈奴、南韶、于阗"代指各少数民族，意谓全国各族人民皆能和睦相处。

［4］著鞭：也作"著我先鞭"或"著先鞭"。典出《晋书·刘琨传》：琨少负志气，有纵横之才，善交胜己，而颇浮夸。与范阳祖逖为友，闻逖被用，与亲故书曰："吾枕戈待旦，志枭逆虏，常恐祖生先吾著鞭。"后以此表示争相报效祖国、唯恐落后的意思。骅骝：指赤红色的骏马，周穆王的"八骏"之一。常指代骏马。

一九五一年

无　题

张若谷嘱题马相伯先生《学习生活》，七、八叠求秋韵，

一月三十日作

百年人物费搜求，终让先生出一头。

早慕维新号变法，[1] 晚参抗战冕清流[2]。

文章惜未窥全豹，意气犹能撼万牛[3]。

留得笼鹅[4] 椽笔在，虚堂坐对换春秋[5]。

题解

此诗作于 1951 年。系应老友张若谷之请，为著名爱国

老人马相伯的《学习生活》题诗。按：马相伯，1840 年出生，

1939年去世，原名建常，后改名良，字相伯，江苏丹阳人，近代中国天主教耶稣会神父，政治活动家、教育家，为震旦学院、复旦公学（复旦大学前身）的创办人，也是辅仁大学的创办人之一。

注释

[1]"早慕"句：清光绪二年（1876年），马相伯因自筹白银2000两救济灾民，反遭教会幽禁"省过"，遂愤而脱离耶稣会还俗(但仍信仰天主教)，从事外交和洋务活动，曾先后去日本、朝鲜、美国、法国和意大利等国。日本维新、高丽(朝鲜)守旧的对照使他深受启迪，认识到国家富强之术，在于提倡科学，兴办实业。因此屡屡上书朝廷献策，却都似泥牛入海。1899年辞官回沪，住佘山，潜心于天文度数的研究和译著，助其弟马建忠著《马氏文通》，只署文名。他深感"自强之道，以作育人材为本；救才之道，尤宜以设立学堂为先"，决定毁家兴学。1900年，他将自己的全部家产——松江、青浦等地的三千亩田产，捐献给天主教江南司教收管，作为创办"中西大学堂"的基金，并立下捐献家产兴学字据。

[2]冕清流：冕，古代大夫以上官员所戴的礼帽，后专指帝王的冠冕，此处用作动词，有"高出"之意；清流，指德行高洁负有名望的士人。按："九一八"事变时，马相伯已届91高龄。他深感国难深重，为救亡呼号奔走，发表

《为日祸告国人书》，主张"立息内争，共御外侮"。他亲自挥毫作榜书、对联义卖，共得10万元，全部支援抗日义勇军。他先后发起组织江苏国难会、不忍人会、中国国难救济会和全国各界救国会等爱国救亡团体，被公认为救国领袖、爱国老人。在他家里召开救国会第二次执委会时，他特地写了"耻莫大于亡国，战虽死亦犹生"联语，与与会者共勉。自1932年11月起，他连续四个月发表了12次国难广播演说。1937年11月上海沦陷，日本侵略军逼近南京，冯玉祥、李宗仁劝马相伯移居桂林风洞山。次年，应于右任请，入滇、蜀，道经越南谅山，因病留居。1939年是他百岁诞辰，4月6日全国各地和有关团体都举行遥祝百龄典礼。国民政府对他颁发褒奖令，中共中央特致贺电，称他为"国家之光，人类之瑞"。他给上海复旦同学会的亲笔信有"国无宁日，民不聊生，老朽何为，流离异域。正愧无德无功，每嫌多寿多辱"之语。他以前方将士浴血抗战劳苦为念，把各方赠予的寿仪移作犒慰伤兵之用。还被任命为国民党政府委员。马相伯病重时，忧国忧时之情更深。

[3]"撼万牛"：指马相伯矢志办学事。按：1902年初冬，南洋公学（交通大学前身）发生学生集体退学事件。蔡元培曾介绍部分学生向马相伯求学。马相伯遂于次年（1903年）租用徐家汇老天文台余屋，以"中西大学堂"的理念，创办震旦大学院（"震旦"为梵文，"中国"之谓，含"东方日出，前途无量"之意），为中国近代第一所私立大学。梁启超曾著文祝贺："今乃始见我祖国得一完备有条理之私立学

校，吾欲狂喜。"1905 年春，耶稣会欲变震旦为教会学校，改变办学方针，另立规章。马相伯在张謇、严复和袁希涛等名流的支持下，在江湾另行筹建复旦公学（今复旦大学），马相伯任校长兼法文教授，聘李登辉任教务长。"复旦"二字出自《尚书大传·虞夏传》中的名句"日月光华，旦复旦兮"，意在自强不息；又，"复旦"还有不忘震旦之旧、复兴中华之意。

[4] 笼鹅：典出《晋书·王羲之传》："山阴有一道士，养好鹅，羲之往观焉，意甚悦，固求市之。道士云：'为写《道德经》，当举群相赠耳。'羲之欣然写毕，笼鹅而归，甚以为乐。"后以"笼鹅"指王羲之以字换鹅事。

[5] 虚堂：高堂。换春秋：此承上句而来。意谓王羲之椽笔在手可以字换鹅，而马相伯先生的一支椽笔则可尽收近百年来的风雨沧桑。

附录：柳亚子主要文学活动暨大事系年

1890 年 4 岁，母亲费太夫人始于膝前口授《唐诗三百首》。

1891 年 5 岁，始入家塾，启蒙老师为吴江秀才陈景初。

1894 年 8 岁，就读于陆阮青老师，始读《杜甫全集》。

1895 年 9 岁，继续读杜诗，并学习作对子与写诗，"终于向
写诗的道路上又迈进一步了。"

1898 年 12 岁，读《杜甫全集》竟。积有三四本薄薄的五七
言窗课，为撰写旧诗之始。读吕东策《左传博议》、朱熹《通鉴
纲目》与《御批通鉴辑览》等书。初撰数千言之长篇史论。
戊戌维新。老师铁斋府持维新立场，颇受其影响。

1899 年 13 岁，读《五经》，仍作史论、史策论之类文章。

师从凌应霖先生，读梅曾亮《古文辞略》及时文《名家制艺》，始学八股文，又习算术。开始涉猎唐代传奇、汉魏六朝小品文字、志异、随笔等及长篇话本。

始作香奁体无题诗，诸如"义山锦瑟，韩偓香奁"。

1900年14岁，开始在上海小报上发表旧体诗。

1901年15岁，仿《紫阳纲目》例，辑史事为《河东纲目》一编。
私撰上虏帝载湉万言书。
撰中秋记事香艳诗数十首。

1902年16岁，应童子试，知县宗能述主考，得第二名，补学官弟子。又赴苏州应府考与道考，"结果进了背榜末一名的秀才。"
始识同邑金鹤重、陈巢南两先生，以《新发丛报》为枕中鸿宝。
爱读《清议报》，崇拜梁启超，自命维新党。
读卢梭《民约论》，倡天赋人权之说，雅慕其人，更名曰人权，字亚卢，谓亚洲之卢梭也。
谋组少年中国学会，未成。参加中国教育会同里支部。
读梁氏所著《饮冰室自由书》《诗界潮音集》等，热心诗学革命，将前作艳体诗付之一炬。又读龚自珍诗文集，以龚、梁为"两尊偶像"。
作《郑成功传》，署名亚卢。进黎里镇养正学堂，欲习英文，奈因口吃而废学。

1903 年 17 岁，偕姑丈蔡冶民等创中国教育会黎里支部，旋赴上海，入爱国学社。识章太炎、邹威丹、黄中央、蔡孑民、吴稚晖诸先生，始确定革命宗旨。

与蔡冶民、陶亚魂筹款，助印邹容之《革命军》。又续章太炎《驳革命驳议》，于《苏报》发表，此为与言论界第一次因缘。

撰《中国灭亡小史》一卷，又著《陆沉记》（章回体白话历史小说，稿本已佚）。

作长篇五言古诗《放歌》一首。开始涉猎南明史乘，并撰《夏内史（完淳）传略》一篇。

1904 年 18 岁，发表《中国革命家第一人陈涉传》及《磨剑室读书记》于《江苏》杂志。又发表提倡女权的《松陵新女儿传奇》于《女子世界》。

为陈巢南、汪笑侬等在上海创办的《二十世纪大舞台》杂志撰发刊词，提倡戏剧改良，鼓励人民革命。

为陈巢南著《清秘史》作序，慷慨激昂。加入邓实、黄节在上海组织之国学保存会与国粹学社。遍读夏完淳、顾亭林、张苍水诸家诗集。更搜求南明故事，增强反清情绪。

撰《题〈张苍水集〉》七绝四首，《题〈夏内史集〉》七绝六首。

1905 年 19 岁，于同里自治学社就读。

邹容病逝狱中，诗以哭之。

创自治学会，办《自治报》，后改为《复报》。任主编，撰文甚多。

读梁启超著《曼殊说部》，题七绝诗十首。

1906年20岁，春，赴沪入钟衡臧所办理化速成科，习实用化学，思制爆裂弹，以实行暗杀，学未成而中辍。

与陈陶遗、高天梅等相唱和。又识马君武、孙竹丹、苏曼殊、刘申叔、傅钝根、宁太一、诸贞壮、黄晦闻、邓秋枚诸人。

加入中国同盟会，夏以蔡元培之介，加入光复会。

10月，归黎里，与郑佩宜女士举行"文明结婚"。

改字"亚子"，盖乃名于唐庄宗李存勖小字亚子者。"亦自恨文弱，思以代此健儿奋励意也。"

1907年21岁，秋瑾就义于绍兴轩亭口下，为其撰《吊鉴湖秋女士》七律四首。

读明、清间吴江诸前辈诗文集，为搜罗乡邦文献之始。

岁晚，赴沪，偕刘申叔、何志剑夫归，暨杨笃生、邓秋枚、陈巢南、高天梅、沈道非、张聘斋、朱少屏有结社之约，是为发起南社之始。

1908年22岁，因陈陶遗被捕，作《夜梦陶公醒而赋此》七律一首。

作《三别好》诗，题夏存古、顾亭林、龚定庵三家集。始识叶楚伧。

1909年23岁家居读书，赋惆怅词60首。

南社在苏州虎丘张公国维祠宇成立，到会者17人，来宾2人，共19人；会长陈巢南，柳亚子为发起人。会后，柳亚子以诗纪之，以为"三百年无此盛会"。

1910年24岁，仍家居读书。4月10日，赴南社第二次雅集于杭州西湖之唐庄。始识雷铁崖、章木良、李怀德、马夷初等。

8月16日，赴南社第三次雅集于上海之味莼园。始识范鸿仙、林白水、王无生。

是年，《南社丛刻》共出版三集，有柳亚子《磨剑室文初集》一二卷。第三集由柳亚子、俞剑华代编。

1909年25岁赴上海，出席南社第四次雅集于沪西愚园之杏花村。始识周仲穆、胡朴安。

是春，黄冈起义失败，赵伯先以忧愤殁，赋七律二首以哭之。由柳亚子、俞剑华代编的《南社丛刻》第四集出版。

撰《胡寄尘诗序》，痛詈"同光体"诸老。

9月17日，参加在上海愚园举行的第五次雅集。会中推柳亚子为书记兼会计。会后，与朱少屏同办《铁笔报》。又偕朱少屏、胡寄尘创办《警报》，鼓吹革命军战迹，导扬民气，以此作为对武昌革命之响应。

11月17日，周实丹在淮安举义，为山阳县令姚荣泽所陷，与阮梦桃俱被害。作《哭周实丹烈士》七律一首。

1912年26岁，孙中山在南京就任临时大总统。以雷铁崖之介，就职为秘书，主持骈体文文件。

以邹亚云、陈布雷之介，入《天铎报》为主笔，间日撰社论一篇，署名"青儿"，时南北议和始起，著论反对甚力，忌者侧目。又与《民主报》之邵力子、《大共和报》之汪东作笔战，痛詈袁世凯。

2月11日，发起周、阮二烈士追悼大会，在上海西门外江苏教育总会举行，撰文主祭。

任《天铎》《民声》《太平洋》之报主笔。此间，撰文为伶人冯春航捧场，并与苏曼殊、叶楚伧"大吃花酒"，盖因袁世凯僭权，国事日非，"颇有英雄末路的感慨"。

3月13日，赴上海愚园出席南社第六次雅集。6月，代编《南社丛刻》第五集，于沪出版。10月，《南社丛刻》第六集出版。本月，扶病参加南社第七次雅集，在会上提议修改南社条例，改编辑员三人为一人制，因高天梅反对，未能成议。被选为诗选编辑员。10月29日，登报（《民立报》）宣布退出南社。

12月，《南社丛刻》第七集出版，仍由柳亚子编校，此后不复问南社社事者凡二年。

作《岁暮杂感》四首，抒发悲愤抑郁之感。

1913年27岁，惊悉宋教仁在车站被袁世凯所派爪牙暗杀，撰《哭宋遁初烈士》，有"斯人如此死，吾党复何言"之慨。

6月去苏州，访陆子美，索画《分湖旧隐图》，"思托画图，以舒蕴结"。是夏，讨袁军起，旋败绩，杜门不出，书空咄咄而已。

赋三哀诗，分别悼念为同年壮烈牺牲的南社社友宁太一、陈勒生、杨性恂。

1914 年 28 岁，南社举行第十次雅集于上海，会中通过柳亚子复社条件，遂重行加入南社。鉴于《南社丛刻》脱期多时，遂"用开快车的办法来加紧工作"，在年内共出版四册（第九至十二集）。

南社第十一次雅集于双十节在上海愚园举行，柳亚子以 56 票（总票 87 张）当选主任。

作《论诗六绝句》，撰《陈蜕庵先生传》。又编《春航集》《子美集》，于是岁先后出版。

1915 年 29 岁，编《南社丛刻》第十三集和第十四集。

6 月，返黎里，闻姚勇忱、仇冥鸿为袁氏杀害，诗以悼之。又为王大觉撰《青箱集序》，为周芷畦撰《柳溪竹枝词序》。

南社第十三次雅集在上海愚园举行，柳亚子以 152 票（共 161 票）继续当选主任。

12 月 25 日，袁世凯称帝，筹备大典，唐继尧、蔡锷、李烈钧在云南独立，兴师抗袁，作《孤愤》一首。

1916 年 30 岁，编印《南社丛刻》共五册（第十五至十八集）。

袁世凯遣人刺杀陈英士，赋诗志痛。6 月，赴上海愚园参加南社第十四次雅集。本月 6 日，袁世凯死，撰龚铁铮、顾锡九、华子翔、杨伯谦挽诗。另撰《咏史四首》，忧愤之情，溢于言表，尤不满黎元洪继袁世凯为总统。

参加南社在愚园举行的第十五次雅集。是年底，作《与徐梦鸥书》，自称"主张倒孔之一人"。又云："《新青年》杂志中，陈独秀君巨著，宜写万本读万遍也。"

1917 年 31 岁，为友人作《销寒社录序》。4 月，参加南社在上海徐园举行的第十六次雅集。7 月，张勋复辟，作诗纪愤。又赋《感事》《后感事》诗共八首，伤时念乱，慨当以慷。

6 至 9 月，对南社内推崇"同光体"者进行论战。以南社主任名义，将朱鸳雏、成舍我驱逐出社。此举虽得大多数社友支持，但柳亚子态度消极，不愿再参加社务，南社亦渐渐衰落。

辑《孙竹丹烈士遗集》及《陈勒生烈士遗集》竟，各系以序跋，排印行世。

1918 年 32 岁，苏曼殊病逝上海广慈医院，未赴丧，作七绝四首哭之。其后，王玄穆编苏曼殊《燕子龛遗诗》，为作序，并资助付印。

10 月，辞南社主任职，荐姚石子继任。社务自此不振。

1919 年 33 岁，家居不出，全力搜购吴江文献。

1920 年 34 岁，继续搜胪吴江书籍，又出资重印文献多种。

成《吴根越角杂诗》120 首，复撰《游分湖记》。是年冬，赴周庄游宴于迷楼酒家，赋诗甚丰。

1921 年 35 岁，辑《迷楼集》成，率初为捐资付排，上海中华书局出版。5 月 5 日孙中山就任非常大总统于粤都，作诗志喜。10 月，重印陈巢南《笠泽词征》成，撰叙纪。

1922年36岁，《迷楼续集》成。编《乐国吟》成，交无锡锡成书局印行。撰《乐国吟后序》，自题"李宁私淑弟子"，并以此刻印一方。

1923年37岁，与毛啸岑等创办《新黎里》半月刊，提倡新文化，任总编辑。

5月，与叶楚伧、胡朴安等八人，发起成立新南社。10月，撰《新南社成立布告》，云："新南社的精神，是鼓吹三民主义，提倡民众文学，而归结到社会主义的实行。"

12月，与陈巢南等创岁寒社，为文酒之会。又为胡朴安辑《南社丛选》撰序。是岁，陈巢南50大寿，为撰寿文，并序其《浩歌堂诗钞》。

1924年38岁，岁初，以同盟会会员资格加入国民党。2月，刻高祖古槎府君所辑《分湖诗苑》成。

5月5日，参加新南社举行的第二次聚餐会。10月10日，出席新南社第三次聚餐会。作《空言》诗，自谓"代表作"。

1925年39岁，5月归黎里，召集孙中山追悼大会，撰挽联云："薄华盛顿而不为，何况明祖；于马克思为后进，庶几列宁。"

6月，与子无忌开始苏曼殊研究，从事《曼殊全集》之编撰工作。

8月23日，国民党江苏省党部成立于上海，当选为执行委员会常务委员，兼宣传部长。

是年，辑《分湖柳氏第三次纂修家谱》出版。

1926 年 40 岁，国国民党第二次全国代表大会于广州开幕（1月1日至19日），被选为中央监察委员，负责江苏党务。4月，任上海《国民月报》总编辑。5月，初瞻毛泽东，"饮茶粤海"。又识郭沫若，时在广东大学任教。

访恽代英，提出谋刺蒋介石之意见，未被采纳。9月，访陈独秀，谈苏曼殊生前事迹。是年，编纂《曼殊全集》。

1927 年 41 岁，汉中央政治会议选任江苏省政府委员兼教育厅长等职，均弗就。4月，偕佩宜夫人暨朱少屏同游西湖，吊曼殊墓。

蒋介石发动"四一二"反革命政变，5月8日夜半，遭蒋军搜捕，幸匿于楼上复壁而获免，当时口占28字，瞑目待尽。

脱险后，假名唐隐芝携全家亡命东渡。住京都，旋迁往江户，随其居曰"乐天庐"，与画师桥本关雪等过从。成《乘桴集》一卷。

1928 年 42 岁，月回国，始定居上海。夏，游南都，出席国民党中央会议，谒孙中山陵寝，感赋二绝。旋返沪请诸宗元、陈树人绘《秣陵悲秋图》，为亡友张秋石作，自为小叙，仿六朝骈俪体。

9月，始识鲁迅。

12月，《曼殊全集》出版，上海北新书局印行。

1929 年 43 岁，江苏通志编纂委员会委员。7月为陈巢南撰《江苏革命博物馆月刊发刊词》。

是年，作《存殁口号五首》。

1930 年 44 岁，撰《秋石女士传》。12 月，撰亡友余天遂哀词。
是年与林庚白、谢冰莹时相过从。

1931 年 45 岁，为沈长公《长公吟草》撰序。又撰《何香凝
女士画集第二辑序》。

是年，恽代英去世，作诗五首哭之。

撰《新文坛杂咏》十首，赠鲁迅、郭沫若、沈雁冰、田汉、
蒋光赤、阳翰笙、叶绍钧诸人。

1932 年 46 岁，参加上海文艺界爱国人士何香凝等举办之救
国画展会，义卖书画，为题诗。5 月，第三国际党人牛兰夫妇，
在南京狱中绝食，偕鲁迅先生等联名发电营救，与宋庆龄女士为
桴鼓之应。7 月，任上海通志馆馆长。

郁达夫邀宴聚丰园。主客鲁迅，为柳亚子书一条幅，中有"横
眉冷对千夫指，俯首甘为孺子牛"之句。

成《浙游杂诗八十首》，并为经颐渊撰《长松山房歌》。

1933 年 47 岁，为鲁迅写诗一首，由郁达夫面交，诗赞鲁迅"能
标叛帜即千秋"。6 月，撰《我对于创作旧诗和新诗的感想》，
推崇鲁迅之旧诗，赞许郭沫若、蒋光赤之新诗。

10 月，陈巢南殁于同里，诗以哭之。是月，撰《诸贞壮遗诗叙》。

是年，《普及本苏曼殊全集》出版，中华书局编印。该书收
柳亚子《苏曼殊传略》与《重订苏曼殊年表》二文，纠正了北新

版《曼殊全集》的错误。

1934年48岁，1月24日偕佩宜赴南都，游雨花台、灵谷寺、牛首山诸胜，以诗记游。作《秣陵杂赠》及《秣陵续赠》诗，共60首。"中枢人物，大略具备，可谓当代诗史。惜中有荃蕙化茅之痛，为不幸耳。"是月27日，赴杭州，赋《杭州杂诗》58首。

4月，奉母并携眷北游，抵居庸关；归途至济南、青岛，未及登泰山而返，成《北游集》《鲁游集》各一卷。

1935年49岁，2月，参加上海市政府之观光团，偕夫人航海至马尼拉观光，归途游香港、广州，成《南游集》一卷，及七律209首。

为周芷畦《柳溪诗徵》撰序。

撰《上海市年鉴（1935年）·序》。

撰《廖仲恺先生纪念碑文》。

12月，南社纪念会成立，被推为当然会长。

1936年50岁，1月，张向华招饮，始识周至柔，谈秋石轶事，赋诗以纪。是月，撰《修葺曼殊大师墓塔募捐启》。撰《健行公学纪念会启》。

2月，与蒋慎互信，题作《我对于南社的估价》。本月7日，参加南社纪念会于上海福州路同兴楼举行之第二次聚餐。6月，公布重订之《南社纪念会条例》，说明其宗旨为"纪念南社及新南社过去在文坛历史上之光荣"。

5月28日，沪上好友集宴寓庐，举行50寿庆。9月，《蔡柳二先生寿辰纪念集》出版。

1937年51岁，游杭州，探梅于硖石，抵苏州，探梅于邓尉。5月，撰《忏慧词人墓表》。6月，撰《吴江钱涤根烈士殉国纪念碑文》。11月，上海沦陷，遂蛰居弗出。从事南明史研究。

1938年52岁，本年始，蛰居家中，杜门谢客，自题寓庐为"活埋庵"。虽情怀抑郁，然著述甚勤，先后撰成《我和南社的关系》《陶小止先生遗集序》《朱季恂侯绍裘合传》。写陈巢南《浩歌堂诗续钞》成，媵以短叙。

1939年53岁，作南明史料之研究。1月，撰计甫草《不共书残编跋》。3月，撰陈巢南《敬修堂钧业叙书后》一首，"绳愆纠谬，窃附诤友云尔。"又撰《残山剩水楼刊本石达开遗诗书后》及卢冀野辑《石达开诗钞书后》各一首。撰陈禅心《抗倭集叙》及沈次公《爨余集叙》。

8月，辑《南明史纲》四卷，附《历日表》一卷成，自为序。

10月，复从事苏曼殊研究，撰《曼殊的戒牒问题》一文，并续编《曼殊余集》。

11月，郁曼陀被难，挽以一律。复柳非杞长函，题作《关于我的名号》。

1940年54岁，辑《曼殊余集》成。撰《经颐渊先生传》。

3月，撰郁曼陀《静远堂诗集叙》。

自4月至10月，研究南明史料，撰南明人物传记13篇，内文言11篇，分别为：《夏允彝、夏完淳父子合传》《杨娥传》《吴易传》《孙璋传》《吴志葵传》《徐弘基传》《周之藩传》《赵夫人传》《郭良璞传》《吴炎潘柽章合传》等。语体文传记为《南明吴江抗虏烈士吴日生传》《江左少年夏完淳传》。

与钱杏村订交，研讨南明史料。从郑振铎处借来大兴傅以礼长恩阁传抄本《南疆逸史》未刊足本56卷，以两旬时间手抄完毕，"又以十五日之力勘定之"。

10月，重订《南明史纲》。11月撰《我的南明史料研究经过》。是月，辑《南明后妃宗藩志》初稿成。18日，自撰年谱初稿成。

12月，《南社纪略》成。旋赴香港，拟在香港继续研究南明史；参加许地山等组织的新文学学会。

1941年55岁，与宋庆龄、何香凝、彭泽民联合发表宣言，为皖南事变谴责重庆国民党政府。文由柳亚子起草。

2月，补辑屈大均《皇明四朝成仁录》目次成，自题诗三绝。重订《南明纪年史纲》，扩成八卷。为第三次稿本，改题《南明史纲初稿》，交《大风》半月刊陆续发表。是月9日，成长歌《刺恶之章》，盖"为南社失节诸缪作也"。

因峻拒国民党中央党部去渝赴会之邀，在亲笔代电复函中抗议"皖南事变，处置不当"，称国民党政府为"小朝廷"，不愿向其求活，被国民党开除党籍。

10月，赋《长歌古体诗》一首，对文学与政治、旧诗的历史发展及新诗的前途等，均有卓见。11月，撰《一年来对于南明史料的工作报告》，刊于《笔谈》（茅盾编）第7期（12月1日）。

太平洋战争爆发，日寇犯九龙，12月8日晨挈眷渡海至香港，撰诗号召港九同胞团结起来共同抗敌。在港期间，多次迁徙。25日，香港陷。是年所作《图南集》与藏辑《南明史料》千百卷及手抄之足本《南疆逸史》56卷，战起，同成灰烬。

1942年56岁，1月15日携眷脱险离港，6月抵桂林，寓环湖旅馆，广交文化界人士。

得林庚白、萧红在港逝世噩耗，作诗文悼之。

7月，撰《怀念阿英先生》一文，此后又有《杂谈阿英先生的南明史料》（9月12日）。8月，熊佛西办《文学创作》月刊，被推为编辑顾问，所撰《榕斋读诗记》刊于《文学创作》第一期。是月，又为无忌新诗集《抛砖集》撰代序，题作《新诗和旧诗》。

11月，撰《民国三十二年希望》。又撰《怀念胡道静兄》文。

12月，撰《羿楼旧藏南明史料书目提要》。

是年，辑《桂游集》一卷，厄于检查，未得印行。

1943年57岁，中华全国文艺界抗敌协会桂林分会举行会员大会，被选为理事。

与朱荫龙同草《南明史编纂意见书》暨南明史拟目。

4月13日，开始撰写《五十七年》。

7月，为无忌编《曼殊大师纪念集》作序。

1944年58岁，3月，续写《五十七年》。

辑林庚白《丽白楼遗集》成，附《更生集》一卷，林北丽作。后另编林庚白《丽白楼自选集》一卷，均未印行。4月12日，撰《五十八岁初度预赋叠春字韵四首》，有叙。

5月，主张改定5月5日为诗人节。在此期间先后撰写：《介绍一位现代的女诗人（林北丽）——为双五新诗人节作》《旧诗革命宣言》《纪念诗人节》。董必武自重庆寄诗，预为祝寿，因作《次韵和必武见寿新诗，分寄毛主席及（林）伯渠、（吴）玉章、（徐）特立、（张）曙时、（周）恩来、（邓）颖超诸同志》诗。

时届5月28日寿辰，桂林文化界为其举行盛大庆祝会，由田汉主持。宋云彬、朱荫龙等为出版《柳亚子先生五十晋八寿典纪念册》。时柳亚子为南史社社长。对南明史之研究与整理，规划甚大，惟因时局关系，未能实现。

9月12日，桂林将陷，搭机抵渝。郭沫若特为"设席洗尘。席中周恩来同志由延安飞到，赶来参加"。沈钧儒亦在座，有诗记其事。郭沫若和诗。柳亚子补赋《次韵奉酬衡老鼎兄》（1945年1月3日）一诗。此后，与郭沫若时有往来。

1945年59岁，1月，居重庆，在《新华日报》创刊纪念会上，公开宣称："世界的光明在莫斯科，中国的光明在延安。"

2月7日，署名于重庆《文化界对时局进言》，其他签字者有郭沫若、沈钧儒、沈雁冰、马寅初等。5月，撰《口号二首》，又《延安一首》。

偕张西曼等发起革命诗社，自为社长，其他发起人有郭沫若、田汉、熊瑾玎、林北丽。

8月,日本投降,于12日补赋一首,以志欢欣。是月,毛泽东莅渝举行重庆谈判,重晤于曾家岩及红岩嘴,谈诗论政,欣跃异常,撰《渝州曾家岩呈毛主席》。

9月6日,毛泽东偕周恩来、王若飞来访于沙坪坝南开学校津南村寓所,以旧作《沁园春·雪》相赠,柳亚子撰词次韵和之。原作与和词曾由重庆各报发表,引起强烈反响。

朱少屏在马尼拉为日军杀害,诗以哀之。

尹瘦石为造像,撰《自题绘像一律》。又撰《戏改放翁临终示儿诗》一绝。

10月6日,尹瘦石由柳亚子之介,为毛泽东画像成,因撰《题毛主席之绘像》一首。同日,接毛泽东函,为撰《感赋二首》,又《赋赠一首》。是月8日,李少石登车送返沙坪坝归途,为国民党兵狙击不治而逝,柳氏悲伤万分而曰"伯仁由我!"是月,与谭平山等创组"三民主义同志联合会",争取民主、团结、反内战。与尹瘦石联合举行柳诗尹画展览于中苏文化协会,毛泽东亲题"柳尹书画展览特刊"。内有郭沫若《今屈原》、茅盾《柳诗尹画读后献词》等文,柳亚子自撰《柳亚子的诗和字》一文。

11月12日,撰《总理诞辰八十周年纪念》一文,反对内战,坚持国共双方以及各民主党派之合作。12月14日,撰《致美国杜鲁门总统特使马歇尔函》。

1946年60岁,6月,与沈钧儒、马叙伦等联合发表《对目前学生运动的主张》,谴责国民党政府当局镇压青年学生为争取和平民主而进行之斗争。

1947年61岁，11月，参加国民党民主人士召开的联合大会，并积极筹组中国国民党革命委员会。

12月，组织"扶馀诗社"，并起草宣言，自为社长。诗社旨在海外推进民主运动；诗约以提倡新诗、解放旧诗为职责。

1948年62岁，中国国民党革命委员会成立，被选为中央常务委员兼秘书长。

内战正烈，延安撤退，对反人民、反革命的内战更加愤怒，但对国家前途仍满怀信心，作《蒋家三首》，痛斥国民党反动派倒行逆施的罪行。

1949年63岁，2月，接"毛主席电召北行"，参加中国人民政治协商会议，因偕佩宜夫人，于28日乘华中轮自港由海道起程，同行者有陈叔通、叶圣陶、马寅初等民主人士27人。赋诗一绝，有"六十三龄万里程，前途真喜向光明"之句。

3月25日，毛泽东自石家庄至北京，从李锡九、沈钧儒等去机场迎送。晚上宴集颐和园益寿堂。归而赋七律三首。是月28日，撰《感事呈毛主席》一首，毛泽东为此撰《七律·和柳亚子先生》，中有"牢骚太盛防肠断，风物长宜放眼量"之句，颇引起各界注目。

4月，出席民盟例会、临时工作委员会小组会、联欢会；并参加文协筹备会议，华北文艺界协会，及工作委员会谈话会。4月16日，在中山公园来今雨轩，主持南社、新南社联合临时雅集，任主席。29日，游颐和园归，撰《四月二十九日上午，偕鲍德作园游，归得毛主席惠诗，即次其韵》。又，《叠韵寄呈毛主席一首》。

5月1日午，毛泽东亲莅见访，同游颐和园，泛舟昆明湖。5日，赴香山碧云寺，恭谒孙中山灵堂及衣冠冢，有感赋诗二律。

7月，赴中南海怀仁堂，参加全国文学艺术工作者代表大会，晤友殊多。

9月，以中国国民党革命委员会代表名义，参加中国人民政治协商会议第一届全体大会。

10月1日，中华人民共和国成立，当选为中央人民政府委员，此后，历任政务院文教委员、华东行政委员会副主席、中央文史馆副馆长等职。

11月，中国国民党革命委员会举行第二届全国代表大会，再次当选为中央常务委员。

1950年64岁，10月1日，登天安门检阅台，参加第一届国庆节，赋诗志庆，末二句云："此是人民新国庆，秧歌声里万旗红。"

3日，于怀仁堂观看西南各民族文工团、新疆文工团、吉林省延边文工团、内蒙古文工团联合演出歌舞晚会。应毛主席命，即席赋《浣溪沙》一阕，"用纪大团结之盛况云尔"。毛主席步韵和之。

11日，偕佩宜夫人乘火车南下。21日赴南京，游伪总统府，谒孙中山陵及廖仲恺墓。23日返沪。途中据报告，有人窥伺，虞有意外，因于24日晨4时在火车上撰《遗嘱》，声明如下："柳亚子不论在何时何地，有何意外，决为蒋匪帮下毒手。我死以后，立刻将此嘱在报纸公开宣布为要。"又云："我死后，裸身火葬，一切迷信浪费，绝对禁止；于公墓买一穴地，埋葬骨灰，立碑曰：

'诗人柳亚子之墓",足矣！（地点能在鲁迅先生附近最佳，我生平极服膺鲁迅先生也。）如不遵照，以非我血裔论！"29日夜离沪返京。在沪时，以黎里家中旧藏明清以来之古籍图书、故乡文献与南社时期所编印之各种书刊数千册，悉数捐献国家，现收藏在上海图书馆。

11月7日，赴苏联大使馆招待会，庆贺苏联十月革命33周年，与刘伯承、聂荣臻诸将军"碰杯轰饮，飘飘然有仙意"。是夜，赴中苏友好协会总会开会，端木蕻良嘱撰新诗，以纪念抗美援朝运动。子夜返家，兴奋不已，遂濡笔作《抗美援朝之歌》一首，以白话写诗，自称"有如神助者"。

12月8日，闻抗美援朝大捷报喜，作诗八首，此志欢忻之情。

将北京寓所存藏之南明史料、"南社文库""革命文库"等书籍，悉数捐赠北京图书馆。

拟续完自传《五十七年》，撰《后明史》；同时，编抄全集，以为出选集作准备，均未果。

为曹美成、桂华珍夫妇手写近作《黄初嗣响集》一册，共收所作诗21首，跋语九则。

1951年65岁，1月，作《关于毛主席〈沁园春〉发表经过的一封信》。

2月，患脑动脉硬化症又神经衰弱，活动急剧减少，文字记录更为缺乏。

1954年67岁，9月，出席全国人民代表大会，在第一届全体会议中，当选常务委员会委员。

1956 年 70 岁，2 月 21 日至 29 日，中国国民党革命委员会召开第三届全国代表大会，再度当选为中央常务委员。

11 月，抱病出席孙中山先生诞辰 90 周年纪念大会。

1958 年 72 岁，6 月 21 日，因长期患脑动脉硬化症及支气管肺炎，卧病多时，终于不治，于本日下午 7 时 20 分病逝于北京医院。24 日，中山公园中山堂举行首都各界人民公祭。毛泽东、周恩来、朱德等党和国家领导人及各民主党派、各机关团体均送花圈。大会由刘少奇、周恩来、李济深、沈钧儒、郭沫若、陈毅、黄炎培、李维汉、吴玉章、陈叔通主祭；吴玉章致悼词，有云：“亚子先生作为一个爱国诗人和坚定的民主主义革命者，是敢于坚持真理，爱憎分明的。”

后　记

　　选注柳亚子先生的诗是一件颇为费时吃力的工作，虽说早在20世纪60年代，就有柳无非、柳无垢选编的《柳亚子诗词选》问世，其后又有王晶垚、崔闽的选本以及徐文烈、刘思翰先生的笺注本陆续出版，我的工作似乎已变得非常简单，只需在此基础上摘萃拔尤，选出一百首左右，加以解说、注释，也就算完成了任务，可以向出版社交差了。

　　但事实远非如此简单。

　　从某种意义上说，选诗是一个"再经典化"的过程；尤其是像柳亚子这样的近代诗坛大家，诸家选来选去，最后"落实"的也就是那二三百首（如《感事呈毛主席》，几乎成了著名的"柳牌牢骚"的代名词，岂能不选），只占柳先生诗词创作的二十分之一左右。之所以如此，固与选家们着眼于柳诗"革命性""诗史性""进步性"这一政治取向有关，但如是一来，也极易犯清人黄子云所批评的那种选诗之弊，即"好异者欲自别手眼，胸中先立间架，合者存，不合者去"（《野鸿诗的》）。也就是说，选家出于对某种标准的迁就，往往会有意或无意地"过滤"掉一些属于诗人自身的"个人化""本真性"的东西。经此"取舍"，诗人俨然成为一个被某种模具所浇铸的预定人格模型,可不慎诸!

抱着某种"立异"的念头,我以数日之功,将两巨册《磨剑室诗词集》一首首读下来,深感亚子先生才气大,声望高,出手快,颇有子建之才;可篇什既富,在质量上则难免参差不齐;尤其是,诗人名满天下,率真热诚,故向他索诗者甚多(关于这方面的情况,柳无忌、柳无非先生曾多次与我谈过)。出于"应酬",诗人往往即兴于席间"口占",宾主尚未起箸,数首已成。"诗被催成墨未浓",对于柳先生的这类诗,我一直主张"慎选"(但绝非"不选"),因其中确有好诗,如选入此书的《次韵和朴安即以为别》《酬公展》等。

又,作为历史建构中的人,柳亚子的生命样态是多姿多彩的;可如今人们所读解出的,往往是柳亚子雄姿英发、倾心革命的一面;其实,那位在迷楼中昼夜轰饮,"意在效信陵祈死"的,也绝非另一个柳亚子——"绝代销魂王紫稼,可怜并世有梅村"。有一个时期,柳亚子大捧名伶冯春航,且将其比诸明季倾倒众人的歌郎王紫稼,而他本人则俨然以吴梅村自居。又如他在《分湖文社序》中,有感于"诸老相继凋谢而文泽遽衰",遂发思古之幽情,愿与诸君"商量旧学""继续风雅",且决意远离政治,是古非今。在酒社同人雅集的诗歌专集《乐国吟》《迷楼集》中,仅柳氏本人的应景之作竟有二三百首之多:"不堪花月成良会,剩借笙歌结绮缘""莽莽神州无乐土,熙熙酒国有长春"……此类诗,以往皆不入诸家"法眼",给出的解释则是它反映出诗人暂时看不到出路,是精神极度苦闷的外现。

当然,人只能根据自己的生命需求与时代的切肤之痛来选择生存方式，但如果我们深入进柳氏的思维定式、人生态度、文化心理结构、审美旨趣诸层面，便会发现问题其实并非如此简单。本乎此，我酌选了几首不太"入流"的诗，窃以为这将使柳氏的个人形象更丰富、完整，也能够更加真实地展示柳氏不断否定自我、超越自我的精神发展历程。

柳亚子用典不避重，往往一用再用，像"直捣黄龙""新亭对泣""马革裹尸""钱塘怒潮""正朔""亡秦"等熟典，在他早期的诗中几乎处处可见。一个家学渊源、腹笥宏富的近代诗坛大家，南社盟主，想必不致如此"词窘"，可为何不避犯重？这曾是在选诗中令我一度颇感惊诧与困惑的问题。

但随着读解的深入，我愈来愈强烈地感到，柳亚子是一个将自我全部化入作品的外倾型的诗人，其血气所凝的作品无不是"我"的人生历程之记录，"我"的情绪之辐射，"我"的人格之外化；"我"永远不会游离于主体所建构的那个文本世界之外。就柳氏诗歌的感情表现特征而言，则往往是强烈的、真挚的、炽热的、高度个性化的，而绝非那种"口山水而心轩冕"地带着"面具"的诗人。故他作诗，并不过分辞饰，只要称其心之所欲言，往往一吐为快。他绝不会像陈三立那样，作诗备有换字秘本，也不似章太炎，私存手抄秘本数十册（古人叫作"随身卷子"），以免临文失俭、临渴掘井之苦。

再从典故本身来看，它作为一种艺术符号，大多包含着具有一个情感色彩的古老故事，但在历时性的流播中，这个典故往往已不是它原来的意义，而被使用者赋予新的意义。仍以"直捣黄龙"为例，它的典源出自《宋史·岳飞传》，其本义无非是表达一种犁庭扫穴的豪情壮志。但它的"词典意义"（表层含义）与"诗人所赋予的意义"（深层含义）之间是有一定距离的；当柳氏在他的那个"历史语境"下使用这一典故时，在其表层含义后面往往还活跃着一重强烈的情感意蕴，这就形成了"诗家语"所特有的言在此而意在彼的迂回性美学效果。具言之，所谓"黄龙府"，指金国首都，为金国女真人所建，而女真为清朝的先祖。显而易见，柳氏以"直捣黄龙"之典入诗，不唯借以抒情，亦有号召、激励同袍推翻清朝之意，——这是一种为时代所规定、所习焉不察的以"现成用语"表现特定主题的"现成格套"，用南社诗人周实的话说："国亡族灭之祸，岌岌焉悬于眉睫间。……则吾侪本古诗人伤时念乱之义，以此为周顗新亭之泪，阮籍空山之哭，不犹贤乎。"（《白门悲秋集·序》）柳亚子（包括其他反清志士）之所以在诗中频频使用"新亭洒泪""直捣黄龙"这类公共符号相激发，是不难理解的。尽管如此，但我对柳氏笔下的这些"直奔主题"、类似钱钟书先生所谓形同"押韵的文件"的诗，仍持"慎选"的态度。依我之见，一个卓立诗坛的大诗人，之所以能够腾实飞声，历久弥新，必有其文学性、独创性、丰赡性与超越时空的经典性的依据；本乎此，我力求根据自己所拟定的选录标准，尽可能地拿出一个自出手眼的选注本。

下面谈谈本书的"题解"。

柳亚子在诗词创作中，始终以抒情为中介沟通与历史的诗性关联，他往往将文本锚定于具体的时空背景。因此，"背景分析"在"解说"中就显得尤为重要。至于艺术评析部分，从来毫厘易失，赏析难工，如何将柳氏的诗歌置于整个古典诗歌的系统中，连林以见高枝，直似优入圣域，并在极为有限的篇幅里融贯综赅，钩深探微，直析骨肉以还父母，殊非易易。对此，笔者虽竭尽全力，犹未敢自是，愿祈明达，有以教我。

最后谈谈注释。

柳先生擅七律，而擅中之擅则是用典，其律句的中间两联往往典故套典故，这无疑加大了注释的难度。从某种意义上说，注诗比著书更难；因著书重在积累，所谓"材料出观点"，一旦思虑成熟，下笔即可斐然成章。至于那些一时拿捏不准的问题，大可置而不论。而注诗则不同，尤其是面对柳氏创作于不同时期（或针对某一事件而发）的诗歌，典故之笺，本事之发，皆须溯本求源，回到作者当时的"历史语境"中，尽可能地"得秉笔人之本意"，否则，便有郢书燕说之虞。职是之故，作注者须有一种"推勘到底"的精神：难解之辞不可避而不注，难觅之书不可阙而不备。尤其是碰到一些难解之句，为使读者"乐其易"，你必须"居其难"，绝非查查辞书、抄上几句那样简单，有时一条注几乎就是一篇论文的"提要"与"浓缩"；况且"诗家之语"，仅字义、字态便有"死""活"之分，个中甘苦非亲历者恐难深切体识。在注释中，我一直主张打破传统注释那种只重于词语训释、名物阐释、章句串讲的框架，力求将注释与鉴赏、评析结合起来。遗憾的是，出版社方面从这个选本的"普及"性质出发，并不希望太"学术化"，作为注者，没有理由不予遵从，奈何！此外尚需说明的是，在选诗过程中，尽管我存心"立异"，但选出来的篇目与其他选本毕竟还是有不少趋同之处，这倒使我省力不少；我所做的工作不过是对原注的典实、出处进行"二次证明"，或曰"学术认证"。

但在这个过程中，确曾发现不少注释上的问题，悄然改正而已，实在没必要指名道姓，显示自家高明。至于有些创作背景，关乎"本事"，一时实难具考，只好暂付阙如。

写至此，我忽然想起了侯井天先生，这位被程千帆先生誉为以"毅力可佩"的"墨子精神"注释聂绀弩诗的侯先生，与我有一饭之缘，并幸蒙其亲赠聂诗笺注两巨册（自费印行），拜诵之下，我发现侯老对聂诗"今典"的注释，几乎做到了"一网打尽"的程度，这对一个既无项目经费又无人脉资源的离休老人来说，可谓"戛戛乎难哉"，不能不令人心生惊佩。不过，若从注诗的角度看，"背景"的说明固不宜缺，但大可不必逐一细寻深挖个中的"本事"，处处"坐实"，因为对诗人来说，"不必有此事，何妨有此情"，对诗歌文本的多元阐释正显示出文本结构的开放性。多留下一些"话头"，让读者去"活参"，不亦妙哉！本乎此，我主要从诗歌鉴赏的角度入手，或说明"背景"，或谈"心性体悟"，不作过多"死于句下"的考辨；即便如此，仍难免会使"题解"部分变得较长，但愿我的"任其劳"会使读者"受其逸"。

本书是在暑假的宁寂氛围中完成的。因天气太热，我的"消夏"之法是索性把自己幽闭起来，对积压多年一直念兹在兹、却因俗务从脞一再因循的几部书稿作了个了结。这种"有所为"，倒真的使我体尝到一种久违的快意；常常是一天忙下来，不觉间已"日忽忽其将暮"。如今屈指一算，除本书外，还修撰了两本书法理论方面的专著，为北大出版社将要出版的一本体量甚大（估计近千页）的专著搜寻、调配图片，校对文字……溽暑逼人而能"出活"如此，也算"庶几无愧"了。

遥想当年，亚子先生曾以巨大的精神光亮烛照过我，讵意时隔20余年，竟又与亚子先生再度结缘，我将此视为是时间对一种价值要求的索还。记得《柳亚子诗歌新探》问世后，我曾赋得七律四首寄概述怀；一晃20多年过去了，心境似乎并无多大改变，故略改数字，录下以作束尾：

> 谁令橐笔画龙蛇，欲治棼丝奠众哗。
> 习苦蓼虫终不徙，狂胪文献兴无赊。
> 鲁戈返日犹嫌短，素食同僧未觉差。
> 所学情知涉天意，绠深汲短自悲嗟。

> 书为知己月为邻，洒落胸中万斛尘。
> 但觉高歌动神鬼，不妨投市任沦湮。
> 如潮物欲将横决，似土文章合自珍。
> 戛戛裁笺宵夜永，盟贞谁守只恂恂。

> 松风竹月感头陀，胜业千秋寂寞多。
> 偶减吟情尝薄酒，忽来创获欲狂歌。
> 先贤已去羞难步，大雅当前敢式讹？
> 斗室一灯深似水，韶华忍负寸金过。

> 一笑功名蚁穴图，琴心已淡道心虞。
> 未殊出处人间世，稍慰劬劳贤哲书。

天意似将颁大任，引緪何厌忍莩乌。

廿年重理鱼虫注，竖义能超旧日疏？

岁在丙申夏月邵盈午撰于古彭搴兰簃